W0469981

SCIENCE FICTION

Herausgegeben
von Wolfgang Jeschke

Aus der Serie »Die Abenteuer des Raumschiffs ›Enterprise‹«
in der Reihe HEYNE SCIENCE FICTION & FANTASY
sind bereits erschienen:

Vonda N. McIntyre, *Star Trek II: Der Zorn des Khan* · 06/3971
Vonda N. McIntyre, *Der Entropie-Effekt* · 06/3988
Robert E. Vardeman, *Das Klingonen-Gambit* · 06/4035
Lee Correy, *Hort des Lebens* · 06/4083
Vonda N. McIntyre, *Star Trek III: Auf der Suche nach Mr. Spock* · 06/4181
S. M. Murdock, *Das Netz der Romulaner* · 06/4209
Sonni Cooper, *Schwarzes Feuer* · 06/4270
Robert E. Vardeman, *Meuterei auf der Enterprise* · 06/4285
Howard Weinstein, *Die Macht der Krone* · 06/4342
Sondra Marshak & Myrna Culbreath, *Das Prometheus-Muster* · 06/4379
Sondra Marshak & Myrna Culbreath, *Triangel* · 06/4411
A. C. Crispin, *Sohn der Vergangenheit* · 06/4431
Diane Duane, *Der verwundete Himmel* · 06/4458
David Dvorkin, *Die Trellisane-Konfrontation* · 06/4474
Vonda N. McIntyre, *Star Trek IV: Zurück in die Gegenwart* · 06/4486
Greg Bear, *Corona* · 06/4499
John M. Ford, *Der letzte Schachzug* · 06/4528
Melinda Snodgrass, *Die Tränen der Sänger* · 06/4551
Jean Lorrah, *Mord an der Vulkan Akademie* · 06/4568
Janet Kagan, *Uhuras Lied* · 06/4605
Laurence Yep, *Herr der Schatten* · 06/4627
Barbara Hambly, *Ishmael* · 06/4662
J. M. Dillard, *Star Trek V: Die letzte Grenze* · 06/4682

STAR TREK: DIE NÄCHSTE GENERATION:
David Gerrold, *Mission Farpoint* · 06/4589
Gene Deweese, *Die Friedenswächter* · 06/4646

STAR TREK: DIE ANFÄNGE:
Vonda N. McIntyre, *Die erste Mission* · 06/4619
Margaret Wander Bonanno, *Der Fremde vom Himmel* · 06/4669

DAS STAR TREK-HANDBUCH:
hrsg. von Ralph Sander · 06/4670

Diese Liste ist eine Bibliographie erschienener Titel
KEIN VERZEICHNIS LIEFERBARER BÜCHER!

GENE DEWEESE

DIE FRIEDENS-WÄCHTER

Raumschiff ›Enterprise‹

Die nächste Generation

Science Fiction Roman

Deutsche Erstausgabe

WILHELM HEYNE VERLAG
MÜNCHEN

HEYNE SCIENCE FICTION & FANTASY
Band 06/4646

Titel der amerikanischen Originalausgabe
THE PEACEKEEPERS
Deutsche Übersetzung von Andreas Brandhorst

Redaktion: Rainer Michael Rahn

Printed in Germany 1989
Umschlagbild: CINTRON/Pocket Books
Umschlaggestaltung: Atelier Ingrid Schütz, München
Satz: KORT SATZ GmbH, München
Druck und Bindung: Ebner Ulm

ISBN 3-453-03909-2

Für Becky Bontreger.
Du warst dort, als ich nicht dasein konnte.
Und du hast mehr für sie getan,
als mir möglich gewesen wäre.
Danke.

KAPITEL 1

»Wir sind nur Phantomen nachgejagt, Nummer Eins. Und ich muß zugeben, daß ich das nicht besonders bedauere.«

Tatsächlich wirkte Captain Jean-Luc Picard recht zufrieden. Ein dünnes Lächeln lockerte seine sonst so strengen Züge, und er wirkte entspannt, als er seine hagere Gestalt in den Kommandosessel sinken ließ. Der Hauptschirm zeigte die wenigen Sterne eines entlegenen Sektors im Orion-Arm: Sie sausten an der *Enterprise* vorbei, während das Schiff mit hoher Warpgeschwindigkeit flog. Ziel war eine Hunderte von Parsec entfernte Starbase.

Der rechts neben Picard sitzende Commander William Riker schmunzelte. »Selbst unter besonders günstigen Voraussetzungen sind die Ferengi keine sehr umgänglichen Leute.«

Picard nickte, und der Schatten einer Erinnerung verdunkelte kurz sein Gesicht. »Sie neigen allmählich zu Untertreibungen, Nummer Eins. Ich persönlich hätte überhaupt nichts dagegen, den Rest meiner Dienstzeit zu verbringen, ohne jemals wieder diesen Namen zu hören.«

»Sie sollten die Sache positiver sehen«, schlug Riker vor. »Wir fanden zwar keine Hinweise darauf, daß die Ferengi irgendwelche Aktivitäten in diesem Sektor entfaltet haben, aber dafür entdeckten wir zwei bisher unbekannte Planeten der Klasse M, die in einigen Generationen für einen Kontakt mit der Föderation bereit sein könnten.«

»Er hat recht, Captain«, warf Lieutenant Commander Data ein, der an der vorderen Station saß. »Eine Mission, die zur Entdeckung von drei Milliarden intelligenten Wesen führt, verdient wohl kaum die Bezeichnung ›Phantomjagd‹.«

Riker musterte den Androiden und grinste. »Es überrascht mich, daß Sie mit diesem Ausdruck vertraut sind, Mr. Data.«

»Oh, da irren Sie sich, Commander. Ich habe ihn eben gerade zum erstenmal gehört, und ich muß zugeben, daß er mich ein wenig verwirrte. Nun, die Informationen meines internen Datenarchivs lassen den Schluß zu, daß die Wertvorstellungen und kulturell-moralischen Eigenheiten der Ferengi nicht mit den unsrigen übereinstimmen, und da solche Dinge keine feste Substanz besitzen, dachte ich zunächst, der Begriff ›Phantome‹ sei wörtlich gemeint. Da es allerdings sinnlos wäre, rassenspezifischen Charakteristiken ›nachzujagen‹, mußte ich meine ursprüngliche Bedeutungsinterpretation revidieren, denn die Ferengi sind Geschöpfe aus Fleisch und Blut. Diese Tatsache legt die Folgerung nahe, daß es sich um eine Redewendung handelt, die nicht in meiner verbalen Speichereinheit enthalten ist. Der kurze Wortwechsel zwischen Ihnen bestätigt diese Annahme.«

Riker lachte. »Und wie lautet in diesem Zusammenhang Ihre Definition?«

Data holte tief Luft und hob den Kopf, verhielt sich wie ein Schüler, der gerade aufgefordert wurde, seinem Lehrer Antwort zu geben. »›Phantomen nachjagen‹ - ein Projekt, das fehlgeschlagen ist, weil die ihm zugrundeliegenden Informationen sich als falsch oder irreführend erwiesen«, intonierte der Androide und bedachte Picard mit einem fragenden Blick.

»Ausgezeichnet, Mr. Data«, sagte der Captain. In seinen Mundwinkeln zuckte es. »Noch nie zuvor habe ich eine bessere Erklärung dieses Begriffs gehört. Eigentlich erstaunlich, wenn man bedenkt, daß Sie den Ausdruck bis vor einigen Minuten überhaupt nicht kannten.«

»Danke Sir. Wie Sie wissen, wurde ich dazu konstruiert ...«

Data unterbrach sich abrupt, und der Glanz seiner großen goldenen Augen verstärkte sich kaum merklich, als er die Anzeigen der Konsole vor sich betrachtete. Die Finger des Androiden berührten einige schimmernde Sensorflächen. Datenkolonnen wuchsen.

»Captain«, sagte er schließlich, »die Scanner haben ein künstliches Objekt mit beträchtlicher Masse erfaßt. Koordinaten: Null eins zwei Strich null null fünf.«

»Ein anderes Raumschiff?« erkundigte sich Picard. »Hoffentlich keine Einheit der Ferengi.«

»Die Masse entspricht der eines gewöhnlichen Kreuzers, aber es lassen sich keine energetischen Emissionen feststellen.«

»Ein Wrack?« Der Captain straffte seine Gestalt und beugte sich ein wenig vor.

»Möglich, Sir. Aber auf diese Entfernung ...«

»Also sollten wir näher heran. Ändern Sie den Kurs, Mr. La Forge.«

»Aye, aye, Sir.« Lieutenant Geordi La Forge rückte sich das dünne, silberne Visor über den blinden Augen zurecht und gab die neuen Koordinaten ein.

»Mr. Data, projizieren Sie das fremde Objekt auf den Schirm. Maximale Vergrößerung.«

»Ist bereits geschehen, Sir. Aber über die gegenwärtige Distanz hinweg bleiben Einzelheiten verborgen.«

Picard starrte auf die Projektionsfläche und beobachtete den gestaltlosen Fleck in der Mitte. Ein Hauch von Ungeduld und Ärger zeigte sich in seinen Zügen: Zwar stellten die Anlagen an Bord der *Enterprise* das Nonplusultra der Föderationstechnik dar, aber gelegentlich mußte sich Picard der unangenehmen Erkenntnis stellen, daß sie keineswegs einer modernen Magie entsprachen. Sie hatten ihre Grenzen, woran auch die Befehle des Captains nichts änderten.

»Lieutenant Worf«, sagte er, stand auf, wandte sich der rückwärtigen Brückensektion zu und richtete seinen Blick auf den Klingonen an der wissenschaftlichen Station. »Irgendwelche Hinweise auf Lebensformen?«

»Noch nicht, Sir, aber ...«

»Ich weiß. Die Entfernung ist noch zu groß, um ganz sicher zu sein.«

»Ja, Sir«, bestätigte Worf mit einem kehligen Brummen.

»Nun, ich wollte folgendes hinzufügen: Die Sensoren können zwar keine Lebensformen entdecken, doch offenbar gibt es an Bord des Schiffes eine funktionierende Energiequelle.«

»Na, das ist doch wenigstens etwas«, sagte Picard. »Lieutenant Yar, öffnen Sie die Kommunikationskanäle.«

»Kommunikationskanäle offen, Sir«, erwiderte die Frau mit dem kurzen blonden Haar. Yar war Leiterin der Sicherheitsabteilung und saß an der taktischen Station, direkt hinter und über dem Kommandobereich.

»Mr. La Forge, schalten Sie einige Millionen Kilometer vor dem fremden Objekt auf Impulstriebwerke um. Gehen Sie nicht näher als bis auf zehntausend Kilometer heran und warten Sie neue Anweisungen ab.«

»Aye, aye, Sir. Zehntausend Kilometer Minimaldistanz.«

»Keine Reaktion, Sir«, meldete Yar und sah auf die Anzeigen der taktischen Konsole.

»Bemühen Sie sich weiter, Lieutenant. Senden Sie eine Botschaft, die unsere friedlichen Absichten erklärt. In allen Sprachen und mit voller Frequenzbreite.«

»Alle Sprachen, volle Frequenzbreite, Sir.«

Die Tür des vorderen Turbolifts öffnete sich, und Counselor Deanna Troi betrat die Brücke. Für gewöhnlich trug sie ihr schwarzes Haar in einem Knoten, aber diesmal fiel es lockig bis auf die Schultern herab. Sie blieb neben Picard stehen.

»Ich spüre eine gewisse Aufregung in Ihren Gedanken, Jean-Luc«, sagte sie sanft.

Der Captain deutete auf den Bildschirm. »Dort draußen befindet sich etwas«, erwiderte er. »Wir werden gleich feststellen, um was es sich handelt.«

Die Counselor nickte, beobachtete die Darstellungen eine Zeitlang. Ihr Blick glitt kurz zu Riker, kehrte dann zur Projektionsfläche zurück.

Der Fleck dehnte sich aus, schwoll an. Stille herrschte, und Data war der erste, der das allgemeine Schweigen brach. In seiner Stimme ließ sich so etwas wie beherrschte Neugier vernehmen — eine typische pseudoemotionale Reaktion des Androiden, wenn er sich mit etwas Neuem konfrontiert sah, für das es in seinem phänomenal umfangreichen Gedächtnisspeicher keine Erklärung gab. »Ich kann kein Antriebssystem entdecken, Captain. Halten Sie es nicht ebenfalls für seltsam, daß ein triebwerksloses Raumschiff mehr als ein Parsec vom nächsten Sonnensystem entfernt ist?«

Picard nickte und trat näher an die holografische Projektion heran.

»Ein Antrieb muß nicht unbedingt so offensichtlich sein wie Warpgondeln«, warf Riker ein. »Denken Sie nur an unsere Impulstriebwerke.«

»Wir unterbrechen den Überlichtflug«, kündigte La Forge an. Einige Sekunden später erzitterte das Bild kurz, stabilisierte sich dann wieder. Der Fleck blähte sich nun rasch auf, gewann Konturen, die nicht nur für Datas scharfe Augen sichtbar wurden.

Das fremde Raumschiff schien tatsächlich über kein Antriebssystem zu verfügen. Rikers erster Eindruck war der einer gedrungenen, kantigen Version der Diskuskomponente gewesen, wie sie auch zur *Enterprise* gehörte — eine dicke Scheibe, die durchs All trieb, vom vertrauten Rumpfsegment getrennt. Doch jetzt sah er ein rechteckiges, kastenförmiges Objekt. Riker hielt vergeblich nach Öffnungen Ausschau: Die Außenhülle erstreckte sich völlig glatt und fugenlos, ohne Vorsprünge oder Markierungen.

»Die Sensoren registrieren keine Lebensformen, Captain«, berichtete Worf von der rückwärtigen Station. »Das Schiff scheint sehr alt zu sein.«

»Wie alt, Lieutenant?« fragte Picard, ohne den Blick vom Schirm abzuwenden.

»Mindestens zehntausend Jahre, Sir.«

Der Captain schauderte unwillkürlich. Zwar war der Weltraum schon längst zu seiner eigentlichen Heimat geworden, aber er hatte noch nicht den Punkt erreicht, an dem die Begegnung mit den Wundern des Kosmos, mit der ungeheuren Mannigfaltigkeit des Universums, zu reiner Routine wurde. Einige Raumschiffkommandanten behaupteten, nach der Entdeckung von hundert neuen Sonnensystemen mit hundert völlig andersartigen Zivilisationen verlören sie jenes ehrfürchtige Staunen, das sie während der ersten Forschungsreise durchs All begleitete. Picard gehörte nicht zu ihnen. Und er hoffte, daß er sich die Demut gegenüber dem gewaltigen Potential der Schöpfung weiterhin bewahren konnte. Andernfalls würde es Zeit, sich an irgendeinen Schreibtisch zurückzuziehen und einem jüngeren Captain Platz zu machen, jemandem, der nicht nur an seine Pflicht dachte, wenn er die Milliarden Sterne sah, die vielen Trillionen Kubikparsec, die es noch zu erforschen galt.

»Was ist mit der Energiequelle, Lieutenant Worf?«

»Gewöhnliche Antimaterie, Sir. Sie scheint einige separate Mechanismen zu versorgen.«

»Und was sind das für Geräte?«

»Keine Ahnung, Sir. Sie nehmen extrem wenig Energie auf, so als seien sie auf Standby-Betrieb justiert oder nicht ganz funktionstüchtig.«

Picard runzelte nachdenklich die Stirn. »Hibernationsapparaturen für die Besatzung? Interstellare Reisen in einem Raumschiff, das nicht über ein Warptriebwerk verfügt, dauern ziemlich lange. Solche Flüge führen zu einer großen Belastung für die Psyche von Mannschaftsmitgliedern und Passagieren. Sie ziehen sich in den Kälteschlaf zurück, um erst am Ziel geweckt zu werden.«

Worf gab keinen Ton von sich, warf Picard jedoch einen kurzen Blick zu. Offenbar vertrat er die Ansicht, daß Klingonen im Gegensatz zu Menschen auf einen solchen Luxus verzichten konnten.

Das Bild in der dreidimensionalen Projektionsfläche wuchs weiter, bis es fast den ganzen Schirm ausfüllte.

»Noch immer keine Anzeichen eines Triebwerks, nicht

einmal auf Impulsbasis«, stellte Data fest. »Darüber hinaus scheint eine Vorrichtung zur Stabilitätskontrolle der Fluglage zu fehlen. Das fremde Objekt dreht sich langsam um die eigene Achse, mit einer Bogensekunde pro Minute. Wenn diese Eigenbewegung nicht verändert wird, dauert eine vollständige Rotation drei Jahre, siebenundsiebzig Tage und neun ...«

»Danke, Mr. Data«, unterbrach ihn Picard und beobachtete weiterhin die Darstellung auf dem großen Bildschirm. Nach wie vor zeigten sich keine Vorsprünge in der Außenhülle, weder dünne Fugen noch andere Hinweise auf Luftschleusen.

»Wir halten die Minimaldistanz von zehntausend Kilometern, Sir«, sagte La Forge.

»Noch immer negative Anzeichen in Hinsicht auf Lebensformen, Lieutenant Worf?«

»Bestätigung, Sir. Wenn sich tatsächlich irgendwelche Wesen in der Hibernation befanden, sind sie längst tot.«

»Was ist mit der Geschwindigkeit des Schiffes in bezug auf die nächsten Sterne, Mr. La Forge? Läßt der Kurs einen Rückschluß auf das Ursprungssystem zu?«

»Nein, Sir. Die lineare Bewegung im Vergleich zu den lokalen Sonnen hat praktisch den Wert Null.«

Picard furchte die Stirn.

»Interne Struktur und Atmosphäre, Mr. Data?«

»Die Innenaufteilung entspricht einem schachbrettartigen Muster, Sir. Extrem schmale Korridore durchziehen das ganze Schiff. Die Antimaterie verarbeitende Energiequelle befindet sich im Zentrum, ist leicht abgeschirmt und umgeben von ...«

»›Leicht‹ abgeschirmt, Mr. Data?«

»Die Schilde sind weitaus weniger leistungsfähig als die an Bord der *Enterprise*. Die daraus resultierende Strahlung könnte über lange Zeiträume bei organischem Leben fatale Zellschäden zur Folge haben.«

»Mit anderen Worten: Sie hätte die Besatzung töten können? Selbst in der Hibernation?«

»Im Verlauf von zehntausend Jahren wäre das durchaus möglich, Sir.«

»Aber sie stellt keine nennenswerte Gefahr für Personen dar, die sich ihr nur für kurze Zeit aussetzen?«

»Meinen Sie damit die Angehörigen einer Sondierungsgruppe?« Als Picard nickte, fügte Data hinzu: »Nun, ich glaube, sie gingen keine besonderen Risiken ein.«

»Na schön.« Der Captain nickte. »Setzen Sie Ihre Untersuchungen fort. Gibt es Wohnquartiere an Bord?«

»Offenbar nicht, Sir. Keine Anzeichen für eine interne Atmosphäre. Die Räumlichkeiten des fremden Objekts sind luftleer.«

»Nur ein Zufall? Ist das Gas irgendwann durch ein Leck entwichen?«

»Darauf kann ich Ihnen leider keine Antwort geben, Captain. Wir brauchen mehr Informationen, und die müssen wir direkt vor Ort sammeln.«

»Sonst noch etwas?« fragte Picard.

»In der Nähe des Zentrums befindet sich eine zweite, kleinere Antimateriemasse. Die Abschirmung ist noch geringer als bei der anderen, aber aufgrund ihrer beschränkten Quantität emittiert sie nicht mehr Strahlung.«

Der Captain schürzte die Lippen. »Vielleicht eine Waffe?«

»Denkbar, Sir. Sie weist eine funktionelle Ähnlichkeit mit unseren Photonentorpedos auf, aber angesichts ihrer Position in der Nähe des Mittelpunkts sehe ich keine Möglichkeit, sie außerhalb des Schiffes einzusetzen.«

»Nun«, sagte Picard, »nach Ihren bisherigen Angaben kann man das Schiff nur mit Hilfe eines Transporters verlassen, und das gilt sowohl für eventuelle Besatzungsmitglieder wie auch für unbelebte, anorganische Objekte. Sie haben noch immer keine Öffnungen gefunden, oder?«

»Nein, Sir, aber das bedeutet nicht ...«

»Ich weiß. Unsere Entfernung ist nach wie vor zu groß, um versiegelte Schotten oder kleine Katapultkammern zu entdecken. Doch selbst wenn Abschußröhren oder etwas in der Art existieren: Ein einzelner Offensivmechanismus an Bord eines ansonsten unbewaffneten Raumers ergäbe ebensowenig Sinn wie das Fehlen eines Antriebssystems. Im Falle eines Angriffs könnte das Schiff nicht einmal fliehen.«

»Vielleicht wurde diese Option als unnötig erachtet«, sagte Worf. »Ich habe gerade einige Anzeigen analysiert. Sie deuten auf das Vorhandensein einer einfachen und inzwischen nicht mehr funktionsfähigen Tarnvorrichtung hin.«

Picard drehte ruckartig den Kopf und sah zur wissenschaftlichen Station. »Es läßt sich nicht mehr einsetzen? Sind Sie ganz sicher?«

»Bestätigung, Sir. Nach den aktuellen Daten zu urteilen, sind die wichtigsten Komponenten des Systems – damit meine ich die Bestandteile, die das Tarnfeld erzeugen – entweder ausgefallen oder fehlen ganz.«

Picard wandte sich wieder dem Schirm zu und starrte auf das Rätsel. Einige Sekunden lang schwieg er, während es in seinen Augen blitzte. Schließlich seufzte er und trat zurück.

»Stellen Sie eine Erkundungsgruppe zusammen, Nummer Eins«, sagte er plötzlich.

Riker lächelte. Er hatte das kurze Aufleuchten in den Pupillen seines Captains gesehen, und er wußte auch, was es bedeutete: Picard bedauerte es, die Vorschriften beachten und an Bord der *Enterprise* bleiben zu müssen; es wäre ihm viel lieber gewesen, das Sondierungsteam selbst zu leiten.

»In Ordnung, Sir«, erwiderte der Erste Offizier und winkte La Forge und Yar zu, als er sich dem vorderen Turbolift näherte.

Die drei Mitglieder der Erkundungsgruppe standen mit aktivierten Individualschilden auf der Transporterplattform. Riker gab Fähnrich Carpelli an den Kontrollen ein Zeichen.

Picard befand sich nach wie vor auf der Brücke, wartete

hinter Lieutenant Commander Data an der vorderen Station.

»Wir beamen uns jetzt an Bord des fremden Schiffes, Sir«, meldete Riker.

»Viel Glück, Nummer Eins«, erwiderte Picard und lächelte dünn. »Halten Sie uns auf dem laufenden.«

»Selbstverständlich, Sir.« Rikers Stimme verklang, als sich das Transferfeld bildete.

Einige Sekunden lang herrschte Stille, und dann sagte Worf: »Sir, die Sensoren bestätigen, daß das Team den Einsatzort erreicht hat. Retransfer im angegebenen Zielkorridor.«

Wenig später ertönte erneut die Stimme des Ersten Offiziers. Sie klang nur ein wenig leiser, obwohl die Entfernung nun zehntausend Kilometer betrug. »Hier ist alles leer, Captain«, sagte er und fügte hinzu: »Die Anzeigen der Tricorder deuten auf keine Lebensformen hin. Das Innere des fremden Raumschiffs steht nicht unter Druck, und es herrscht völlige Schwerelosigkeit. Das einzige Licht stammt von unseren Lampen.«

Kurze Stille schloß sich an. »Wir sind in einem langen, kaum einen Meter breiten Korridor. Soweit unser Blick reicht, verläuft er völlig gerade. Es scheint sich jedoch nicht in dem Sinne um einen Flur zu handeln, eher einen Wartungsschacht oder Inspektionstunnel. An den Wänden zeigen sich hier und dort einige Tafeln, die ...«

Riker unterbrach sich. »Lieutenant La Forge, ich schlage vor, Sie übernehmen die Beschreibungen. Vermutlich sehen Sie weitaus mehr als Yar oder ich.«

»Wie Sie meinen, Sir«, sagte La Forge und berührte sein Visor.

Er schwieg kurz, ließ seinen von der visuell-organischen Restitution verstärkten Blick durch den Korridor wandern, beobachtete die verschiedenen Wellenlängen, deren Wahrnehmung ihm das Visor ermöglichte. Für jemanden, der nicht an ein solches Gerät gewöhnt war, hätte sich ein unentwirrbares Chaos dargeboten; aber die mehrjährige

Erfahrung im Umgang mit dem speziellen Instrument befähigte La Forge, die verschiedenen Eindrücke nach Belieben zu selektieren. Er fokusierte seine Aufmerksamkeit auf einige ganz bestimmte Frequenzbereiche, ignorierte zunächst die Informationen, die ihm von den anderen übermittelt wurden. Der Auswahlprozeß stellte praktisch nur eine instinktive Reaktion dar. Er erforderte nicht mehr Konzentration als das Bemühen eines ganz normalen Menschen, eine rote Fahne inmitten von hundert grünen auszumachen und anschließend ihre Formen voneinander zu unterscheiden.

»Der Korridor reicht etwa fünfzig Meter weit in beide Richtungen«, sagte Geordi. »In regelmäßigen Abständen zweigen Nebengänge ab, und auf beiden Seiten sehe ich mindestens ein Dutzend Türen oder Kontrollflächen. Sie weisen ebensowenig Markierungen auf wie die Tunnelwände. Die Türen sind hoch und breit genug, um Personen von unserer Größe Durchlaß zu gewähren. Die nächste Tafel ...«

»Captain!« warf Worf mit einem alarmiert klingenden Knurren ein. »Holen Sie die Erkundungsgruppe sofort zurück!«

»Was ...«

»Das Gerät mit der zweiten Antimateriemasse ist aktiviert worden! Wenn die energetischen Emissionen weiterhin zunehmen, wird die kritische Phase in knapp einer Minute erreicht, und die Folge wäre eine vollständige Vernichtung des fremden Schiffes!«

KAPITEL 2

Picard berührte das Brustabzeichen seiner Uniform, schaltete damit den Kommunikator ein. »Transporterraum«, sagte er scharf. »Unverzüglicher Retransfer des Sondierungsteams!«

Erneut tippte er auf das kleine Instrument. »Nummer Eins, wir holen Sie und Ihre Begleiter zurück. Irgend etwas geschieht bei Ihnen.«

Abrupt drehte er sich um, stieg die Rampe hoch, trat an die wissenschaftliche Station heran und wandte sich an den Klingonen. »Die zweite Antimateriemasse, Lieutenant — haben Sie ihre genauen Koordinaten?«

»Ja, Sir.«

»Übermitteln Sie die Daten sofort an den Transporterraum, wenn Riker, La Forge und Yar wieder an Bord sind.«

Angespannt wartete der Captain auf die Rückkehr-Bestätigung. Als sie eintraf, sagte er rasch: »Transporterkontrolle: Richten Sie den Transferfokus auf das Objekt, dessen Koordinaten Sie von Lieutenant Worf erhalten. Bringen Sie es so weit wie möglich vom fremden Schiff fort! Ihnen bleiben weniger als zwanzig Sekunden!«

»Aye, aye, Sir«, antwortete Fähnrich Carpelli. »Transferfokus wird ausgerichtet, Sir.«

»Fünfzehn Sekunden bis zur Explosion, Captain«, brummte Worf. »Nach den Sensoranzeigen zu urteilen, ähnelt das Objekt einem Photonentorpedo ohne Eigenantrieb.«

»Transporter wird mit Energie beschickt«, sagte Carpelli. »Transfer erfolgt — jetzt.«

»Noch fünf Sekunden«, meldete Worf. »Kritische Masse ist aus dem Wrack verschwunden, aber ...« Der Klingone zögerte, starrte auf die neuen Daten. »Entfernung des Objekts vom fremden Schiff beträgt nun fünftausend Kilometer. Detonation imminent, Sir.«

Plötzlich strahlte die gleißende Helligkeit eines Explosionsblitzes vom Bildschirm, und die Konturen des Wracks verloren sich in dem flackernden Schimmern.

»Detonationsprozeß abgeschlossen«, sagte Worf und blickte weiterhin auf die Kontrollen der wissenschaftlichen Station. »Das fremde Schiff scheint unbeschädigt zu sein.«

Kurze Zeit später öffnete sich die Tür des vorderen Turbolifts mit einem leisen Zischen, und die Mitglieder der Erkundungsgruppe betraten die Brücke, angeführt von einem verwirrten Riker.

»Was ist passiert, Captain? Warum haben Sie uns zurückholen lassen?«

»Irgend etwas — Ihre Anwesenheit, nehme ich an — löste eine Antimaterie-Vorrichtung aus«, entgegnete Picard und deutete auf den Schirm, der noch immer ein vages Nachglühen der Explosion zeigte. Das ruhige, gleichgültige Leuchten der Sterne schien wie von einem vagen Schleier getrübt zu werden.

»Ein Stolperdraht, verbunden mit einer Bombe?« fragte Riker und hob die Brauen.

Data musterte ihn neugierig, als er diese Worte vernahm, gab jedoch keinen Ton von sich.

»Eine Bombenfalle, ja«, bestätigte Picard. »Zumindest deutet alles darauf hin. Und wer sie installiert hat, scheint zu sehr drastischen Maßnahmen zu neigen. Die Explosion hätte das ganze Schiff in atomaren Staub verwandelt.«

Riker schnitt eine Grimasse. »Vielen Dank, daß Sie so schnell gehandelt haben, Captain.«

Picard winkte ab. »Nicht der Rede wert.«

»Sehen wir uns das Wrack noch einmal an?«

Der Captain wandte sich wieder der wissenschaftlichen Station zu. »Lieutenant Worf? Orten die Sensoren andere destruktive Apparaturen?«

»Abgesehen von der zentralen Energiequelle gibt es keine Hinweise auf nennenswerte Antimateriemassen an Bord des fremden Schiffes. Allerdings sollten wir die Möglichkeit nichtnuklearen Sprengstoffs berücksichtigen.«

Yar schüttelte den Kopf. »So etwas halte ich für unwahrscheinlich. Wenn derartige Bomben existierten, müßten sie vor der Antimateriefalle ausgelöst werden. *Nachher* hätten sie nur wenig Sinn.«

»In der Tat, Lieutenant«, sagte Picard. »Sie wären zusammen mit dem Schiff vernichtet worden. Andererseits: Bei einem so alten Wrack könnte es zu der einen oder anderen Fehlfunktion kommen. Vielleicht erklärt das sogar die Explosion.«

»Das glaube ich nicht, Captain«, sagte Worf, dessen Aufmerksamkeit in erster Linie seinen Instrumenten galt. »Die Anzeigen legen den Schluß nahe, daß die Destruktionssequenz von einer vorher festgelegten Ereigniskette ausgelöst wurde.«

»Aber welchen *Sinn* hatte sie?«

»Das liegt auf der Hand, Sir«, brummte Worf. »Ziel war eine Zerstörung des Schiffes und die Eliminierung aller Wesen an Bord.«

Lieutenant Yar räusperte sich. »Das klingt nur dann plausibel, wenn das Wrack die Funktion eines militärischen Vorpostens oder etwas in der Art ausübte. Vorrichtungen zur Selbstvernichtung sind uns aus der Geschichte vieler Welten bekannt.«

Picard dachte nach. »Ein militärischer Vorposten?« wiederholte er. »Ohne Triebwerk, ausgerüstet nur mit einem Tarnsystem? Und die einzige Waffe ein Mittel zur Selbstzerstörung?« Er blickte sich auf der Brücke um. »Data? Lieutenant Worf?«

»Die Sensoren registrieren keine anderen Waffen, Sir«, antwortete der Klingone und fügte hinzu: »Zumindest keine, die wir kennen.«

»Aber es arbeiten nach wie vor einige uns unbekannte Mechanismen, Sir«, warf Data ein. »Dabei könnte es sich durchaus um Apparaturen mit Offensivpotential handeln. Sie scheinen nicht voll aktiv zu sein, und die bisher ermittelten Werte deuten auf Subraum-Komponenten hin.«

»Können Sie nähere Angaben dazu machen?«

»Leider nicht, Sir. Das ist ohne eine genaue Untersuchung ausgeschlossen.«

Picard überlegte. »Die Vorrichtungen, von denen Sie gerade sprachen ... Hat sich ihr energetisches Niveau verändert?«

»Nein, Sir«, erwiderte Data nach einem kurzen Blick auf seine Konsole. »Es kam zu keinen Veränderungen.«

Riker sah den Captain an. »Wir brauchen zusätzliche Informationen, Sir.«

Picard schwieg kurz und beobachtete die Darstellung des großen Bildschirms. Schließlich nickte er. »Na schön. Aber seien Sie darauf vorbereitet, jederzeit zur *Enterprise* zurückzukehren.«

Die vier Mitglieder des Sondierungsteams — Riker, Data, Yar und La Forge — rematerialisierten in einem leeren Korridor. Als sich die letzten Schlieren des Transporterfelds verflüchtigten, fühlte Geordi eine wenige Sekundenbruchteile dauernde Verwirrung, an die sich Schwindel aufgrund der fehlenden Gravitation anschloß. Er veränderte die Justierung seines Individualschilds, und daraufhin entstand ein schwaches Magnetfeld, das dem Oben und Unten die gewohnten Positionen zurückgab. Das Vakuum in dem Wrack störte nicht weiter — im Innern der einzelnen Schilde herrschte normaler atmosphärischer Druck —, doch die plötzliche Stille wirkte irgendwie unheimlich.

»Vergeuden wir keine Zeit«, sagte Riker. Seine Stimme klang seltsam dünn aus den Lautsprechern der Kommunikatoren. »Volle Energie auf die Schirmfelder. Derzeit bleiben wir zusammen und ...«

»Nummer Eins«, unterbrach ihn Picard, »Ihre Ankunft scheint die Selbstzerstörungs-Vorrichtung erneut aktiviert zu haben. Zwar existiert jetzt keine Antimateriebombe mehr, aber Sie sollten trotzdem vorsichtig sein.«

»Verstanden, Sir. Unsere Tricorder reagieren auf die verwendete Energie. Wir nehmen sofort eine Überprüfung vor. Gehen Sie voran, Lieutenant La Forge.«

Geordi blickte auf die Anzeige seines kleinen Ortungsinstruments und drehte sich langsam. »Dort entlang«, sagte er und hob den Kopf. »Ich glaube, ich brauche dieses Ding überhaupt nicht«, fügte er hinzu und deutete auf den Tricorder. »Für mich ist das Strahlungsleck des Antimateriekerns wie ein unübersehbares Fanal.«

Er schauderte leicht, als er sich in Bewegung setzte und durch den schmalen Gang wanderte. Seine Gefährten folgten ihm. Der vom Visor verstärkte visuelle Sinn nahm die Strahlung als fast grelles Licht wahr, und er erinnerte sich deutlich an den Emissionsblitz, der die *Enterprise* unmittelbar im Anschluß an die Explosion erfaßt hatte — und der nur für ihn und die Sensoren des großen Schiffes sichtbar gewesen war. Bei solchen Gelegenheiten erwies sich das elektronische Gerät vor seinen Augen nicht nur als Segen, sondern auch als Fluch. Geordi wußte, daß ihnen von der Strahlung des Kerns keine Gefahr drohte, wenn sie sich ihr nicht zu lange aussetzten, doch das Gleißen weckte profundes Unbehagen in ihm, eine vage Furcht, die er kaum zu kontrollieren vermochte. Eine instinktive, tief in seiner genetischen Struktur verwurzelte Reaktion auf die potentielle Tödlichkeit solcher Emissionen?

Es lief Geordi kalt über den Rücken, und er versuchte, diese Überlegungen aus sich zu verdrängen, als er um eine Ecke bog. Sein Blick fiel nicht etwa auf eine Wandtafel, sondern auf ein massives Schott. Mit Hilfe des Visors beobachtete er das helle Funkeln eines Strahlungslecks. Er senkte den Kopf, blickte kurz auf den Tricorder, der die Koordinaten von zwei Energiequellen angab. Die erste — der Antimateriekern — befand sich ein Dutzend Meter hinter und unter dem Deck, abgeschirmt von zwei verschiedenen Schilden. Die zweite verbarg sich direkt hinter der metallenen Barriere und ließ sich im grellen Schillern der Strahlung nur schwer lokalisieren. Geordi hielt vergeblich nach einer Möglichkeit Ausschau, das Schott zu öffnen. Die gesamte Zentralsektion des Wracks wirkte wie ein einziges, großes Modul, dazu bestimmt, bei einer Fehlfunktion einfach ausgetauscht zu werden.

»Nach unseren Sensoren zu urteilen, stehen Sie jetzt direkt über dem Vernichtungsapparat, Nummer Eins«, erklang Picards Stimme aus den Lautsprechern der Kommunikatoren. »Sie zeigen auch, daß die Strahlung intensiver wird. Ist soweit alles in Ordnung mit Ihnen?«

»Ja, Sir«, erwiderte Riker und starrte auf den kleinen Schirm seines eigenen Tricorders. »Aber ich fürchte, wir können die Vorrichtung nicht untersuchen. Zumindest nicht direkt. Wir müßten uns mit den Phasern durch das Schott schneiden, und unter den gegenwärtigen Umständen halte ich das für unklug. Wie Sie schon sagten: Die Strahlung nimmt zu, und hinter der Wand erreicht sie bereits die Gefahrenschwelle.«

Riker zögerte und betätigte einige Sensorpunkte des Tricorders. »Seltsamerweise hat die energetische Aktivität im Kern nur ganz leicht zugenommen. Ich frage mich, warum die Emissionen vor uns ...«

»Ich glaube, ich kann Ihnen eine Erklärung anbieten, Sir«, unterbrach ihn Data und sah von seinem Ortungsinstrument auf. »Als die zweite, kritische Antimateriemasse ins All transferiert wurde, erfaßte das Transporterfeld auch einige Substanzen, die sich direkt in der Nähe befanden, darunter vermutlich ein Teil des Decks. Da jene Metalle zur Abschirmung des Kerns gehörten, hat sich die Strahlung verstärkt. Daraus könnte sich eine weitere Konsequenz ergeben: Vielleicht kam es durch den Schildverlust zu einer molekularen Belastung, die nun zu einer stetigen Destabilisierung der übrigen Materialien führt.«

»Ich schlage vor, Sie entfernen sich von jenem Bereich, Nummer Eins«, sagte Picard. Sein Tonfall machte deutlich, daß es sich um einen Befehl handelte. »Und zwar sofort!«

»Ja, Sir«, erwiderte Riker rasch. »Aber es gibt noch keinen Grund, uns zur *Enterprise* zurückzubeamen.«

»Vielleicht nicht – *wenn* Sie die Gefahrenzone schnell genug verlassen.«

»Wir sind schon unterwegs, Sir«, bestätigte der Erste Offizier und forderte seine Begleiter mit einem Wink auf, ihm zu folgen.

Erleichterung durchströmte Geordi, als er dem Strahlungsgleißen den Rücken zuwandte. Er wußte, daß die Emissionen noch nicht tödlich waren, aber ihr grelles Schimmern verunsicherte ihn.

»Wenn die Dauer unseres Aufenthalts an Bord dieses Schiffes beschränkt bleiben muß, sollten wir uns aufteilen«, meinte Data, als sie gut ein Dutzend Meter zurückgelegt hatten.

»An diese Möglichkeit habe ich ebenfalls gedacht, Mr. Data«, erwiderte Riker nach kurzem Zögern. »Nach unseren bisherigen Beobachtungen sind die hiesigen Korridore insgesamt einen Kilometer lang. Sie und Lieutenant La Forge sehen sich in den Sektionen rechts von diesem Gang um. Lieutenant Yar und ich übernehmen die linke Seite.«

Fünf Minuten später kamen sie zu dem Schluß, daß alle Tunnel und Passagen im Wrack die gleiche monotone Beschaffenheit aufwiesen wie der Korridor, in dem sie nach dem ersten Transfer rematerialisiert waren. Selbst Geordis Visor konnte die einzelnen Wandtafeln nicht voneinander unterscheiden, und die von den Tricordern ermittelten Daten zeigten uniforme und nach wie vor unbestimmbare Aktivität hinter jeder Tür. Hunderte von rätselhaften Dingen arbeiteten auf einem sehr niedrigen energetischen Niveau, nahmen dabei so wenig Energie auf, daß die Tricorder trotz der geringen Distanz keine Schaltkreisanalyse vornehmen konnten. Es gab weitere Hinweise auf Subraum-Komponenten, was den Schluß zuließ, daß die Apparaturen vielleicht nichts anderes darstellten als nur über Warpentfernungen hinweg funktionierenden Com-Empfänger. Andere Anzeichen deuteten auch auf die Existenz von vertrauter Transportertechnik hin. Sonderbarerweise schienen direkte Verbindungen zwischen den entsprechenden Geräten zu existieren.

Nur in Hinsicht auf die Kontrollflächen selbst lieferten

die Tricorder eindeutige Angaben: Jeder Versuch, die Tafeln zu manipulieren, mußte einen starken Stromstoß auslösen, der die Maschinen hinter den Wänden in glühende Schlacke verwandelte.

Geordi wandte sich enttäuscht vom dritten Paneel ab, das ebenso beschaffen war wie alle anderen – und spürte plötzlich, wie der Boden unter ihm erzitterte. Eine Sekunde später fühlte er eine leichte Vibration. Ruckartig drehte er sich um, sah in Richtung Kern. Zwar befanden sich einige Wände zwischen ihm und der zentralen Energiequelle des Wracks, aber trotzdem konnte er deutlich erkennen, daß die Strahlung noch heller pulsierte, das Metall mühelos durchdrang.

»Wir holen Sie zurück!« ertönte Picards scharfe Stimme. »Halten Sie sich bereit!«

Dann hörten sie Carpellis Stimme aus dem Transporterraum: »Fokus auf Yar und Riker.«

Stille. Wenig später die Stimmen der beiden Offiziere, als sie an Bord der *Enterprise* von den Transferfeldern traten: »Wo sind La Forge und ...«

»Sie werden gerade erfaßt«, sagte Carpelli. Geordi spürte das leichte Prickeln der Transporterenergie.

Doch von einem Augenblick zum anderen ließ es wieder nach.

»Ich habe sie verloren, Sir!« hörte er Carpelli. »Irgend etwas ...«

»Das Wrack hat sich in einen Deflektorschirm gehüllt, Captain!« meldete Worf auf der Brücke. »Der Transporterstrahl kann es nicht durchdringen ...«

KAPITEL 3

»Deflektoren?« fragte Picard, und seine Stimme brachte eine Mischung aus Verblüffung und Ärger zum Ausdruck. »Gawelski!« Er wandte sich an den hohlwangigen jungen Fähnrich, der La Forges Platz am Navigationspult einnahm. »Bringen Sie uns bis auf visuelle Reichweite heran!«

Gawelskis Finger huschten über die Tasten und Sensorpunkte, und die Impulstriebwerke der *Enterprise* dröhnten, warfen das Schiff vorwärts. Die Entfernung von zehntausend Kilometern schrumpfte innerhalb weniger Sekunden zusammen.

»Data! La Forge!« sagte Picard scharf. »Können Sie mich hören?«

»Klar und deutlich, Sir«, erwiderte der Androide mit unerschütterlicher Gelassenheit. »Derzeit scheint uns keine Gefahr zu drohen. Wie dem auch sei: Aus irgendeinem Grund vibriert das Schiff, und zwar in einer Frequenz von zwölf Komma vier acht Hertz. Darüber hinaus zeigen unsere Tricorder an, daß der Antimateriekern seinen Energieausstoß erheblich erhöht hat.«

»Und damit wächst auch die Strahlung«, fügte Geordi hinzu. »Angesichts unserer derzeitigen Distanz zum Kern ist sie nicht tödlich – *noch* nicht –, aber ich wäre Ihnen sehr dankbar, wenn Sie eine Möglichkeit fänden, uns zur *Enterprise* zurückzubringen.«

»Wir lassen nichts unversucht, das versichere ich Ihnen, Lieutenant«, erwiderte Picard.

»Analyse des Deflektorschirms läuft, Sir«, berichtete Worf. »Offenbar ist er in erster Linie dazu bestimmt, Transporterimpulse abzulenken. Phaserstrahlen kann er nur sehr geringen Widerstand leisten. Ich schlage einen Phaser-Punktfokus vor, direkt auf die Generatoren gerichtet.«

»Können Sie die entsprechenden Geräte lokalisieren, Lieutenant?« erkundigte sich Picard.

»Nachdem sie jetzt aktiv geworden sind — ja, Sir.« Worf berührte ein Schaltfeld. »Die Koordinaten werden der taktischen Station übermittelt, Sir.«

Dort saß Lieutenant Brindle und bedachte den Captain mit einem fragenden Blick.

»Wir warten noch damit, das Feuer zu eröffnen, meine Herren«, sagte Picard. »Mr. Data? Lieutenant La Forge? Nach den Anzeigen unserer Sensoren besteht keine unmittelbare Lebensgefahr für Sie. Ist das richtig?«

»Wenn die Strahlung nicht weiter zunimmt, brauchen Sie sich um mich überhaupt keine Sorgen zu machen«, erwiderte der Androide. »Geordi hingegen muß in schätzungsweise siebenundzwanzig Stunden mit ersten Zellschäden rechnen.«

»Nun gut«, brummte Picard. »Lieutenant Brindle, richten Sie die Phaser auf die von Lieutenant Worf bestimmten Koordinaten. Energie auf die Speicherbänke. Halten Sie sich in Bereitschaft.«

»Phaser ausgerichtet und feuerbereit, Sir.«

Einige Augenblicke später traten Riker und Yar auf die Brücke. Brindle wich zur Seite, als die Leiterin der Sicherheitsabteilung zur taktischen Station eilte und die Kontrollen prüfte.

»Ich benötige möglichst viele Informationen«, sagte Picard. »Und was noch wichtiger ist: Ich brauche eine Bestätigung dafür, daß uns keine andere, noch unangenehmere Überraschung erwartet, wenn wir die Deflektorgeneratoren des Wracks unter Beschuß nehmen. Das gilt auch für Sie, Mr. Data und Lieutenant La Forge. Nutzen Sie Ihre gegenwärtige Lage, um weitere Daten zu sammeln. Aber gehen Sie kein Risiko ein; seien Sie vorsichtig.«

»Natürlich, Sir«, bestätigte der Androide. »Wir wollen versuchen, eine Art Kontrollraum zu finden. Ich glaube, unsere Tricorder ...«

»Strahlung wird erneut intensiver!« warf Geordi ein. »Ich kann es sehen.«

»Alles für eine Punktsalve auf die Schirmfeldgeneratoren bereit?« fragte Picard.

»Positiv, Sir.«

»Wie stark haben die Emissionen zugenommen, Lieutenant Worf?«

»Ungefähr um zehn Prozent, Sir«, antwortete der Klingone. »Offenbar handelt es sich dabei nicht um eine Destabilisierung der Strahlungsschilde, sondern um eine Erhöhung des energetischen Outputs.«

»Zu welchem Zweck, Lieutenant? Werden irgendwelche anderen Waffen für den Einsatz vorbereitet?«

»Nein, Sir. Die Energie fließt in einen bisher nicht aktiven Bereich.« Worf betrachtete die Anzeigen der wissenschaftlichen Station. »Es scheint eine Hibernationseinheit zu sein. Allerdings ist die betreffende Sektion so gut vor einer Sensorerfassung geschützt, daß keine Einzelheiten festgestellt werden können.«

Während das Wrack allmählich zu erwachen schien, blickte Data auf seinen Tricorder. Der Glanz in seinen goldenen Augen verstärkte sich ein wenig, als er den Kopf hob. »Captain, wenn ich mich nicht irre, sind wir kaum dreißig Meter von dem aktiv werdenden Funktionsbereich entfernt, den Lieutenant Worf eben erwähnte. Mit Ihrer Erlaubnis gehen wir der Sache nach.«

»Erlaubnis erteilt, Mr. Data. Ich brauche Sie wohl nicht extra darauf hinzuweisen, Vorsicht walten zu lassen.«

»Nein, Sir. Vielen Dank. Geordi ...« Der Androide unterbrach sich und sah erneut auf die kleine Schirmfläche des Tricorders. »Ich glaube, es bildet sich eine neue Atmosphäre.«

»Er hat recht, Sir«, sagte Worf. »Dreißig Prozent Sauerstoff, der Rest Edelgase. Wenn es so weitergeht, herrscht in fünf Minuten normaler irdischer Luftdruck.«

»In vier Komma sechs acht Minuten«, berichtigte Data, den Blick nach wie vor auf sein Analyseinstrument gerichtet.

»Wahrscheinlich hängt es mit der Aktivierung der Hibernationseinheit zusammen«, vermutete Geordi. »Die

Schiffssysteme stellen für organisches Leben geeignete Bedingungen her. Wenn wir uns beeilen, erreichen wir die betreffende Sektion, bevor der Schläfer zu sich kommt — und das scheint mir der sicherste Zeitpunkt zu sein.«

»Mr. Data ...« begann Picard, doch seine Stimme verklang plötzlich.

»Captain?« Der Androide sah Geordi an, berührte dann das Brustabzeichen seiner Uniform. »Captain?« wiederholte er, bekam aber keine Antwort.

Geordi griff nach Datas Arm.

»Kommen Sie«, sagte er. »Wir sollten uns auf den Weg machen. Allem Anschein nach werden nun auch unsere Kommunikatorsignale blockiert. Noch ein Grund mehr, die Hibernationskammer aufzusuchen, bevor das *Etwas* erwacht.«

Data eilte sofort los, und La Forge folgte ihm, widerstand der Versuchung, das Magnetfeld des Individualschilds auszuschalten und die Schwerelosigkeit zu nutzen, um sich von der Wand abzustoßen und durch den Gang zu *fliegen*. Was mochte geschehen, wenn die Gravitation ganz plötzlich zurückkehrte? Der Androide behielt ständig die Anzeigen seines Tricorders im Auge, bewegte sich zwar nicht besonders elegant, dafür aber mit unverkennbarem Geschick. Geordi warf einen Blick auf sein eigenes Instrument und stellte fest, daß der Luftdruck weiterhin zunahm. Allerdings sank der Sauerstoffgehalt, bis er nur noch vierundzwanzig Prozent betrug.

»Die Strahlung steigt«, sagte Geordi, als sie eine von vielen Tunnelecken passierten. »Wieviel Zeit bleibt mir noch, Data?«

»Bei der gegenwärtigen Intensität? Etwa zwölf Stunden, bis Sie mit ernsten Folgen rechnen müssen. Aber bis dahin hat uns der Captain bestimmt zurückgeholt.«

»Wollen wir nur hoffen, daß dieses Schiff jetzt alle seine Trümpfe ausgespielt hat.«

Sie verharrten vor einer dicken Tür, die ebenfalls keine Markierungen aufwies, jedoch doppelt so breit war wie die anderen Wandflächen. Geordi schüttelte den Kopf. »Die frühere Besatzung des Wracks scheint nicht viel von Zimmernummern gehalten zu haben.«

»Könnten Sie mit solchen Kennzeichnungen etwas anfangen?« fragte Data, hielt den Tricorder vor die Tür und nahm eine Kontrolle vor.

Geordi folgte seinem Beispiel und lachte leise. »Nein, wohl kaum. Übrigens: Inzwischen hat sich der Luftdruck auf siebzig Prozent der Erdnorm stabilisiert.«

Ganz plötzlich flackerten die Deckenplatten im Korridor, glühten schließlich in einem matten, für normale menschliche Augen eher trüben Schein. Einige Sekunden später erzitterte die Tür und glitt beiseite, verschwand in der glatten Metallwand. Geordis Visor-Blick fiel auf mehr als zehn hüfthohe Plattformen, auf denen rechteckige, sargartige Behälter ruhten.

»Vielleicht hat man nur darauf gewartet, daß wir anklopfen«, sagte La Forge voller Unbehagen.

»Oder darauf, daß der Luftdruck einen bestimmten Wert erreicht«, erwiderte Data. Seine Aufmerksamkeit wechselte zwischen der Kammer und den Anzeigen seines Tricorders hin und her. »Das dort sind zweifellos die Hibernationseinheiten, die Worf ortete. Seltsam: Die Lebensindikatoren geben nach wie vor Null-Werte an.«

»Mit anderen Worten: Die Wesen in den Tiefschlafzellen sind tot?«

»Mag sein. Trotzdem müßten sich organische Reste feststellen lassen ...«

Der Androide verstummte abrupt, als sich einer der Behälter öffnete. Ein Flankensegment löste sich, kippte zur Seite und offenbarte eine gepolsterte Liegefläche, groß genug, um einen Menschen aufzunehmen.

Doch die Kapsel enthielt nur ein Durcheinander aus Kabeln und Röhren.

Datas Pupillen weiteten sich kaum merklich. »Sonderbar«, murmelte er. »Zwar existiert kein Tiefschläfer, aber die Automatik spult trotzdem ihr gespeichertes Programm ab.«

Geordi zuckte mit den Schultern. Tief in ihm regte sich ein Hauch von Nervosität. »So ist das eben mit Maschinen«, sagte er leichthin. Als er begriff, daß Data seine Worte falsch verstehen konnte, fügte er hastig hinzu: »Anwesende natürlich ausgenommen.«

Der Androide neigte den Kopf zur Seite, schien zu lauschen, als er La Forges Hinweise einer Signifikanzanalyse unterzog. »Oh, ja, ich verstehe. Ihre zweite Bemerkung war als Entschuldigung gedacht – für den Fall, daß ich die erste als Beleidigung empfinde.«

Geordi lächelte schief. »Aber in Wirklichkeit habe ich dadurch nur erst Ihre Aufmerksamkeit erweckt. Tut mir leid.«

Datas blasse Lippen zuckten in dem wenig erfolgreichen Versuch, ein menschliches Schmunzeln zu imitieren. »Schon gut, Geordi. So ist das eben mit Menschen.«

Geordi lachte, und ein großer Teil seines Unbehagens verflüchtigte sich. »Sie haben völlig recht, Data. Manchmal frage ich mich, warum Sie angeblich so versessen darauf sind, uns nachzuahmen. Viel zu oft ist unsere Zunge schneller als das Gehirn.«

Der Androide erstarrte erneut und rief die Daten aus seinem internen Interpretationsspeicher ab. »Ich nehme an, dabei handelt es sich um eine Redewendung«, erwiderte er schließlich. »Immerhin wird die Zunge direkt vom Hirn kontrolliert und kann sich höchstens aufgrund von ungesteuerten Nervenreflexen in Bewegung setzen. Hinzu kommt, daß Sprache eine recht aufwendige motorisch-psychische Koordinierung erfordert, und daraus folgt ...«

»Eine Redewendung, in der Tat«, bestätigte Geordi rasch. »Aber bevor wir uns deswegen graue Haare wachsen lassen – ja, auch das ist eine Redensart –, sollten wir uns die Dinge dort näher ansehen.« Er deutete auf die anderen, noch immer geschlossenen Hibernationsbehälter.

Data zog wieder seinen Tricorder zu Rate. »Weder energetische Aktivität noch positive Anzeigen der Lebensindikatoren«, sagte er. »Die Wecksysteme der ersten Kapsel sind inzwischen ausgeschaltet worden.« Er zögerte, wandte sich einer Tür zu. »In jener Richtung registriere ich ein hohes elektrisches Niveau ...«

Die metallene Pforte sauste jäh nach oben, gab den Weg in einen kleinen Raum frei.

Als sie das Zimmer betraten, sah Geordi nicht die glatten, monotonen Wände, die er erwartet hatte.

»Volltreffer!« stieß er hervor und grinste fast von einem Ohr zum anderen.

Ein Bildschirm nahm die obere Hälfte der gegenüberliegenden Wand ein. Darunter erstreckten sich zwei lange Instrumentenflächen, deren Kontrollen fremdartige Beschriftungen aufwiesen. Vermutlich hatte jede Schaltvorrichtung eine ihr fest zugewiesene Funktion — im Gegensatz zu den programmierbaren Pulten an Bord der *Enterprise*.

In der Mitte der oberen Reihe blinkte ein bernsteinfarbenes Licht, und kurz darauf zeigte der Schirm eine Karte von der inneren Struktur des Schiffes, in dem sich Geordi und Data aufhielten.

Im symbolischen Bereich des Antimateriekerns glänzte ein grüner Kreis, pulsierte im Rythmus der goldbraunen Anzeige. Direkt darunter wurden einige Schriftzeichen eingeblendet, wahrscheinlich ein Hinweis für die Beobachter.

»Die Strahlung!« entfuhr es La Forge, und in Gedanken kehrte er noch einmal zu den jüngsten Ereignissen zurück. Auf einmal ergab alles einen Sinn. »*Sie* ist der Grund. Wir schwächten die Abschirmung, als wir die Bombe ins All beamten! Ich nehme an, irgendwo an Bord gibt es einen Computer, der alle Systeme überwacht. Als er die Zunahme der Emissionsintensität bemerkte, aktivierte er Deflektoren, um zu verhindern, daß jemand ins Schiff gelangt. Und eben hat er gerade versucht, jemanden zu wecken, der den Schaden reparieren kann. Doch die Wartungstechniker sind schon seit zehntausend Jahren fort, ohne daß der Computer davon erfuhr.« Er schüttelte den Kopf. »Data, glauben Sie, Sie kommen mit der Schalttafel zurecht?«

»Das bezweifle ich, Geordi. Die möglichen Kombinationen und Reaktionen sind zwar nicht unendlich, aber doch so groß, daß meine Elaborationsfähigkeit nicht ausreicht. Wenn es eine Möglichkeit gäbe, die hiesige Anlage mit dem Bordcomputer der *Enterprise* zu verbinden ...« Er brach ab.

La Forge seufzte. »Einen solchen Einwand habe ich befürchtet. Meine Güte, wenn es uns gelänge, daraus schlau zu werden ...« – er deutete auf die Schaltflächen –, »... könnten wir vielleicht die Deflektoren desaktivieren und von hier verschwinden, bevor uns die Strahlung grillt.«

Versuchsweise berührte er den Insignienkommunikator, erhielt jedoch keine Antwort. »Wir sind noch immer abgeschnitten. Vermutlich blockiert der Schild nicht nur unsere Signale, sondern auch die Phaser der *Enterprise*. Andernfalls hätte der Captain längst die Generatoren zerstört und uns zurückgebeamt. Ich habe gehört, daß Worf die Koordinaten der taktischen Station übermittelte, bevor die Verbindung abbrach. Tasha erklärte Feuerbereitschaft.«

»Ich bin zu ähnlichen Schlüssen gelangt, Geordi. Nun, wir befinden uns im Innern des Abschirmfeldes, und das versetzt uns in die Lage, selbst etwas gegen die Generatoren zu unternehmen.«

La Forge nickte. »Ganz meine Meinung.« Er warf einen kurzen Blick auf seinen Tricorder, hob dann den Kopf, streckte den Arm aus und deutete in Richtung Schiffsmitte. »Irgendwo dort, glaube ich«, sagte er und verließ das Zimmer.

Bevor er die Tür erreichte, hielt ihn Data an der Schulter fest. Er drückte sanft zu, aber Geordi wußte, daß er sich nicht aus dem Griff des Androiden hätte befreien können.

»Überlassen Sie das mir, Geordi«, sagte Data. »Ganz offensichtlich befinden sich die Generatoren in der Nähe des Antimateriekerns, und dort ist die Strahlung besonders intensiv.« Er prüfte die Anzeigen des Tricorders. »Vor knapp fünfundvierzig Sekunden erfolgte eine weitere Zunahme der Emissionen. Angesichts der derzeitigen Entfernung sind Sie noch einige Minuten lang sicher, aber in der Nähe des Kerns könnten Sie die Strahlung ohne einen schweren Schutzanzug nur wenige Sekunden lang ertragen. Ich bin nicht nur wesentlich schneller und agiler als Sie, sondern auch unempfindlicher. Anders ausgedrückt: Mir droht keine unmittelbare Gefahr.«

»Data ...«

»Es wäre nicht logisch, wenn Sie mich begleiten, Geordi«, sagte der Androide, die Hand nach wie vor auf der Schulter des jungen Lieutenants.

»Ich weiß, Data, aber ...«

»Aber es ist menschlich, so einen Wunsch zum Ausdruck zu bringen — obgleich Sie wissen, daß er eigentlich gar keinen Sinn hat?«

La Forge schwieg kurz und nickte schließlich. »Manchmal — ziemlich oft, um ganz ehrlich zu sein — wird unsere Logik vom Gefühl verdrängt.« Er holte tief Luft. »Gehen Sie, bevor die Strahlung selbst für Sie zu stark wird.«

»In Ordnung.« Data ließ Geordi los.

Der grüne Kreis auf dem Bildschirm wuchs und verschwand dann. Innerhalb einer Sekunde flammten hundert oder noch mehr runde Markierungen auf, strahlten in einem warnenden Gelb und verblaßten dann wieder.

Alle bis auf eine.

Kurz darauf löste sich auch die Kartendarstellung auf, und das Bild zeigte die *Enterprise*, bevor gestaltlose Gräue herankroch.

Dutzende von Kontrollampen flackerten auf den beiden Schalttafeln, bildeten ein Muster, das für Geordi ohne Bedeutung blieb.

Und dann, von einem Augenblick zum anderen, flutete helles Licht heran, und die beiden spürten den prickelnden Fokus eines Transporterfelds.

»Mr. Data! Lieutenant La Forge!« Picard klopfte mehrmals auf seinen Insignienkommunikator, doch es gelang ihm nicht, einen Kontakt zum Wrack herzustellen.

»Feldenergie der Deflektoren steigt«, knurrte Worf. »Die Com-Signale werden abgelenkt, erreichen das fremde Schiff überhaupt nicht.«

»Können unsere Phaser die Abschirmung durchdringen?«

»Ich glaube schon, Sir. Wenn uns Zeit genug bleibt. Und wenn wir die Strahlen ausreichend stark bündeln. Allerdings müssen wir folgendes berücksichtigen: Wahrscheinlich nähme der energetische Ausstoß des Antimateriekerns sofort zu, um die Deflektoren stabil zu halten, und die daraus resultierende Intensitätszunahme der Strahlung ...«

»Vielleicht bleibt uns keine andere Wahl!« zischte Picard. »Lieutenant Yar, halten Sie die Phaser weiterhin auf die Koordinaten der Generatoren gerichtet. Dr. Crusher, begeben Sie sich sofort in den Transporterraum. Nehmen Sie all das mit, was Sie für die Behandlung umfassender Strahlenschäden benötigen.«

»Ich bin schon unterwegs Captain«, antwortete Beverly Crusher aus der Krankenstation.

»Nummer Eins? Lieutenant Yar? Sie befanden sich ebenfalls an Bord des Wracks. Haben Sie irgendwelche Informationen, die uns helfen könnten?«

»Tut mir leid, Sir«, sagte Riker und schüttelte den Kopf. »Wir fanden nur Korridore und Türen, weder Kontrollen noch Markierungen irgendeiner Art. Und unsere Tricorder bestätigten die bereits durch die Sensoren der *Enterprise* gewonnenen Daten.«

»Dem kann ich mich nur anschließen, Sir«, meinte Tasha Yar. »Nun, in bezug auf die Phaser möchte ich zwei Vorschläge unterbreiten. Erstens: Bevor wir das Feuer eröffnen, sollten wir so nahe wie möglich an das fremde Schiff heran, bis zur Peripherie der Deflektoren. Zweitens: Richten Sie alle Phaser auf die Zielkoordinaten. Wählen Sie als Einstellung Maximalenergie und minimale Streuung. Feuern Sie sie gleichzeitig ab.«

»Einverstanden, Lieutenant.« Picard nickte. »Wenn es klappt, wenn wir die Abschirmung schnell genug durchstoßen, bleibt die Emissionszunahme im Wrack nur von kurzer Dauer. Fähnrich Carpelli, richten Sie den Transporterfokus auf Mr. Data und Lieutenant La Forge, sobald sich die Ergschilde auflösen. Holen Sie unsere Leute möglichst rasch hierher!«

»Alles bereit, Sir!«

»Lieutenant Worf, wie groß ist der Deflektorradius?«

»Eins Komma drei Kilometer, Sir.«

»Fähnrich Gawelski, bringen Sie uns bis auf eins Komma vier Kilometer heran.«

»Aye, aye, Sir.«

»Lieutenant Yar, überprüfen Sie die Koordinaten noch einmal.«

»Ja, Sir. Wir haben es mit einem kugelförmigen Schutzfeld zu tun, und die Generatoren befinden sich genau in der Mitte, etwa zehn Meter vom Antimateriekern entfernt.«

Picard verzog das Gesicht. »Die Streuung der Phaser ...«

»Auf diese geringe Distanz treffen wir das Ziel mit einer Genauigkeit von plus-minus einem Meter — sogar dann, wenn alle Batterien gleichzeitig abgefeuert werden.«

»Sind Sie fertig, Dr. Crusher?«

»Noch nicht ganz, Sir. Die Dekontaminierungsgeräte sind ziemlich unhandlich, und ich möchte, daß sie bereitstehen, wenn die beiden Männer eintreffen. Es kommt darauf an, sie *sofort* zu behandeln, nicht eine einzige Sekunde zu verlieren. Insbesondere Geordis Leben könnte davon abhängen.«

»Das ist mir durchaus klar, Doktor!« erwiderte Picard ungehalten.

»Daran zweifle ich nicht, Captain. Aber Sie sollten auch wissen, daß eventuelle Zellschäden kaum von der Zeitspanne zwischen jetzt und dem Angriff auf die Schirmfeldgeneratoren abhängen. Im Augenblick ist das Strahlungsniveau zwar recht hoch, aber noch tolerierbar, solange Geordi und Data eine sichere Distanz zum Kern wahren.

Doch wenn die Phaser feuern, müssen wir mit einer jähen Emissionsintensivierung rechnen, und gerade sie stellt die eigentliche Gefahr dar.«

Picard schwieg kurz und nickte dann, obwohl er keine Sichtverbindung zur Krankenstation hergestellt hatte. »Sie haben natürlich recht, Doktor. Geben Sie mir Bescheid, wenn Sie soweit sind.«

Ungeduldig wanderte er auf und ab, blickte mehrmals auf den Bildschirm, musterte das gleichmütig-ausdruckslose Gesicht des Klingonen Worf, sah die angespannten Züge Yars. Das Warten fiel Picard immer schwer, aber unter den gegenwärtigen Umständen empfand er es als besondere Belastung. In gewisser Weise fühlte er sich für die Lage der beiden Männer im Wrack verantwortlich: Er hatte sie zusammen mit Riker und Tasha zurückkehren lassen, beim ersten Hinweis auf Gefahr jedoch nicht schnell genug reagiert. Es wäre besser gewesen, sich mehr Zeit für die Entscheidungsfindung zu nehmen, genauer und gründlicher zu überlegen, die eigene Neugier in Hinsicht auf die Rätsel des fremden Schiffes zu unterdrücken, sich auf die Verantwortung gegenüber der *Enterprise* und ihrer Crew zu besinnen ...

»Fertig, Captain«, meldete Beverly Crusher.

Picard spürte, wie sich in seiner Magengrube ein Knoten bildete, dann wieder auflöste, als Tasha Yar mit einem Nicken ihre Bereitschaft bestätigte.

»Fähnrich Carpelli«, sagte der Captain.

»Alles in Ordnung, Sir«, antwortete der Transportertechniker.

»Feuer frei, Lieutenant Yar.«

Kurze Stille folgte. »Phaser feuern — jetzt, Sir.«

Dicht vor dem Wrack gleißten blendend helle Energieentladungen und verblaßten innerhalb weniger Sekunden.

Das Wrack trieb schutzlos im Raum.

»Ergschilde existieren nicht mehr, Sir«, berichtete Yar. Ihre Stimme klang triumphierend.

»Strahlungsintensität nimmt weiter zu«, brummte Worf. »Wenn sie nicht nachläßt, müssen wir uns mit einem eigenen Abschirmfeld schützen.«

»Haben Sie Data und La Forge, Mr. Carpelli?« fragte Picard scharf.

Der Transporterraum antwortete nicht.

»Carpelli! Hören Sie mich?«

Wieder schloß sich Stille an. Schließlich knackte es im Lautsprecher der internen Kommunikation. »Ich kann sie nicht finden, Sir. Sie sind einfach verschwunden!«

KAPITEL 4

Geordi La Forge seufzte erleichtert, als er spürte, wie ihn das Transporterfeld erfaßte. Fast unmittelbar darauf strömte seinen Visor-Sinnen das kaleidoskopartige Funkeln und Schillern der Entmaterialisierung entgegen. Es veränderte sich so schnell, daß sich in dem Wogen und Wabern keine Formen bildeten.

Noch während ihn die Transferenergie umhüllte, einen schimmernden Kokon um ihn spann, bemerkte Geordi einen Unterschied. Das Leuchten erschien ihm trüber als sonst, nicht ganz so bunt und intensiv. Er erinnerte sich daran, daß jeder Transport einzigartig war, daß sich keine zwei ganz glichen. Die einzelnen Funken, die ihm entgegenflogen und sich dann im Nichts des Transfermediums verloren, ließen sich mit Schneeflocken vergleichen: Von ihrer Natur her ähnelten sie sich, und doch gab es erhebliche Unterschiede zwischen ihnen. Geordi befreite sich von diesen Überlegungen: Es kam nur darauf an, daß es Captain Picard doch noch geschafft hatte, das Deflektorfeld des fremden Schiffes zu durchdringen. Wenn ihn das Feld freigab, wenn er rematerialisierte, würde er auf der Transporterplattform der *Enterprise* stehen. Dann drohte ihm keine Gefahr mehr ...

Für den Bruchteil einer Sekunde nahm Geordi das Nichts des eigentlichen Transfers wahr, und darauf folgte neuerliches chaotisches Wabern, ein energetisches Negativbild dessen, was er kurz vorher wahrgenommen hatte.

Doch bevor das Glühen und Funkeln verblaßte, bevor sich um ihn herum eine Welt aus fester Materie formte, begann alles wieder von vorn.

Und diesmal waren die Unterschiede ebenso dramatisch wie furchterweckend.

Der Fokus, der ihn nun durch die Raum-Zeit schleuderte, erschien ihm nicht mehr trüb und irgendwie blaß, konfrontierte ihn statt dessen mit einem grellen, blendenden Glanz.

Darüber hinaus erstreckte sich das Strahlen auch auf Frequenzen, die normalerweise nicht von einem Transfer betroffen wurden, die unter gewöhnlichen Umständen selbst seinen Visor-Sinnen verborgen blieben. Seltsame Strukturen umwirbelten ihn, bildeten Muster, die an Geordis geistiger Stabilität nagten, in ihm das Verlangen entstehen ließen, sich die visuell-organische Restitution von den Augen zu reißen.

Aber im Transporterfeld konnte er sich nicht bewegen.

Entsetzen quoll in ihm empor: Wirkte sich die Strahlung des Antimateriekerns auf die Funktionsweise des Transporters aus? War sie im Augenblick des Transfers so stark geworden, daß es zu einer energetischen Interaktion mit dem Transfermedium kam? Konnte die Empfangsanlage an Bord der *Enterprise* die beiden Energieformen nicht voneinander trennen? Bildeten die Emissionen nun einen integralen Bestandteil seiner physisch-psychischen Matrix? Sah er deshalb die verwirrenden, Wahnsinn induzierenden Muster?

Noch während sich diese Gedanken in ihm formten, fühlte Geordi wieder das Nichts des Transfers. Eine nicht meßbare Zeitspanne später kehrte der Mahlstrom aus fließenden Energien zurück, strömte diesmal in die entgegengesetzte Richtung – einer Flutwelle gleich, die von ihm fortrollte.

Dann begann die Rematerialisierung.

Verwundert nahm La Forge die vom Visor übermittelten Informationen auf.

Das grelle Gleißen der Antimateriestrahlung, das kurz vor dem Transfer fast schmerzhaft intensiv geworden war, existierte nicht mehr.

Und die kaum merklich leuchtende, charakteristische Gestalt des Androiden stand noch immer vor ihm, nahm den gleichen Platz ein wie vorher.

Hinter Data ...

Geordis bewußter Verstand versuchte vergeblich, das Durcheinander aus Tausenden von verschiedenen Wahrnehmungsfrequenzen zu sortieren, die unvertrauten Bilder zu ordnen, die an seinen mentalen Pupillen vorbeirasten. Als er danach trachtete, sie mit den Formen und Konturen des Transporterraums in der *Enterprise* zu vergleichen, verlor er endgültig die Orientierung und begann zu schwindeln. Hinzu kam das Gefühl der Schwäche, das der Transfer in ihm bewirkte – Geordi taumelte.

Datas kräftige Hände griffen nach seinen Schultern, halfen ihm, das Gleichgewicht zu wahren. Der Androide musterte ihn besorgt.

»Ist alles in Ordnung mit Ihnen?«

Geordi hob die Hände, schloß sie um Datas Unterarme, als hoffte er, auf diese Weise die Leere in seinem Innern mit neuer Kraft füllen zu können.

Einige Sekunden lang konzentrierte er sich nur auf Data und ignorierte die Umgebung und ihre verwirrenden Muster, um wieder zu sich selbst zu finden.

Nach einer Weile stabilisierte sich das multifrequente Zittern, und Geordi begriff plötzlich, daß sie sich keineswegs an Bord der *Enterprise* befanden.

Erst dann stellte er fest, daß nach wie vor Schwerelosigkeit herrschte – ein Umstand, der seine vorherigen Beobachtungen bestätigte.

Trotz der fehlenden Gravitation kam auch das Wrack nicht als Rematerialisierungsort in Frage. Nirgends zeigte sich das Strahlungsgleißen, das Geordi bis kurz vor dem Transport gesehen hatte.

Daraus ergab sich die Frage: *Wo* waren sie?

Geordi ließ Datas Arme los, drehte sich um die eigene Achse und nahm eine gründliche Visor-Sondierung vor.

Zusammen mit dem Androiden stand er auf einer Transporterplatte in einem auffallend schlichten Raum. Die obere Hälfte der gegenüberliegenden Wand bestand aus einem Bildschirm, und davor bemerkte La Forge einen einfachen Stuhl mit flachen, kantigen Armlehnen. Nirgends zeigten sich Kontrollen.

Über dem Stuhl aber, befestigt an einer unsichtbaren Haltevorrichtung, hing eine Art Helm: eine kleine, silberne Halbkugel, von der fünf gewölbte Metallstreifen ausgingen — wie Finger, die nur darauf warteten, sich um einen Kopf schließen zu können.

Einen Meter vor der anderen Wand ruhte ein Hibernationsbehälter, der den Kapseln an Bord des Wracks ähnelte. Allerdings wies er keine externen Schalteinheiten auf, war offen und leer.

Auf der anderen Seite erblickte Geordi ein Objekt, das der spartanischen Atmosphäre des Zimmers zu widersprechen schien: eine primitive Luftschleuse, die ihn an entsprechende Apparaturen aus dem späten zwanzigsten Jahrhundert der Erde erinnerte. Eine kurze spektrographische Analyse ergab Werte einer simplen Stahllegierung, während alle anderen Gegenstände, sogar der Stuhl, aus festeren und widerstandsfähigeren Materialien bestanden. Die Schleuse mochte rund drei Meter hoch und noch etwas breiter sein, und sie reichte zweihundert Zentimeter weit ins Zimmer.

»Geordi?« Datas normalerweise fast monoton klingende Stimme brachte Besorgnis zum Ausdruck. »In physiologischer Hinsicht scheint mit Ihnen alles in Ordnung zu sein, aber Ihr Verhalten ...«

»Schon gut, Data«, erwiderte La Forge abrupt, wandte sich dem Androiden zu und lachte nervös. »Ich brauchte nur eine Weile, um zu erkennen, daß wir nicht mehr in Kansas sind.«

»Kansas?« Data musterte ihn verwirrt. »Ich bin nie in Kansas gewesen, Geordi. Sind Sie ganz sicher, daß die jüngsten Ereignisse zu keiner Beeinträchtigung Ihrer mentalen Leistungsfähigkeit geführt haben?«

»Nun, es geht mir soweit ganz gut«, sagte La Forge und rang sich ein Lächeln ab. »Ich habe mir nur gerade einen eher hintergründigen Scherz erlaubt. Eine Anspielung auf den *Zauberer von Oz*. Seien Sie froh, daß ich Sie nicht Toto nannte.«

»Toto? Aber warum ...« Data unterbrach sich mitten im Satz, und Geordi ahnte, was nun hinter der Stirn des Androiden geschah: Sein analytischer Verstand stellte neue Verbindungen zwischen einzelnen Informationsfragmenten her, nahm umfangreiche Datenkorrelationen vor. In den goldenen Augen leuchtete es auf. »Oh, ja, ich verstehe den Zusammenhang, auch das Wortspiel in bezug auf meinen Namen. Allerdings bleibt mir ein Rätsel, was Sie zu einer solchen Gedankenkette veranlaßte.«

»Ich muß eingestehen, daß sie nicht das Ergebnis logischer Überlegungen war, Data. Wenn ich mich fürchte, fallen mir die seltsamsten Dinge ein, einfach so.«

»Das habe ich bereits vermutet«, erwiderte Data und klang vage enttäuscht. »Die daran beteiligten psychischen Prozesse gehören zu den vielen Geheimnissen des menschlichen Wesens, die sich nach wie vor meinem Verständnis entziehen.«

»Wenn ich jemals herausfinden sollte, was es damit auf sich hat, gebe ich Ihnen sofort Bescheid«, sagte Geordi, straffte die Gestalt und sah sich noch einmal in der Kammer um. »Im Augenblick aber müssen wir uns mit ganz anderen Mysterien beschäftigen. Zum Beispiel: Wo sind wir? Und wie sollen wir zurückkehren?«

Er berührte seinen Insignienkommunikator. »*Enterprise*, hier spricht Lieutenant La Forge. Bitte kommen.«

Er versuchte mehrmals, eine Verbindung herzustellen, bekam jedoch keine Antwort. Auch Datas Bemühungen blieben erfolglos. Sie stellten fest, daß die Luft im Zimmer atembar war, desaktivierten daraufhin die Individualschilde, um sicher zu sein, daß es zu keinen Interferenzen kam — aber trotzdem gelang es ihnen nicht, einen Kontakt zu Picard herzustellen. Wo auch immer sie sich jetzt befanden: Offenbar wurden die Com-Signale ebenso neutralisiert wie während der letzten Minuten an Bord des Wracks.

Oder die Entfernung ist zu groß, fuhr es Geordi durch den Sinn. Er verdrängte diesen Gedanken sofort wieder. Ein Transporter hatte sie an diesen Ort versetzt, und die Reichweite solcher Geräte war naturgemäß beschränkt, ganz gleich, wieviel Energie man dabei einsetzte. Zwar mochte die fremde Technologie fortgeschrittener sein, aber La Forge hielt es trotzdem für unmöglich, daß sie während des Transfers Lichtmonate oder gar Lichtjahre zurückgelegt hatten.

Daraus folgte, daß ein energetischer Schild existierte. Und wenn die betreffenden Generatoren stillgelegt wurden, bestand die Möglichkeit, der *Enterprise* eine Nachricht zu übermitteln.

Zuerst aber ging es darum, die Maschinen zu finden, die den Deflektorschirm erzeugten.

»Verschwunden?« Picard runzelte die Stirn, und in seiner Magengrube krampfte sich etwas zusammen. »Das ist doch absurd!«

»Lieutenant La Forge und Mr. Data sind nicht mehr da, Captain!« beharrte Carpelli. »Ich kann sie nicht mehr lokalisieren, und das verstehe ich ebensowenig wie Sie. Ich *glaube*, sie waren noch im Wrack, als sich das Schirmfeld auflöste, aber ...«

»Carpelli! Zum Teufel auch, worauf wollen Sie hinaus?«

»Ich habe mich an Ihre Anweisungen gehalten und den Transporter auf automatischen Transfer justiert«, erwiderte der Techniker in einem entschuldigenden Tonfall. »La Forge und Data sollten in dem Augenblick erfaßt werden, als die Schilde destabil wurden. Und genau das ist geschehen. Der Fokus richtete sich auf die beiden Offiziere. Sie hatten sich ungefähr dreißig Meter von der Stelle entfernt, an der sie zunächst lokalisiert wurden. Aber bevor ich Energie geben und sie zurückholen konnte, entmaterialisierten sie einfach. Mir blieb nicht genug Zeit. Eine Frage von Sekundenbruchteilen, Sir. Die Positionssignale der

Kommunikatoren brachen von einem Augenblick zum anderen ab.«

»Vielleicht kam es zu einer Fehlfunktion aufgrund der verstärkten Strahlung!« entfuhr es Picard. »Sie hätten trotzdem handeln und ein Transferfeld an den entsprechenden Koordinaten schaffen können!«

»Ich hab's versucht, Sir! Aber der Entstofflichungsfokus fand kein festes Objekt!«

»Captain«, warf Lieutenant Worf ein, der die Anzeigen der wissenschaftlichen Station im Auge behielt. »Die letzte Analyse deutet darauf hin, daß ein anderer Transporter – offenbar an Bord des fremden Schiffes – aktiv wurde, als die Deflektorschilde zusammenbrachen.«

Picard wirbelte zu dem Klingonen herum. »Arbeitet er noch immer?«

»Negativ, Sir.«

»Können Sie feststellen, wo er sich befindet?«

»Nein, Sir. Vermutlich gehört er zu den Mechanismen, die zuvor nur wenig Energie verbrauchten. Zumindest eins der Geräte wechselte vom Standby-Modus zum aktiven Funktionsniveau, als sich das Wrack in ein Abschirmfeld hüllte. Und als unsere Phaser die Generatoren zerstörten, kam es zu einem automatischen Transfer.«

»Mit welchem Ziel?« fragte Picard. »Was zeigen die Sensoren innerhalb normaler Transporterreichweite an?«

»Nichts, Sir. Abgesehen von dem fremden Schiff und der *Enterprise* registrieren die Sensoren nur interstellaren Staub.«

»Aber wo ...?« begann der Captain. Er atmete tief durch. »Suchen Sie nach Lebensformen, Lieutenant Worf. Nutzen Sie das ganze Erfassungspotential der Indikatoren.«

»Bereits erledigt, Sir. Alle Lebensanzeigen beschränken sich auf die *Enterprise*.«

Picard klopfte auf das Uniformabzeichen, das gleichzeitig als Kommunikator diente. »Commander Data! Lieutenant La Forge! Melden Sie sich!«

Alles blieb still.

»Computer«, sagte Picard. »Sind Data und La Forge an Bord?« Hatte sie der fremde Transporter zur *Enterprise* gebeamt? Waren sie vielleicht in einem entlegenen Teil des Schiffes rematerialisiert?

»Nein, Captain«, antwortete die Sprachprozessorstimme des Computers. »Genannte Personen befinden sich nicht an Bord.«

Picard unterdrückte einen Fluch. Seine Gedanken rasten. Wohin war der Retransfer der beiden Offiziere erfolgt? Seine ursprüngliche Absicht bestand darin, sich sofort nach der Rückkehr Datas und La Forges von dem fremden Schiff zurückzuziehen, es den Apparaturen an Bord und vielleicht der Selbstzerstörung zu überlassen.

Aber jetzt wagte er es nicht, einen solchen Befehl zu geben.

Ganz gleich, *was* die beiden Männer fortgebracht hatte, entweder ein Transportersystem, wie Worfs Instrumente behaupteten, oder irgendeine der Föderation völlig unbekannte Transfertechnik: Die dafür verantwortlichen Anlagen gehörten zur Ausstattung des namenlosen Raumschiffes, das nun nicht länger wie ein Wrack wirkte, sondern einer gut vorbereiteten Falle gleichkam.

Ohne jenes Schiff, ohne eine genaue Untersuchung der nach wie vor funktionierenden Geräte an Bord, gab es keine Möglichkeit, den gegenwärtigen Aufenthaltsort der Verschwundenen festzustellen.

Und sie zurückzuholen.

»Lieutenant Worf, was ist mit dem Antimateriekern? Besteht die Gefahr einer energetischen Überladung?«

»Zumindest keine unmittelbare, Sir. Aber er ist instabil geworden, und die Abschirmung fehlt fast völlig. Die Phaserentladung hat offenbar auch einen großen Teil des Innenschilds zerstört und die zentralen Kontrollkomponenten beschädigt.«

»Maschinenraum!« sagte Picard. »Ich nehme an, Sie haben mitgehört und eigene Messungen vorgenommen.

Ich benötige Angaben darüber, ob die Energiequelle des fremden Schiffes ...« Er unterbrach sich kurz und schüttelte den Kopf. »Ich möchte von Ihnen wissen, *wann* die Energiequelle des Wracks stabilisiert werden kann.«

»Nun, Sir«, brummte Chefingenieur Argyle, »wir haben natürlich versucht, so viele Informationen wie möglich zu gewinnen, aber solange wir uns die Sache nicht aus nächster Nähe ansehen, läßt sich nicht feststellen, wie groß die Schäden sind und wie sie behoben werden können. Hinzu kommt das Problem, eine völlig fremde Technik zu verstehen ...«

»Mr. Argyle, was Sie *nicht* können, spielt derzeit keine Rolle. Sagen Sie mir, *wozu* Sie in der Lage sind.«

»Tut mir leid, Captain, aber unter den gegenwärtigen Umständen sehe ich mich außerstande, irgend etwas zu versprechen. Ich kann Ihnen nur versichern, daß wir uns die größte Mühe geben werden. Andererseits: Ohne eine vollständige Abschirmung des Kerns brauchen wir nicht einmal daran zu denken, irgend etwas in Hinsicht auf das fremde Kontrollsystem zu unternehmen. Nach den derzeitigen Anzeigen zu urteilen, schützen selbst schwere Strahlenanzüge nicht lange genug, um auch nur eine verdammte Schraube festzuziehen, Sir. Von langwierigen Reparaturen ganz zu schweigen. Wir müssen zuerst ein ferngesteuertes Wartungsmodul schicken, das einen ordentlichen Schutzschild errichtet und die Schäden behebt, die ihr Typen auf der Brücke mit den Phasern angerichtet habt.«

Picard seufzte und mußte sich eingestehen, daß der Chefingenieur recht hatte. »Na schön, Commander Argyle. Leiten Sie alles in die Wege.«

»Sofort, Captain. Mein Assistent Singh holt gerade einen Roboter aus dem Lager.«

Es dauerte nur fünf Minuten, bevor das erste Modul ins Strahlungschaos gebeamt wurde, aber Picard und den anderen Offizieren erschien diese Zeitspanne wie eine halbe Ewigkeit.

Geordi und Data suchten vergeblich nach irgendwelchen Hinweisen auf das Abschirmfeld, das nach La Forges Meinung ihre Kommunikatoren blockierte. Mehrmals veränderten sie die Justierungen ihrer Tricorder, aber die angezeigten Werte deuteten nicht auf die Existenz eines Ergschildes hin.

Schließlich gaben sie es auf, eher enttäuscht als entmutigt, richteten ihre Aufmerksamkeit statt dessen auf ihre unmittelbare Umgebung.

Die erste Entdeckung erhöhte nur ihre Verwirrung: Die Luftschleuse stellte nicht die erwartete Verbindung zu einem anderen Raum dar. Das Schott öffnete sich problemlos, doch eine rasche Überprüfung mit den Tricordern ergab, daß die Pforte auf der anderen Seite nicht funktionierte. Die Kontrollen schienen eher Verzierungen zu sein, und hinter dem Innenschott erstreckte sich die massive Wand der Kammer.

Es gab weder andere Türen noch irgendwelche Öffnungen — in dieser Hinsicht ähnelte das Zimmer den Räumen an Bord des Wracks. Transfersysteme stellten die einzige Zugangsmöglichkeit dar.

Kurz darauf beschäftigten sie sich mit dem Problem des Transporters und dem völligen Fehlen von Kontrollen. Entweder waren sie in einer Art Kerkerzelle rematerialisiert, oder die fremden Anlagen arbeiteten vollautomatisch. Der Helm wiederum ließ den Schluß zu, daß sich die Funktionen der verborgenen Geräte und Instrumente mit geistigen Anweisungen bestimmen ließen. Geordi schreckte davor zurück, die haubenartige Vorrichtung zu benutzen, obgleich keine direkte Gefahr zu bestehen schien.

La Forge und Data richteten ihre Tricorder auf die Transporterplattform und hofften, vertraute Schaltkreise zu finden. Vielleicht war die Apparatur nicht völlig desaktiviert, sondern wartete im Bereitschaftsmodus. Wenn diese Vermutung zutraf, versetzte sie das reduzierte Energieniveau in den einzelnen Komponenten in die Lage, auf gewisse Funktionsmuster zu schließen. Mit ein wenig mehr

Glück fanden sie möglicherweise die Prozessoren, die den fremden Transporter von Empfang auf Senden umschalteten.

Zwar registrierten die Tricorder einen gewissen Energiefluß in den Systemeinheiten, aber Geordi und Data stellten schon nach kurzer Zeit fest, daß die erhofften Modusoperatoren nicht existierten. Und falls es sie doch geben sollte, befanden sie sich nicht im Standby-Betrieb.

Mit anderen Worten: Der Transporter konnte nicht senden, nur empfangen.

»Das ist doch verrückt, Data!« platzte es aus Geordi heraus, als er die ermittelten Werte mehrmals überprüfte und verdutzt den Kopf schüttelte. »Einfach verrückt! Welchen Sinn hat ein Transporter, der nicht sendet?«

»Als Empfänger funktioniert er recht gut«, erwiderte der Androide ruhig. »Und vielleicht wurde er genau dazu konstruiert. Eigentlich erstaunlich, wenn man das enorme Alter der Anlage bedenkt.«

»Hinweise auf das technische Geschick derjenigen, die diese ... diese verdammte Rattenfalle konstruierten, haben mir jetzt gerade noch gefehlt«, knurrte Geordi. »Himmel, wir wären weitaus besser dran, wenn sie keine so dauerhaften Anlagen geschaffen hätten!«

Data musterte La Forge einige Sekunden lang, und seine goldenen Pupillen weiteten sich verwundert. »Es war doch nur eine Beobachtung, Geordi. Ich wollte Sie nicht ...« Er zögerte, dachte kurz nach.

»Ah, ja, jetzt verstehe ich«, fuhr der Androide schließlich fort. »Wenn ich mich nicht irre, gibt es in der menschlichen Psychologie eine Bezeichnung, mit der sich Ihre gegenwärtige Haltung gut beschreiben läßt: Feindseligkeitsübertragung. Ihre Verärgerung gilt in erster Linie unserer derzeitigen Lage, vielleicht auch den Maschinen, die uns hierher gebracht haben. Oder auch Ihnen selbst, weil Sie nicht imstande waren, etwas gegen den Transfer zu unternehmen. Um ein Ventil für Ihren emotionalen Aufruhr zu schaffen, rücken Sie mich in den Fokus Ihres ...«

»Data!«

»Ja, Geordi?«

»Bitte verzichten Sie auf Vorträge über die menschliche Psychologie«, sagte La Forge mürrisch. Als er weiterhin Datas Blick auf sich ruhen spürte, holte er tief Luft und senkte verlegen den Kopf. »Schon gut. Sie haben den Nagel auf den Kopf getroffen, wie es so schön heißt. Bitte entschuldigen Sie.«

»Machen Sie sich nichts draus, Geordi. Ich bin immer daran interessiert, die Besonderheiten der menschlichen Psyche kennenzulernen.«

La Forge lachte. »Vermutlich kommen wir Ihnen manchmal ganz schön verschroben vor, was?« entgegnete er und wurde dann wieder ernst.

Ruckartig wandte er sich um, beobachtete Bildschirm und Helm. »Ich schätze, wir müssen einen Versuch wagen.«

Unsicher streckte er die Hand nach der Haube aus, berührte das kühle Metall der fünf silbernen ›Finger‹. *Es bleibt uns gar nichts anderes übrig*, dachte er, um sich Mut zu machen. *Ganz gleich, welche Funktion der Helm erfüllt: Schlechter kann unsere Situation wohl kaum werden.*

Als er vorsichtig an der Haube zog, löste sie sich aus der unsichtbaren Halterung. Geordi untersuchte sie eingehend, zuerst mit dem spektroskopischen und mikroskopischen Visor-Blick, anschließend mit dem Tricorder. Die Ergebnisse bestätigten nur, daß *irgend etwas* in dem Gerät und seinen zangenartigen Erweiterungen arbeitete. Kleine Energiemengen flossen in komplexen Mustern durch jeden Millimeter der seltsamen Vorrichtung, aber es ließ sich nicht bestimmen, welchen Zweck sie erfüllten.

Schließlich senkte Geordi den Helm auf seinen Kopf herab, rückte die ›Finger‹ ein wenig zur Seite, damit sie nicht das Visor berührten. Data behielt sowohl La Forge als auch den Tricorder im Auge, stand dicht neben dem Stuhl, jederzeit zum Eingreifen bereit.

Die Haube begann matt zu glühen, aber sonst geschah überhaupt nichts.

Eine Zeitlang rührte sich Geordi nicht von der Stelle, schwankte nur leicht in der Schwerelosigkeit.

Er horchte in sich hinein, doch in seinem inneren Kosmos blieb alles still.

Dann plötzlich ...

Er empfand ein leichtes Prickeln.

Seine Hände schlossen sich um den Helm, doch er widerstand der Versuchung, ihn einfach fortzureißen.

Das Prickeln wurde stärker, breitete sich in alle Richtungen aus, verwandelte sich in ein kaum merkliches Stechen, als es in Geordis Leib wuchs, erst den Torso erfaßte, dann auch Arme und Beine. Seiner vom Visor sensibilisierten Wahrnehmung bot sich ein schleierartiges, alles durchdringendes Leuchten dar, das ihn an die energetischen Begleiterscheinungen beim Einsatz einer Sensorsonde erinnerte, jedoch etwas sanfter anmutete.

Kurze Zeit später verblaßte das Schimmern.

Der Bildschirm erhellte sich, zeigte zunächst nur ein regenbogenartiges Wogen, das nicht nur den ganzen, von menschlichen Augen wahrnehmbaren Spektralbereich umfaßte, sondern auf beiden Seiten um einige Ångström darüber hinausreichte.

Eine Art Testbild? fragte sich Geordi. Bevor sich deutliche Muster formten, verflüchtigten sich die Schlieren wieder.

Und wichen dem Bild eines Planeten, das fast den ganzen Schirm ausfüllte. Für einen Sekundenbruchteil verdrängten Triumph und Erleichterung alle anderen Empfindungen aus La Forge.

Die Erde! Wir befinden uns direkt über der Erde!

Dann erfolgte emotionale Ernüchterung: Durch die Wolkenfasern sah Geordi das Blau der Ozeane, weiße Polkappen, braungelbe Landmassen, die jedoch keine Ähnlichkeit mit den irdischen Kontinenten aufwiesen.

Ganz offensichtlich eine Welt der Klasse M — aber nicht die Erde.

Die Euphorie verschwand, und ein Hauch von Furcht nahm ihren Platz ein. Unbekannte – vermutlich die Bewohner des Planeten – hatten La Forge und Data gegen ihren Willen hierher gebracht. Vielleicht waren die Fremden jetzt auf dem Weg, um sie gefangenzunehmen oder gar zu töten ...

Geordi zwinkerte verwirrt. Die Welt auf dem Schirm konnte nur eine Illusion sein. Der Computer, der den Helm kontrollierte, übertrug vermutlich nur ein in seinem Datenspeicher enthaltenes Bild. Es gab keine andere Erklärung, fand Geordi. Die Entfernung zur *Enterprise* konnte unmöglich *so* groß sein.

Und er erinnerte sich: Ein Parsec trennte das Wrack vom nächsten Sonnensystem.

Ein Transporter hatte sie an diesen Ort gebeamt; das bunte, grelle Energiewabern während des Transfers war ein eindeutiger Beweis dafür.

Und selbst die Reichweite eines fremden Transportersystems konnte sich nicht so kraß von dem an Bord der *Enterprise* unterscheiden. Einige zehntausend Kilometer vielleicht, mehr nicht. Ganz bestimmt keine *Lichtjahre*.

Und doch ...

Versuchsweise konzentrierte sich Geordi auf ein mentales Abbild des Planeten Saturn mit seinen Ringen, rechnete damit, daß der Schirm vor ihm ein entsprechendes Äquivalent zeigte.

Aber die Darstellung blieb stabil.

Er wandte sich von der Projektionsfläche ab, ließ seinen Visor-Blick durch die Kammer schweifen.

»Data, zeigt Ihr Tricorder irgendwelche Veränderungen, seit ich die Haube aufgesetzt habe?« fragte La Forge.

»Hinter der Wand und dem Schirm sind nun viele Schaltkreise aktiv geworden, aber ihre Funktion ist mir nach wie vor ein Rätsel.«

Geordi konzentrierte seine Aufmerksamkeit auf die runde Transferfläche. »Und beim Transporter rührt sich nichts? Alles wie vorher?«

»Ja.«

La Forge fühlte neuerliche Enttäuschung, schüttelte den Kopf. Die Benutzung des silbernen Helms *hatte* zu einer technischen Reaktion geführt – aber nicht zu dem erhofften Ergebnis. Vielleicht war so etwas schlicht und einfach unmöglich: Wenn keine Sendekomponenten existierten, konnte er sie wohl kaum mit Gedankenkraft schaffen.

Aber wenn es *doch* welche gab ...

La Forge runzelte die Stirn, stellte sich die betreffenden Schaltkreise so gut wie möglich vor, beschickte sie mit imaginärer Energie.

Nichts passierte. Datas Tricorder zeigte noch immer Null-Werte.

Abrupt nahm Geordi die Haube ab und hielt sie dem Androiden entgegen. »Hier, versuchen Sie's mal«, sagte er und erklärte seine Bemühungen mit knappen Worten. »Bestimmt enthalten Ihre Gedächtnisspeicher genauere Daten über die Transportertechnik; in diesem Zusammenhang reicht meine Phantasie vermutlich nicht aus. Vielleicht haben Sie mehr Glück.«

»Wenn Sie einen Nutzen darin sehen, bin ich gern bereit, Ihren gegenwärtigen Platz einzunehmen.«

Geordi schüttelte den Kopf. »Ich bin mir absolut nicht sicher, ob es etwas nützt, Data. Aber ich fürchte, es ist unsere einzige Chance.«

»Ich verstehe«, erwiderte der Androide und nickte, als er den Helm entgegennahm. »Ich glaube, Ihr Vorschlag läßt sich mit der Redewendung ›ein Schuß ins Blaue‹ umschreiben.«

Geordi lächelte schief, als Data die Haube auf seinen Kopf herabsenkte. »Damit liegen Sie durchaus richtig. Aber wenn ...«

Geordi unterbrach sich plötzlich und starrte auf den Helm. Die silbernen ›Finger‹ berührten Datas Stirn, und einen Sekundenbruchteil später erglühte die Halbkugel wesentlich stärker und heller als zuvor.

»Data! Nehmen Sie das Ding ab! Irgend etwas geht nicht mit rechten Dingen zu ...«

»Schon gut, Geordi«, antwortete der Androide ruhig und ließ die Hände sinken. »Das intensive Licht ist meiner Aufmerksamkeit keineswegs entgangen. Noch spüre ich überhaupt nichts, nur einen leichten Druck, der von den Zangen ausgeübt wird.«

Noch während er sprach, wurde aus dem Glühen ein fast blendendes, pulsierendes Schimmern.

»Als ich das Ding trug, hat es sich ganz anders verhalten«, meinte La Forge voller Unbehagen.

»Vielleicht reagiert es anders, weil ich eine Maschine bin, also eine größere Ähnlichkeit zu diesem Mechanismus aufweise.«

»Vielleicht. Vielleicht auch nicht. Nun, ich habe beim Kontakt eine Art mentales Prickeln gespürt, kurz darauf ein vages Brennen, das den ganzen Körper erfaßte. Nehmen Sie denn *gar nichts* wahr?«

»Nein, Geordi.« Data zögerte und hob den Blick, als sich das Pulsieren beschleunigte. »Wenn Ihre menschliche Intuition Anlaß zur Sorge sieht, sollte ich möglicherweise ...«

Der Androide erstarrte, und lange Datenkolonnen wanderten über den winzigen Bildschirm auf Geordis Tricorder.

KAPITEL 5

Nach einer Stunde war die erste neue Abschirmung fertiggestellt, und dadurch sank die Strahlung in den peripheren Bereichen des Wracks auf ein erträgliches Maß. Während jener sechzig Minuten gewannen die Kontrollsysteme, die Chefingenieur Argyle beschädigt glaubte, zumindest einen Teil ihrer Funktionskapazität zurück. Entweder ging der wechselhafte und unbeständige energetische Output auf ›normale‹ Anforderungen von den Bordmechanismen zurück, oder das fremde Schiff war mit recht schnell reagierenden automatischen Reparaturgeräten ausgestattet.

Welche Erklärung auch zutreffen mochte: Es dauerte nur fünf Minuten, bis sich Riker, Yar und Worf zu den Koordinaten beamten, die Fähnrich Carpelli unmittelbar vor dem Verschwinden von Data und La Forge ermittelt hatte.

»Zwölf Hibernationskapseln, Captain«, meldete Riker einige Sekunden später. »Nicht aktiv. Eine ist geöffnet und leer. Auch die anderen enthalten keine Schläfer.«

»Können Sie das Innere der Behälter sehen, Nummer Eins?«

»Nein, Sir, aber die Tricorder ...«

»Finden Sie eine Möglichkeit, die Kapseln zu öffnen. Diese ganze Angelegenheit sprengt die Grenzen des Normalen. Wer weiß: Vielleicht befinden sich Data und La Forge in einer der Hibernationseinheiten, obwohl die Indikatoren keine Lebensformen anzeigen.«

»Eine Möglichkeit, die sich angesichts der besonderen Umstände nicht ausschließen läßt«, erwiderte Riker. »Andererseits: Wir stehen hier vor einer großen Schaltwand, und ich habe nicht die geringste Ahnung, welche Tasten den Hibernationsbereich kontrollieren. Bevor wir damit beginnen, irgendwelche Knöpfe zu drücken, halte ich es für besser, Chefingenieur Argyle und ein Team von Fremdtechnikspezialisten mit einer eingehenden Analyse zu beauftragen. Unsere jüngsten Erfahrungen lassen mich befürchten, daß dieses Wrack noch eine ganze Reihe von Überraschungen bereithält.«

Riker hörte das leise und ein wenig verärgert klingende Seufzen des Captains, aber er wußte, daß Picard seine Ungeduld zu bezähmen verstand und dem gesunden Menschenverstand den Vorrang gab.

»Data!« rief Geordi, als er vorsprang und nach dem Helm griff.

Es war bereits zu spät. Bevor La Forges Hände die Haube zu fassen bekamen, erbebte der Androide am ganzen Leib. Seine Stiefel — noch immer in das magnetische Feld des teilweise reaktivierten Individualschilds gehüllt — lösten sich vom Boden, und Data schwebte ohne Halt durch die Kammer. Krampfhaft versuchte er, sich den Helm vom Kopf zu reißen, ruderte verzweifelt mit den Armen. Geordi begegnete dem flehentlichen Blick Datas, bevor sich die goldenen Augen zwei Kameraverschlüssen gleich schlossen und die Gestalt des Androiden erschlaffte.

Datas charakteristische Aura verblaßte.

Geordi begriff, daß er keine Zeit verlieren durfte. Er stieß sich ab, segelte durchs Zimmer, schaffte es irgendwie, Data an einem Arm zu packen. Er zog ihn zu sich heran, stieß gleichzeitig die Haube vom Kopf des Androiden. Dann bekam er auch den anderen Arm zu fassen. Seite an Seite drifteten sie durch die Schwerelosigkeit — bis Geordis Stiefel die Decke berührten und sich dort mit einem Magnetfeld verankerten. Vorsichtig drehte er Data, bis er ebenfalls festen Halt zurückgewann.

»Data!« Hilflos umklammerte Geordi die Schultern des Androiden, als könne er ihn auf diese Weise ins Leben zurückbringen. »Wachen Sie auf!«

Mehrere Sekunden lang blieb Datas Leib völlig schlaff. Er atmete nicht einmal, und Geordi spürte, wie sich kaltes Entsetzen in ihm regte.

Schließlich aber fühlte er, wie sich die Muskeln des Androiden spannten, so als entstünden neue Nervenverbindungen zwischen ihnen und dem Hirn. Datas Aura bildete sich wieder. Zuerst war sie sehr schwach und kaum als solche zu erkennen, doch dann verdichtete sie sich.

Abrupt zuckten die Lider hoch. Data zwinkerte einige Male, fand wieder ins Hier und Jetzt.

»Lieber Himmel!« entfuhr es Geordi, und er widerstand der Versuchung, Data zu schütteln, um ein Erwachen zu beschleunigen. »Sie haben mich fast zu Tode erschreckt! Was ist geschehen?«

Data schwieg zunächst, erweckte den Anschein, als führe er eine interne Systemkontrolle durch. Geordi vermutete, daß dieser Eindruck den Tatsachen entsprach.

»Ich weiß es nicht«, erwiderte der Androide in dem nüchtern-neugierigen Tonfall, den er bei Konfrontationen mit völlig neuen Erfahrungen benutzte. »So etwas habe ich noch nie zuvor erlebt. Nur in einem Punkt bin ich ziemlich sicher: Wenn Sie den Helm nicht rechtzeitig genug entfernt hätten, wäre ich ...« Er zögerte, als suche er nach den richtigen Worten. Seine Pupillen weiteten sich ein wenig, und er fügte hinzu: »Dann wäre ich permanent desaktiviert worden.«

»Aber jetzt ist alles in Ordnung mit Ihnen?«

»Die Systemverifikation hat keine internen Schäden ermittelt, doch ganz sicher bin ich nicht. Ich müßte mich von qualifizierten Technikern untersuchen lassen, um ...«

Wieder unterbrach sich der Androide, und Geordi schluckte nervös, als er einen Rückfall befürchtete.

Dann aber hörte er etwas, ein dumpfes Pochen. Datas Schweigen bedeutete offenbar, daß er es ebenfalls vernommen hatte.

Das Geräusch kam aus dem Bereich der Luftschleuse.

Geordi drehte sich langsam um, und Data blickte bereits auf die Anzeigen seines Tricorders.

»Drei humanoide Lebensformen«, sagte der Androide kurz darauf. »Etwa zwanzig Meter entfernt.« Er streckte den Arm aus und deutete auf die Schleusenattrappe.

Geordi erblaßte plötzlich, als er begriff, daß ihm ein eigentlich unverzeihlicher Fehler unterlaufen war. Nach ihrer Rematerialisierung in der Kammer hatte er überhaupt nicht daran gedacht, mit dem handlichen Gerät nach Lebensformen zu suchen. Daß sich an Bord des Wracks keine befanden, bedeutete noch lange nicht ...

Er riß die Augen auf, als er die Anzeige sah.

Datas Angaben stimmten zwar, waren jedoch nicht ganz vollständig.

Die Lebensindikatoren zeigten tatsächlich drei humanoide Gestalten, kaum zwanzig Meter entfernt, aber einige tausend Meter jenseits von ihnen, verteilt in einem mehrere Kubikkilometer großen Bereich ...

»Data! Dort draußen gibt es Hunderte! Hunderte von humanoiden Lebensformen!«

»In der Tat, Geordi. Doch nur drei sind in unmittelbarer Nähe, und ihre Distanz zu uns verringert sich.«

Ein durchaus richtiger und auch logischer Hinweis. La Forge blendete die übrigen Anzeigen aus, konzentrierte sich auf die drei Wesen, die sich nun wieder in Bewegung gesetzt hatten. Sie konnten jeden Augenblick an die Tür klopfen – oder an die Wand, da ein direkter Zugang offenbar nicht existierte.

Aber nach einigen Metern verharrten sie erneut, und das dumpfe Pochen wiederholte sich.

Data starrte nach wie vor auf den Tricorder. »Geordi, ich nehme an, auf der anderen Seite der Wand befindet sich eine ähnlich beschaffene Luftschleuse. Die Lebensformen haben sie gerade betreten und das Außenschott geschlossen. Die entsprechenden Geräusche wurden zwar von der massiven Wand gefiltert, aber sie ähneln denen, die wir beim Öffnen und Schließen des Innenschotts verursachten.«

Geordi vertraute dem wesentlich besser ausgeprägten Gehör des Androiden. Darüber hinaus erschien es ihm plausibel, daß sich auf der anderen Seite der Wand ebenfalls eine Schleuse befand – obgleich er noch immer nicht begriff, aus welchem Grund man sie installiert hatte. Ohne eine direkte Verbindung zwischen den beiden von Schotten abgeriegelten Sektionen blieb sie sinnlos.

La Forge schüttelte verwirrt den Kopf und wartete. Seine Aufmerksamkeit wechselte zwischen der Schleuse und den Anzeigen des Tricorders hin und her.

Er überlegte.

Handelte es sich um ein Begrüßungskomitee?

Oder das örtliche Äquivalent einer Polizeieinheit, die nun überprüfen wollte, wer für die Auslösung des Alarms verantwortlich zeichnete?

Geordi schnappte unwillkürlich nach Luft, als ihm eine dritte Möglichkeit einfiel. Kamen die kosmischen Fallensteller, um festzustellen, wer ihnen ins metaphorische Netz gegangen war?

Widerstrebend zog er den Phaser und justierte ihn auf Betäubung.

»Data«, flüsterte er, »wer auch immer jene Leute sind, Freund oder Feind oder irgend etwas dazwischen: Ich schlage vor, einer von uns hält sich verborgen, wenn die Besucher eintreten. Und da Sie ungefähr zehnmal so schnell reagieren wie ich, sollten Sie diese Aufgabe übernehmen.«

Data starrte kurz ins Leere und nickte dann. »Ich verstehe. Sie möchten, daß ich Sie ›decke‹.«

»Etwas in der Art, ja.«

Data schaltete seinen eigenen Phaser um, wanderte an der nächsten Wand herab und duckte sich hinter die Hibernationskapsel. Geordi folgte ihm auf den Boden des Raums, blieb zwei Meter vor der Schleuse stehen.

Und wartete.

Hinter der Wand, in der zweiten Schleusenkammer, bezogen die drei Humanoiden nebeneinander Aufstellung und ...

Geordis Visor empfing die Streustrahlung eines Kurzstreckentransporters.

Natürlich, dachte er. *Wie sollten sie sonst durch die*

Wand? Aber wozu dann überhaupt die angebliche Luftschleuse?

Die drei Besucher rematerialisierten in der Innenkammer, und fast eine Minute lang herrschte Stille.

Geordi beobachtete die Veränderungen auf dem kleinen Sichtschirm des Tricorders: Eine Gestalt trat direkt vor das Schott, und die beiden anderen wichen nach rechts und links, so daß sie verborgen blieben, wenn die Tür aufglitt. Nur das Wesen in der Mitte wollte sich zeigen.

La Forges Hand schloß sich fester um den Phaser, aber er hielt den Lauf der Waffe weiterhin auf den Boden gerichtet. Ganz offensichtlich handelten die Wesen ebenso vorsichtig wie Data und er, und aus diesem Grund hielt es Geordi für angeraten, keine drohende Haltung einzunehmen. Sie mußten unbedingt vermeiden, daß die Unbekannten bei ihrem Anblick in Panik gerieten.

Er erhoffte sich Auskünfte, vielleicht sogar eine Möglichkeit, zur *Enterprise* zurückzukehren.

Der Verriegelungsmechanismus des Innenschotts knarrte und rasselte leise, und daran schloß sich neuerliche Stille an.

Ungeölte Angeln quietschten, als die stählerne Pforte langsam aufschwang.

Das Geschöpf vor Geordi trug keinen Raumanzug, und die Stiefel hafteten magnetisch am Boden fest. Es wirkte ebenso menschlich wie Data und er selbst. Ein Mann mit dunklem, kurzgeschorenen Haar, die hagere Gestalt in eine einteilige, bläulich glänzende Uniform gehüllt, deren Brustabschnitt ein stilisiertes Gesicht aufwies. In einem Halfter am Hüftgürtel steckte eine altertümliche Projektilschleuder, und als Geordi die Waffe sah, fühlte er einmal mehr, wie sich Unbehagen in ihm regte. Geschossen gegenüber boten die Individualschilde nur unzureichenden Schutz.

Der Fremde erfüllte La Forges Erwartungen, wirkte ausgesprochen nervös.

Eine ganze Zeitlang schwiegen sie. Data lauschte nur,

hielt sich weiterhin hinter der Hibernationskapsel versteckt. Geordi sah deutlich, wie sich die Pupillen des Alien weiteten, als er ihn musterte, doch er machte keine Anstalten, die Projektilschleuder zu ziehen.

Als er zu dem beruhigenden Schluß gelangte, daß La Forge ihn nicht angreifen wollte, winkte er unsicher, woraufhin seine beiden Begleiter vortraten. Ihre Uniformen schimmerten in einem dunkleren Blau, und sie trugen ähnliche Waffen. Sie rissen ebenfalls die Augen auf, als sie Geordi und sein Visor sahen, gaben jedoch keinen Laut von sich.

La Forge achtete darauf, sich nicht zu abrupt zu bewegen, als er den Phaser an den Gürtel hakte und Data aufforderte, sich zu zeigen.

Als der Androide erschien, tasteten die Hände der Fremden nach ihren Waffen, glitten dann wieder zurück.

»Wer sind Sie?« fragte Geordi sanft, in der Hoffnung, daß die Besucher sprachen. Ihre Übersetzungsmodule konnten nur dann eine Transkription vornehmen, wenn sie Gelegenheit bekamen, einen genügend großen Wortschatz der fremden Sprache zu speichern und Interpretationsverbindungen herzustellen.

Die Reaktion des Alien überstieg seine größten Erwartungen. Als dieser Geordis Worte vernahm, begann er sofort zu sprechen, ersetzte Selbstsicherheit durch Lautstärke, stockte einige Male und wiederholte sich – wie ein völlig verängstigter Schüler, der verzweifelt versuchte, sich an die Zeilen eines langen Gedichts zu erinnern.

Nach etwa zwei Minuten knisterte es in den kleinen Lautsprechern der automatischen Übersetzungsgeräte, und dann erklangen erste Lautfolgen. Daraufhin wurde der Mann vor Geordi noch nervöser, richtete furchtsame Blikke auf die winzigen, zylindrischen Instrumente. Als die transkribierten Worte erste Sätze bildeten, begriff La Forge, daß der Sprecher eine Rede hielt.

Eine Ansprache, die willkommen hieß.

»Wir hoffen sehnlichst ...« Der Alien zögerte kurz, als die Module übersetzten. Er schluckte sichtlich und fuhr fort: »Wir hoffen sehnlichst, daß Sie billigen werden, zu welchem Zweck wir Ihre wunderbaren Gaben einsetzten. Ich möchte diese Gelegenheit nutzen, Ihnen unseren demütigen Dank für Ihr großzügiges Geschenk auszusprechen.«

»Was für Gaben meinen ...« begann Data, aber Geordi unterbrach ihn sofort und bemerkte, daß der Blick des Fremden nun an ihren kleinen Zylindern festklebte.

»Ich bin sicher, daß Sie unsere Zustimmung bekommen«, sagte er, gab dem Androiden ein unauffälliges Zeichen und sprach laut genug, um die Übersetzung von Datas Erwiderung zu übertönen. Als seine eigene Antwort aus dem Lautsprecher des kleinen Instruments drang, zuckte die Gestalt in der hellblauen Uniform heftig zusammen und wechselte rasche Blicke mit ihren Begleitern.

»Diese Geräte dienen nur dazu, die Verständigung zwischen uns zu erleichtern«, erklärte La Forge.

Die drei Fremden schwiegen und starrten nur, aber schließlich räusperte sich der untersetzte Mann auf der linken Seite. »Sind Sie die Konstrukteure?«

Bevor Geordi oder Data etwas sagen konnte, warf der Fremde in der Mitte dem Fragensteller einen eisigen Blick zu, winkte und straffte die Schultern. Dann sah er direkt in den silbrigen Glanz des Visors.

»Kommen Sie«, kam es ein wenig heiser von seinen Lippen. Fürchtete er sich? »Es wäre uns eine große Ehre, Sie zu unserem Oberhaupt zu bringen. Schon seit vielen Jahren ist es sein Wunsch, irgendwann einmal jenen zu begegnen, die unsere Welt vor der Vernichtung bewahrten.«

»Und wir würden uns freuen, jemanden kennenzulernen, der so etwas vollbrachte«, improvisierte Geordi und versuchte sich vorzustellen, wie Picard in einer derartigen Situation reagiert hätte. »Nicht wahr, Data?« hauchte er so leise, daß ihn nur der Androide hörte.

Data nickte andeutungsweise und verstand offenbar, worum es ging.

»Ja«, bestätigte er. »Wir sind sehr daran interessiert, mit ihrem hochgeehrten Oberhaupt zu sprechen.« Er trat dicht an Geordi heran und fügte mit beneidenswerter Bauchrednerkunst hinzu: »Meine Erfahrungen in Hinsicht auf Täuschungen und irreführende Halbwahrheiten sind eher begrenzt, aber ich ›folge Ihrem Beispiel‹.«

Geordi offenbarte eine Zuversicht, die er überhaupt nicht empfand, als er die Luftschleuse betrat. Data schloß sich ihm sofort an. Die drei Fremden bewegten sich recht steifbeinig, als sie die Tür passierten. Ihr Anführer schloß das Schott.

Seltsamerweise gab es in der kleinen Kammer keine Beleuchtung. Zwar herrschte völlige Finsternis, aber das infrarote Spektrum gewährte zumindest Geordi eine klare Sicht. Er beobachtete die drei Wesen, wartete darauf, daß sie den Transporter aktivierten.

Aber niemand von ihnen nahm irgendeine Schaltung vor. Statt dessen schob sich der Anführer an Data und Geordi vorbei, stieß sie dabei an und stolperte zur gegenüberliegenden Wand.

Ohne daß irgend jemand einen Kontrollmechanismus auslöste, sah La Forge plötzlich das Flirren der Transferenergie. Unwillkürlich spannte er die Muskeln, bereitete sich innerlich auf die Entstofflichung vor. Die Konturen der Fremden verloren sich fast in dem gestaltlosen Wabern.

Geordi erinnerte sich an das Transportersystem an Bord des Wracks. Diesmal wurde die Entmaterialisierung von matteren, trüberen Schlieren begleitet, und er fragte sich, ob ihm das zweite Stadium — wenn es überhaupt eins gab — noch weitaus grellere Farben entgegenschleudern mochte.

Aber er spürte keinen anderen Fokus.

Als sich die Energiewirbel auflösten, befanden sie sich in der äußeren Schleusenkammer, die ebenso beschaffen zu sein schien wie die innere.

Der Anführer wankte einmal mehr durch die Dunkelheit, griff nach der Entriegelungsvorrichtung.

Einer seiner beiden Begleiter — der Mann, der Data und

Geordi zuvor gefragt hatte, ob sie die ›Konstrukteure‹ seien – ließ ganz langsam die rechte Hand sinken, bis sie den Kolben der Waffe im Gürtelholster berührte. Er zog sie lautlos, und Geordi stellte fest, daß es sich tatsächlich um eine Projektilschleuder handelte. Im Gegensatz zu Phasern konnte sie nicht auf Betäubung eingestellt werden.

Sowohl die Infrarotmuster auf der Haut des Mannes als auch sein Zittern deuteten darauf hin, daß er fest entschlossen war, Gebrauch von der tödlichen Waffe zu machen – sobald das Licht zurückkehrte und er auf ein Ziel anlegen konnte.

Im Schutz der Finsternis holte Geordi seinen Phaser hervor und feuerte.

Der erste Entladungsblitz war noch nicht ganz verblaßt, als La Forge bereits auf die beiden übrigen Männer anlegte.

Doch er kam nicht dazu, erneut den Auslöser zu betätigen. Er erstarrte förmlich, als eine andere energetische Aura heranwogte. Zunächst glaubte er, sie sei der Vorbote eines weiteren Transporterfeldes, doch praktisch im gleichen Augenblick begriff er, daß das neblige Glühen eher den Energien einer Phaserkanone ähnelte.

Unmittelbar im Anschluß an diese Erkenntnis verloren sich Geordis Gedanken im Schwarz der Bewußtlosigkeit. Sein erschlaffter Leib schwebte wie eine leblose Puppe in der Schwerelosigkeit.

KAPITEL 6

»Suchflug unter Impulskraft beginnt jetzt, Sir«, meldete Lieutenant Worf, der an der Navigationskonsole saß.

»Geschätzte Zeit bis zum Abschluß des Manövers?« fragte Picard.

»Ungefähr fünfzehn Minuten, Sir.«

Der Captain lehnte sich im Kommandosessel zurück und starrte auf den großen Bildschirm. Er hatte den Radius des zu erkundenden Raumgebiets auf zwanzigtausend Kilometer festgelegt — eine Kugel mit dem Wrack als Mittelpunkt. Jetzt konnte er nur noch warten.

Auf eventuelle Ergebnisse der Suche. Auf Berichte vom Ersten Offizier Riker und von Chefingenieur Argyle, die beide zu der Erkundungsgruppe an Bord des fremden Schiffes gehörten. Warten. Und versuchen, die wachsende Ungeduld zu verbergen, die Verärgerung darüber, auf der Brücke bleiben zu müssen und nicht an der Erforschung des Wracks teilnehmen zu können. Es enthielt viele Geheimnisse, und wenn es gelang, einige von ihnen zu lüften, fanden sie vielleicht eine Möglichkeit, Commander Data und Lieutenant La Forge zurückzuholen.

Es nahm nur wenige Minuten in Anspruch, festzustellen, daß der Raum, aus dem Data und La Forge transferiert worden waren, keine elektronischen und mechanischen Fallen enthielten. Jedenfalls nicht von der Art wie die Kontrollflächen vor den Zugängen zu den anderen Räumlichkeiten an Bord. Nur wenig länger dauerte es, die übrigen Hibernationskapseln zu öffnen und die vorherigen Anzeigen der Tricorder zu bestätigen: sie enthielten tatsächlich keine Schläfer.

Argyle und einige seiner Leute analysierten derzeit das fremde Transportersystem und hofften, einen Hinweis auf den Ort zu finden, zu dem Datas und La Forges Retransfer erfolgt war. Weitere Gruppen, insgesamt ein Dutzend, durchstreiften die schmalen Korridore des Wracks und versuchten, in andere Kammern — Instrumentenzellen, wie es schien — einzudringen, ohne dabei die Alarmschaltungen auszulösen, die alle darin enthaltenen Geräte in Schlacke verwandeln konnten.

Während all diese Untersuchungen stattfanden, ordnete Picard einen Erkundungsflug der *Enterprise* an. Er hielt nach einem Objekt Ausschau, das vielleicht den Empfänger des fremden Transporters enthielt. Die Flugbahn seines Schiffes beschrieb nun eine komplexe dreidimensionale Spirale: Nach Beendigung des Manövers würde es keinen Kubikmeter Raum geben, der nicht von den Sensoren erfaßt worden war. Wenn sich in dem entsprechenden Sektor ein anderes Raumschiff hinter Ergschilden oder in der Hülle eines Tarnfelds verbarg, so würde es irgendwann die elektronische Aufmerksamkeit der *Enterprise* wecken.

»Captain«, drang Chefingenieur Argyles Stimme aus dem Lautsprecher der externen Kommunikation. Picard bestätigte kurz und beobachtete weiterhin die sich verändernde Sternkonstellation auf dem großen Bildschirm. »Ich *glaube,* wir haben jetzt erste Hinweise darauf, wohin Data und La Forge vom Transporter im Kontrollraum geschickt worden sind. Allerdings fürchte ich, daß wir damit nicht viel anfangen können.«

Picard runzelte die Stirn. »Irgendeine Information ist immer noch besser als gar keine. Was haben Sie herausgefunden?«

»Das Ziel *dieses* Transporters befand sich mit ziemlicher Sicherheit irgendwo an Bord des Wracks, aber ...«

»Dann sind die Verschwundenen noch immer in dem fremden Schiff? Obgleich unsere Sensoren und Tricorder das Gegenteil behaupten?«

»Nein, Captain, diese Möglichkeit können wir ausschließen. Der hiesige Transporter schickte sie nur zu einer Zwischenstation — in eine von vielen hundert Gerätekammern. Leider wissen wir nicht, in welche. Sir, das Problem besteht darin, daß jedes noch so kleine Zimmerchen über ein eigenes Transfersystem verfügt. Noch haben wir keinen Weg gefunden, uns Zugang zu einem jener Räume zu verschaffen, aber von außerhalb durchgeführte Tricordermessungen deuten auf autarke Transporterschaltkreise hin. Wir müssen demnach von folgender Annahme ausgehen: Ganz gleich, in welcher Kammer Data und La Forge rematerialisiert sind – sie wurden von dort aus zu einem zweiten Ziel transferiert.«

Picards Züge verhärteten sich, als ihm etwas einfiel. »Die ... die energetischen Strukturen der beiden Offiziere könnten doch in einer der Transportermatrizen ›gespeichert‹ sein, nicht wahr?«

»Bisher haben wir keine technischen Einrichtungen gefunden, die eine solche Speicherung ermöglichen, Sir.« Argyle zögerte kurz, bevor er widerstrebend fortfuhr: »Andererseits könnte etwas anderes geschehen sein. Vielleicht wurden Data und La Forge als Energieimpulse gesendet, jedoch nicht empfangen.«

Picard unterdrückte ein Schaudern. Schon an der Akademie hatte er Horrorgeschichten über Leute gehört, die von einem Transporter entmaterialisiert, in strukturierte Energie verwandelt und gesendet wurden, ohne daß ein anderes Gerät den energetischen Code empfing und in das zurückwandelte, was er darstellte: denkende Wesen aus Fleisch und Blut. Offiziell galten solche Berichte als Phantastereien, die nur dazu dienten, unerfahrene Kadetten zu erschrecken. Solche Unfälle waren zwar extrem unwahrscheinlich, aber sie konnten nicht *ganz* ausgeschlossen werden. Picard verglich so etwas damit, lebendig begraben zu werden, und diesbezügliche Vorstellungen weckten noch immer Entsetzen in ihm. Als er nun daran dachte, daß zwei Mitglieder seiner Besatzung ein solches Schicksal erlitten haben mochten, zwei Männer, in denen er Freunde sah ...

»Dringen Sie in die Kammern vor, Mr. Argyle«, sagte Picard monoton, um sich seine Empfindungen nicht anmerken zu lassen. »Ganz gleich, was Sie dazu benötigen:

Verschaffen Sie sich Zutritt. Finden Sie heraus, was mit Commander Data und Lieutenant La Forge passiert ist.«

Wenn Geordi aus tiefem Schlaf erwachte — oder aus der Bewußtlosigkeit, wie jetzt —, wünschte er sich jene Fähigkeit, die andere Menschen für völlig normal hielten: Er sehnte sich danach, die Augen so langsam oder schnell öffnen zu können, wie er es wollte.

Doch das Visor stellte ihm keine Lider zur Verfügung. Als die visuellen Bereiche seines Hirns wieder aktiv wurden, befand er sich plötzlich im Zentrum eines Sturms aus Wellenlängen, die seine elektronische Sehhilfe bombardierten, und es gab keine Möglichkeit, sich davor abzuschirmen, wenigstens einen Teil des Hundertachtzig-Grad-Ausschnitts der Umwelt aus seiner Wahrnehmung zu verbannen.

La Forge konnte nur still liegenbleiben, um kein zusätzliches Chaos aufgrund von Eigenbewegungen zu schaffen. Mit erzwungener Geduld wartete er darauf, daß sich sein Verstand wie ein automatisch funktionierender Mechanismus auf die Konturen fester Gegenstände konzentrierte, die funkelnden Regenbogenformen vibrierender Energie und die Auren lebendiger Wesen sortierte.

Noch während sich die Bilder allmählich stabilisierten, stellte er fest, daß keine Schwerelosigkeit mehr herrschte. Er lag auf einer recht weichen Unterlage, und die Gravitation, die ihn auf das Polster preßte, war nur wenig schwächer als normal.

Allerdings ...

Es handelte sich nicht um Gravitation im üblichen Sinne.

Geordi hielt vergeblich nach dem typischen energetischen Schimmern eines künstlichen Schwerkraftfeldes Ausschau, und einige Sekunden später begriff er, daß auch das andere Strahlen fehlte: jenes trübe Glühen, das von der gewöhnlichen Gravitation eines Planeten ausging.

Dieser Umstand ließ nur einen Schluß zu: Entweder hatte er es mit einer Technologie zu tun, die eine unbekannte Art von Schwerkraft erzeugte, oder sein Gewicht war das Ergebnis von Zentrifugalkraft. Wo auch immer sich Geordi nun aufhielt: Das Objekt drehte sich wie eine Raumstation des einundzwanzigsten Jahrhunderts, nutzte die Massenträgheit, um eine Pseudogravitation zu simulieren.

Unterdessen ließ das multifrequente Durcheinander nach, und Formen tauchten aus dem Strahlen und Leuchten.

La Forge sah den Androiden Data, der direkt neben ihm stand und aus seinen großen goldenen Augen besorgt auf ihn herabblickte.

Er richtete seine Aufmerksamkeit auf das Zimmer, erkannte die weiche Unterlage, auf der er ruhte, als große Couch.

Der Raum war auffallend luxuriös eingerichtet. Rotgraue Teppiche bedeckten den Boden, und eine rasche spektrographische Analyse ergab, daß sie aus synthetischen Materialien bestanden. Ihre Dicke entsprach mehreren übereinandergelegten Läufern, wie sie in den Kabinen an Bord der *Enterprise* verwendet wurden. Die Wand auf der anderen Seite der Couch, neben der zwei weitere Liegen standen, blieb hinter langen Vorhängen aus einem samtartigen Stoff verborgen.

Geordi setzte sich abrupt auf und drehte den Kopf, ließ seinen Visor-Blick über die restlichen Einrichtungsgegenstände schweifen.

Weiter hinten sah er mehrere Stühle, ebenso üppig gepolstert wie die Couch. Sie bildeten einen Halbkreis, und davor stand ein größerer Sessel, der fast einem Thron gleichkam.

Hoch oben an der nächsten Wand betrachtete er die stilisierte Darstellung jenes Gesichts, das er bereits auf den Uniformen der drei Männer beobachtet hatte, die gekommen waren, um ihn und Data abzuholen – und sie zu töten. Darunter zeigte sich eine Schiebetür, die jedoch keinen Griff oder andere Haltepunkte aufwies.

Auf der anderen Seite des Raums bemerkte er zwei verschiedene Gemälde, die, abgesehen von einer rund zwei Meter hohen Pforte, jeden Quadratzentimeter der Seitenwände beanspruchten. Das eine zeigte eine Ruinenstadt: von Schutt und Leichen gesäumte Straßen, die Gebäude nurmehr Gerippe aus geborstenem Beton, im Hintergrund die charakteristische pilzförmige Wolke einer nuklearen Explosion. Das zweite Bild stellte ebenfalls eine Stadt dar, vielleicht sogar die gleiche. Aber dort strahlte eine helle Sonne vom Himmel, und lächelnde Humanoiden wandelten durch die Straßen. Hinter den höchsten Gebäuden erstreckte sich ein weiter Park, und die Peripherie der Metropole ging in ein grünes Hügelland über.

Ein weiteres stilisiertes Gesicht nahm den Platz der atomaren Wolke ein, gesäumt von schleierartigen Wolken an einem Himmel, der in einem weitaus klareren Blau glänzte als das Firmament über der Erde.

»Ist alles in Ordnung mit Ihnen, Geordi?« fragte Data.

»Ich glaube schon. Aber wo *sind* wir hier, zum Teufel?«

»Um Ihren Hinweis auf Oz aufzugreifen: ›irgendwo über dem Regenbogen‹, würde ich sagen.« Der Androide deutete auf das in Wolken eingefaßte Gesicht und fügte ernst hinzu: »Wenn dieser Vergleich stimmt, müßte das dort der Zauberer sein.«

Geordi lächelte und vergaß für einige Sekunden ihre eher rätselhafte Situation. »Ich schlage vor, wir bleiben auf den farbig markierten Wegen, die durch den Wald führen. Gefährlich wird's erst, wenn wir die Wüste erreichen, die uns von der Zitadelle des Magiers trennt.«

Data räusperte sich. »Ich weiß zwar nicht, wer uns hierher brachte, aber die Betreffenden scheinen uns zu vertrauen. Man hat uns keine Ausrüstungsgegenstände abgenommen, nicht einmal die Phaser.«

Geordi starrte auf seinen Gürtel — der Androide hatte ganz offensichtlich recht. Kurz darauf traf er die Feststellung, daß ihre Translatoren ausgeschaltet waren. Als La Forge aus einem Reflex heraus nach dem kleinen Zylinder griff, sagte Data: »Ich habe mir die Freiheit genommen, die Übersetzungsmodule zu desaktivieren. Um zu vermeiden, daß die Fremden unsere ersten Bemerkungen nach dem Erwachen verstehen.«

Geordi sah sich erneut im Zimmer um. »Glauben Sie, man belauscht uns?«

»Das halte ich zumindest für möglich.«

La Forge nickte. »Nun gut. Aber wenn – *falls* – jemand kommt, dürfen wir ihm nicht zu verstehen geben, daß wir die Geräte ganz bewußt ausgeschaltet haben. Sollen die Fremden ruhig glauben, die Instrumente wiesen dann und wann Fehlfunktionen auf. Das versetzt uns in die Lage, ganz nach Belieben Meinungen und Informationen auszutauschen.«

»Ich bin nach wie vor bereit, Ihrer Intuition zu vertrauen, Geordi.«

»Freut mich.« La Forge drehte den Kopf von rechts nach links. »Irgendeine Ahnung, wie wir hierhergelangt sind? Ich erinnere mich nur noch daran, von einer Art Phaserstrahl getroffen worden zu sein – unmittelbar nachdem ich einen der drei Männer mit meiner Waffe betäubte. Der Typ zog seine Projektilschleuder und wollte uns umlegen.«

»Mir erging es nicht viel anders als Ihnen«, erwiderte Data, der offenbar wußte, was mit dem Ausdruck ›umlegen‹ gemeint war. »Ich verlor ebenfalls das Bewußtsein und kam nur einige Sekunden vor Ihnen wieder zu mir, auf der Couch dort.«

»Das hatte ich schon befürchtet«, brummte Geordi, stand auf und näherte sich dem Vorhang, suchte nach einer Kordel, um ihn beiseite zu ziehen. »Vermutlich wissen Sie nicht, was sich dahinter befindet, oder?«

»Nein, leider nicht. Ich erachtete es als wichtiger, mich zu vergewissern, daß Ihnen nichts zugestoßen ist.«

Während Data antwortete, tastete Geordi nach einer Schnur, fand jedoch keine. Schließlich gab er es auf, bückte sich und hob den Vorhang einfach.

Das Visor übermittelte ihm eine neue Datenflut, und La Forge hätte sicher gezwinkert, wenn er dazu in der Lage gewesen wäre.

Hinter dem dicken Samt erstreckte sich ein vom Boden bis zur Decke reichendes Fenster.

Und es gewährte Ausblick auf eine ganze Welt: drei Täler mit Bäumen und Häusern, die Teil der Landschaft zu sein schienen, in einem Zylinder, der mehrere hundert Meter durchmaß und dessen Länge mindestens einen Kilometer betrug. Zwischen den Tälern sah Geordi breite Rillen, und dahinter bemerkte er dicke Spiegelstreifen, die das Licht einer Sonne vom G-Typ — wie Sol — in die Täler reflektierten.

Ein Raumhabitat.

Abgesehen von der besonderen Färbung der Vegetation — in dem Grün zeigte sich ein vager bläulicher Glanz —, hätte es sich um eine der großen Lebensenklaven handeln können, die O'Neill im frühen einundzwanzigsten Jahrhundert konzipierte. Geordi erinnerte sich an entsprechende Holografien, doch jetzt bot sich ihm ein solches Habitat in seiner ganzen beeindruckenden — und realen — Pracht dar.

Data und er befanden sich am einen Ende des Zylinders. Natürlich war diese gewaltige Raumstation nicht von O'Neill entwickelt worden — schließlich betrug die Entfernung zur Erde einige Lichtjahrhunderte, und hinzu kam die breite Kluft der Zeit —, aber die Arbeit des unbekannten Baumeisters basierte auf den gleichen Prinzipien.

Geordi pfiff leise und fasziniert durch die Zähne. »›Irgendwo über dem Regenbogen‹«, wiederholte er. »Ich glaube, Sie haben durchaus recht ...«

»Dies erklärt, daß unsere Tricorder Hunderte von Lebensformen anzeigten«, entgegnete Data. »Unser vorheriger Aufenthaltsort liegt offenbar im Bereich der Rotationsachse. Oder gehört zu einer anderen, separaten Struktur, die sich nicht dreht.«

»Was erscheint Ihnen wahrscheinlicher?«

»Aufgrund der Entfernung und des Verteilungsmusters der georteten Lebensformen schließe ich, daß wir nach dem Transfer vom Wrack in einem autarken Satelliten rematerialisiert sind.«

»Wären Sie imstande, ihn zu lokalisieren?«

»Nicht ohne zusätzliche Informationen, Geordi.«

La Forge runzelte die Stirn und richtete seine Aufmerksamkeit auf die Lücken zwischen den kantigen Spiegeln. Doch selbst mit seinem Visor konnte er kaum etwas erkennen. Es ließ sich nicht feststellen, ob es außerhalb des Habitats andere Satelliten oder sogar einen Planeten gab – zum Beispiel die Welt, die sie in der Retransferkammer gesehen hatten.

Plötzlich summte etwas in der Decke über dem Vorhang, und der dicke Samt glitt beiseite, gab das große Fenster vollständig frei.

Unmittelbar darauf öffnete sich die Pforte hinter dem thronartigen Sessel.

Ein Mann trat ein, und hinter ihm schloß sich der Zugang wieder. Der Fremde war alt, wirkte so menschlich wie die drei Personen des ›Begrüßungskomitees‹. Er trug ebenfalls eine einteilige, mit einem Hüftgürtel ausgestattete Uniform, die jedoch in einem fast grellen Gelb glänzte, und anstelle der Gesichtsdarstellung auf der Brust zeigte sich ein ockerfarbener Kreis. Einige Sekunden lang fragte sich Geordi nach dem Grund für das Fehlen des sonst anscheinend allgegenwärtigen stilisierten Gesichts, doch praktisch im gleichen Augenblick fand er die Antwort auf seine unausgesprochene Frage. Ganz offensichtlich hatte der alte Mann für jenes Bild Modell gestanden. Inzwischen schienen zwar einige Jahrzehnte vergangen zu sein, doch die Ähnlichkeit war noch immer bemerkenswert.

Der Fremde begann zu sprechen, doch ohne die automatische Transkription der Übersetzungsmodule blieben seine Worte unverständlich.

Geordi machte Anstalten, seinen Translator einzuschalten, entsann sich dann an die Taktik, auf die er sich mit

Data geeinigt hatte. Er gab sich verwirrt, hakte das kleine Gerät vom Gürtel, schüttelte es und lauschte kurz. Während er den alten Mann direkt ansah, sagte er zu Data: »Klopfen Sie ein paar Mal auf ihr Modul und aktivieren Sie es dann unauffällig.«

»Ich folge noch immer Ihrem Beispiel«, erwiderte Data und wandte den Blick ebenfalls nicht von ihrem Besucher ab.

Inzwischen schwieg der Fremde und musterte sie voller Unbehagen. La Forge schnitt ein verdutztes Gesicht und hoffte, daß der Unbekannte seine Mimik verstand. Wieder schüttelte er seinen Translator, schaltete ihn schließlich ein. Ein leises, kaum wahrnehmbares Klicken bestätigte, daß auch Datas Gerät funktionierte.

»So ist es schon besser«, sagte Geordi und sah wieder den alten Mann an. »Ab und zu haben wir Schwierigkeiten mit diesen Instrumenten.«

Die Pupillen des Fremden weiteten sich, als die Übersetzungsmodule Worte in seiner Sprache von sich gaben. Geordi beobachtete, wie er sich ruckartig versteifte.

»Willkommen in der Welt der Friedenswächter«, sagte der Besucher. »Ich bin Shar-Lon, Vorsitzender des Friedenskonzils. Bitte erlauben Sie mir, Ihnen unendlichen Dank für das auszusprechen, was Ihre Gaben ermöglichten. Wenn wir Ihnen irgendwie helfen können — ein Hinweis genügt.«

»Ich schlage vor, Sie erklären zunächst einmal, warum einer Ihrer Männer versuchte, uns umzubringen«, improvisierte Geordi und verlieh seiner Stimme dabei einen betont scharfen Klang. »Meine zweite Frage lautet: Aus welchem Grund wurden wir betäubt und hierher geschleppt?«

Shar-Lons Gesichtsausdruck veränderte sich nicht, abgesehen vielleicht von einem kurzen Zucken der Lider, aber das infrarote Spektrum zeigte Geordis Visor-Sensoren ein plötzliches Absinken der Hauttemperatur von Wangen und Händen. Bei Menschen bedeutete diese Reaktion Besorgnis, sogar Furcht, und vielleicht traf das auch auf Shar-Lon zu.

»Ich bitte demütig um Entschuldigung dafür, daß so etwas geschehen konnte, und ich versichere Ihnen, daß die entsprechende Person Ihren Wünschen gemäß bestraft wird. Mein Stellvertreter Kel-Nar, der Sie in dieses Zimmer brachte, hat die drei Männer bereits verhaften lassen. Sie können frei bestimmen, was mit ihnen geschehen soll.«

»Nur einer von ihnen griff uns an«, gab Geordi ernst zurück. »Und bevor wir über seine Bestrafung entscheiden ... Sagen Sie uns, warum er sich auf jene Weise verhielt. Ich nahm an, er handelte nicht aufgrund einer Anweisung von Ihnen, oder?«

Der alte Mann schüttelte hastig den Kopf. »Ich würde nie ...«, begann er flehentlich, brach dann aber ab und schien sich wieder zu fassen. Fast monoton fuhr er fort: »Unglücklicherweise gibt es einige *wenige* irregeleitete Individuen unter uns, die die allgemeine Freude über Ihr Eintreffen nicht teilen.«

»Selbst in Ihrem eigenen Mitarbeiterstab? Die Uniformen deuten darauf hin, daß die drei Männer in Ihrem Auftrag kamen.«

»Das stimmt. Leider läßt sich nicht immer voraussehen, wer dem Wahn zum Opfer fällt.«

»Woher wollen Sie wissen, daß Ihnen kein ähnliches Schicksal bevorsteht?«

»Völlig ausgeschlossen!« entfuhr es Shar-Lon mit vibrierender Stimme. Er neigte den Kopf und fügte hinzu: »Ich stehe zu Ihren Diensten, erwarte Ihre Befehle. Mein einziger Wunsch ist es, dem Willen der Konstrukteure gerecht zu werden. Die Waffen, mit denen Sie den Angreifer außer Gefecht setzten, hängen noch immer an Ihren Gürteln.«

Das ließ sich nicht leugnen. Außerdem sah Geordi, daß die Phaser nach wie vor voll aufgeladen waren.

La Forge musterte den alten Mann eingehend und fragte sich, ob sie ihm die Wahrheit anvertrauen sollten. Wie mochte er reagieren, wenn er erfuhr, daß Data und er nicht zu den sogenannten ›Konstrukteuren‹ gehörten, von denen die ›Gaben‹ stammten?

Normalerweise zog es Geordi vor, offen und ehrlich zu sein, aber unter den gegenwärtigen Umständen erwuchsen möglicherweise Gefahren daraus. Shar-Lon schien den ›Konstrukteuren‹ mit Ehrfurcht – vielleicht sogar mit Angst – zu begegnen. Was hielt er von Aufschneidern und Schwindlern? Wenn sich seine offensichtliche Nervosität in Zorn verwandelte, konnten sie mit ihren beiden Phasern nicht viel anfangen. Hunderte von Humanoiden lebten in dem Habitat, und sie stellten eine erhebliche potentielle Bedrohung dar, selbst dann, wenn nur ein Teil von Ihnen über tödliche Projektilschleudern verfügte. Der Angreifer in der Luftschleuse – hatte er geahnt, daß Geordi und Data keine ›Konstrukteure‹ waren?

Darüber hinaus: Wenn sie bei dem Bluff blieben, mußten sie immerzu auf der Hut sein und ständig den Anschein erwecken, als wüßten sie über alles Bescheid. Schlimmer noch: Sie durften nicht einmal eine einzige der vielen Fragen stellen, auf die sie eine Antwort brauchten, um zur *Enterprise* zurückzukehren.

Lügen irgendwelcher Art weckten immer profundes Unbehagen in Geordi, aber er befürchtete, daß ihnen keine andere Wahl blieb ...

Er stellte sich vor, wie Captain Picard an seiner Stelle gehandelt, welche Entscheidungen er getroffen hätte. Diese Überlegungen gaben ihm neue Zuversicht.

»Ja«, sagte er schließlich und tastete mit den Fingerkuppen über seinen Phaser. »Wir haben bereits bemerkt, daß niemand unsere Ausrüstung anrührte, und das wissen wir zu schätzen. Vermutlich begrüßen unsere Vorgesetzten Ihr Verhalten, wenn wir davon berichten«, fügte er hinzu, dankbar für den guten Einfall.

Shar-Lon versteifte sich erneut. »Sie sind also mit einem bestimmten Auftrag gekommen?«

»Natürlich. Wir möchten in Erfahrung bringen, zu welchem Zweck Sie unsere Gaben eingesetzt haben.«

Als das Übersetzungsmodul diese Erwiderung übertrug, begriff Geordi, daß er genau die richtigen Worte formuliert hatte. Shar-Lon versuchte zwar noch immer, sich nichts anmerken zu lassen, aber La Forge konnte deutlich sehen, wie er sich entspannte. Das infrarote Spektrum offenbarte eine weitere drastische Veränderung: Die Farbe kehrte in Hände und Wangen zurück – ein Zeichen von Erleichterung.

»Als Erklärung genügen eigentlich schon diese beiden Darstellungen«, sagte der alte Mann und deutete auf die Wandgemälde. Er betrachtete den atomaren Pilz und die zerstörte Stadt. »Dies hier wäre unsere Welt, wenn wir nicht Ihre Gaben empfangen hätten.« Er nickte in Richtung des anderen Bildes, das sein stilisiertes, von Wolken umrahmtes Gesicht zeigte, unter dem glückliche Humanoiden lächelten. »Das ist unsere jetzige Heimat.«

»Recht beeindruckend«, kommentierte Geordi unverbindlich. »Wenn Ihre Angaben den Tatsachen entsprechen, wird unser Bericht zweifellos positiv ausfallen und die Zustimmung unserer Vorgesetzten finden.«

Eine Zeitlang stand der alte Mann völlig reglos. Sein Gesicht blieb eine ausdruckslose Maske, und die im infraroten Spektrum übermittelten Reaktionen waren verwirrend, erweckten den Eindruck, als weise Shar-Lon eine gewisse Distanz zur Realität auf. Eine seltsame Art von Anspannung kehrte in sein Denken und Fühlen zurück.

»Kommen Sie«, sagte er abrupt und mit hohler, emotionslos klingender Stimme. »Ich möchte Ihnen verdeutlichen, was wir mit Ihren Gaben erreicht haben.«

Als er sich umdrehte, schwang die Tür lautlos auf, und mit einem leisen Knistern glitt der Vorhang zurück, verwehrte den Blick auf das große Raumhabitat.

KAPITEL 7

»Suchflug im Radius von zwanzigtausend Kilometern beendet, Sir«, meldete Lieutenant Worf. »Ergebnis negativ.«

Picard furchte enttäuscht die Stirn und beobachtete die wieder stationär gewordene Sternkonstellation auf dem Schirm. »Nun gut«, sagte er schließlich. »Erweitern Sie den Radius auf vierzigtausend Kilometer.«

»Erweiterung, Sir«, brummte Worf und verzichtete auf den Hinweis, daß die Reichweite gewöhnlicher Föderations-Transporter nicht annähernd so groß war.

»Berechnen Sie außerdem einen Rückkehrkurs, der uns bis auf Transferdistanz zum Wrack bringt. Sorgen Sie dafür, daß die Daten während unseres Manövers ständig auf den neusten Stand gebracht werden, so daß wir jederzeit reagieren können.«

»Kurs berechnet und eingegeben, Sir.«

»Fähnrich Carpelli, halten Sie sich bereit, die Mitglieder der verschiedenen Forschungsgruppen im fremden Schiff so rasch wie möglich an Bord zu beamen.«

»In Ordnung, Sir«, erwiderte Carpelli aus dem Haupttransporterraum.

Picard berührte seinen Insignienkommunikator. »Chefingenieur Argyle, Commander Riker, wir erweitern den Suchradius über die übliche Transporterreichweite hinaus, aber wir können innerhalb weniger Sekunden zurück sein.«

»Verstanden, Sir«, antwortete der Erste Offizier.

»Irgend etwas Neues, Mr. Argyle?«

»In gewisser Weise, Sir«, erwiderte der Chefingenieur unsicher. Der Captain war gerecht, aber das machte es nicht leichter, zwar keinen Mißerfolg, aber doch nur wenige Fortschritte zu melden. »Wie ich schon zuvor berichtete: Es fiel uns nicht besonders schwer, die Alarmvorrichtungen in den Kontrollflächen zu neutralisieren und uns

Zugang zu den Gerätekammern zu verschaffen. Aber was wir dort drin fanden, wird Ihnen kaum gefallen.«

Der Chefingenieur zögerte, und Picard wartete einige Sekunden lang. Als Argyle nicht weitersprach, sagte der Captain: »Zwei meiner Offiziere werden vermißt, und vermutlich hängt ihr Leben davon ab, was Sie und Ihre Leute zu leisten vermögen, wie schnell es Ihnen gelingt, die Geheimnisse der fremden Technik zu lüften.«

»Das ist mir durchaus klar, Sir.«

»Dann fahren Sie fort.«

Argyle schluckte. »Bisher haben wir erst zwanzig Zimmer untersucht, aber sie sind praktisch identisch, und das trifft wahrscheinlich auch auf die anderen zu. Nun, eigentlich sind es keine ›Zimmer‹, sondern eher Instrumentennischen, wie wir bereits annahmen. Sie enthalten Transportersysteme. Die Kontrollflächen dienen nur dazu, rasche Reparaturen der internen Schaltkreise zu ermöglichen. Vorausgesetzt natürlich, man kennt sich mit den Anlagen aus und weiß, wie man die Destruktionskomponenten desaktiviert.«

»Was ist mit den Transporterplattformen? Den Justierungsapparaturen?«

»Bisher konnten wir keine solchen Schalteinheiten finden, zumindest keine direkt erreichbaren. Offenbar wird die zentrale Kontrolle vom Bordcomputer ausgeübt. Und was die Transferplattformen betrifft: Sie befinden sich im *Innern* der Transporter.«

»Im Innern? Mr. Argyle ...«

»Ich weiß, wie verrückt das klingt, Captain, aber so ist es nun einmal. Wir können sie natürlich nicht sehen oder unmittelbar untersuchen, aber die Tricordermessungen zeigen Hohlräume in allen Transportern. Sie sind drei Meter hoch und ungefähr einen Meter breit, stellen das Ziel der für Kurzstrecken bestimmten Transfersysteme dar. Was dort rematerialisiert, wird nur einen Sekundenbruchteil später mit neuem Ziel abgestrahlt.«

»Und das gilt auch für Mr. Data und Lieutenant La Forge?«

»Ja, Sir. Wir sind ziemlich sicher, daß so etwas mit ihnen geschah.«

»Nun, wenn Sie feststellen, welcher Transporter benutzt wurde ... Dann müßte es doch möglich sein, das betreffende Gerät umzuschalten und die beiden Vermißten zurückzuholen.«

»Ich fürchte, das geht nicht, Sir. Erstens haben wir noch nicht herausfinden können, welche Transfereinheit sie auf die Reise schickte, und zweitens ...«

»Rejustieren Sie alle Transporter! Einen nach dem anderen!«

»Auch das läßt sich nicht bewerkstelligen, Sir. Es deutet alles darauf hin, daß sie nur in einer Richtung arbeiten, und ...«

»In einer Richtung, Mr. Argyle?«

»Ja, Sir. Nach unseren gegenwärtigen Analyseresultaten funktionieren die Transporter nur als Sender, nicht aber als Empfänger.«

Es lief Picard kalt über den Rücken. »Dann sind Data und La Forge *wirklich* in Schwierigkeiten. Mr. Argyle, halten Sie es für völlig ausgeschlossen, daß ...«

»Nein, Sir, das meine ich *nicht*«, warf der Chefingenieur hastig ein. »Die Transfersysteme an Bord des fremden Schiffes scheinen in der Lage zu sein, Objekte zu senden und sie am programmierten Ziel zu rematerialisieren; in dieser Hinsicht sind sie ebenso beschaffen wie unsere Transporter. Allerdings gibt es einen großen Unterschied: Sie können *keinen* neuerlichen Fokus auf die gebeamte Masse richten und sie an die Ausgangskoordinaten zurückbringen. Die transferierten Gegenstände — oder Personen — bleiben fort.«

»Das ergibt doch keinen Sinn, Mr. Argyle!« wandte Picard scharf ein. »Vielleicht sind die Empfangskomponenten irgendwie blockiert. Wenn ein Raumschiff in die Umlaufbahn eines Gefängnisplaneten schwenkt, werden die Transporter mit einem speziellen Code geschützt, so daß sich niemand an Bord beamen kann. Möglicherweise ...«

»Unwahrscheinlich, Sir. Zwar sehen wir uns noch immer außerstande, alle Einzelheiten der betreffenden Schaltkreise zu erfassen, doch die für den Empfang notwendigen elektronischen Bauteile sind einfach nicht vorhanden.«

»Vielleicht arbeiten die Einheiten paarweise. Wäre es denkbar, daß die noch nicht von Ihnen untersuchten Kammern Empfänger enthalten?«

»Denkbar schon, Sir. Ich befürchte allerdings, daß uns auch in dieser Hinsicht eine Enttäuschung erwartet. Die bisher bekannten Gerätekammern wurden rein zufällig ausgewählt, und doch fanden wir in ihnen nicht die geringsten Unterschiede. Jede enthält einen einzelnen Transporter — einen Sender — und außerdem noch einen Subraumkommunikator, der mit dem Zentralcomputer verbunden ist.«

»Ist es Ihnen gelungen, eine Transfereinheit zu aktivieren und eine Sonde hindurchzuschicken, um festzustellen, wohin sie abgestrahlt wird?« fragte Picard.

»Nein, Sir. Zwar haben wir jetzt Zugang zu vielen verschiedenen Schaltkreisen, darunter auch zu denen, die normalerweise eine direkte Kontrolle ermöglichen, aber wir können praktisch nichts damit anfangen. Es gibt einfach zu viele Sicherheits- und Alarmsysteme, und sie sind weitaus komplexer als die in den Verkleidungsplatten. Solange wir nicht imstande sind, sie irgendwie lahmzulegen, wäre es völlig aussichtslos zu versuchen, irgendwelche Instrumente in Betrieb zu setzen.«

»Wann rechnen Sie mit einem Erfolg Ihrer Bemühungen, Mr. Argyle?«

»Ich weiß es nicht, Sir«, erwiderte der Chefingenieur nervös.

»Sie müssen doch *irgendeine* Vorstellung haben, wenigstens ein Gefühl.«

»Das schon, Sir, aber ...«

Picard verzog das Gesicht. »Heraus mit der Sprache, Mr. Argyle. Je länger Sie meinen Fragen ausweichen, desto mehr Zeit brauchen Sie, um ...« Der Captain holte tief Luft und seufzte. »Geben Sie mir eine ehrliche Antwort, Mr. Argyle.«

Der Chefingenieur schluckte erneut. »Ich glaube, die Aktivierung der fremden Transporter ist schlicht und einfach *unmöglich*.«

»Eben haben Sie noch behauptet, zumindest eine Transfereinheit *sei* aktiviert worden. Ihr Bericht führte diesen Umstand als Grund für das Verschwinden von Data und La Forge an.«

»Ja, Sir, das stimmt, Sir, aber in jenem Fall steckte der Bordcomputer dahinter.«

»Und was hindert Sie daran, die Kontrollsignale des zentralen Rechners zu wiederholen?«

»Die Sicherheitssysteme, Captain. Wie ich schon sagte: Sie sind weitaus komplizierter als die Schutzvorrichtungen in den Deckflächen. Der Bordcomputer und alle Transporter scheinen perfekt vor Manipulationen geschützt zu sein. Ohne die richtigen Codefolgen muß *jeder* Versuch, die Justierungen zu verändern oder einzelne Komponenten mit Energie zu beschicken, zur vollständigen Zerstörung der wichtigsten Schaltkreise führen.«

»Wenn wir die Rechneranlagen der *Enterprise* mit dem Computer des Wracks verbinden ...«

»Oh, ich kann mir denken, was Sie meinen. Sie möchten Millionen von Codes eingeben, bis schließlich der richtige gefunden wird, nicht wahr? Nun, das würde nur funktionieren, wenn gleich der *erste* stimmt. Nach einer falschen Signalfolge bekommt man keine zweite Chance. Die Schaltkreise verglühen innerhalb eines Sekundenbruchteils. Einen Transporter haben wir schon auf diese Weise verloren, und alles deutet darauf hin, daß wir bei den anderen mit ähnlichen Konsequenzen rechnen müßten.«

Picard überlegte kurz. »Dann entfernen Sie die technischen Bestandteile, die Selbstzerstörungszwecken dienen. Bei den Türen und Zugangsflächen gelang Ihnen das ganz offensichtlich.«

»Auch das ist uns leider verwehrt, Sir. Die Komponenten bilden eine einheitliche, dicht integrierte Masse. Es kann kein einzelner Schaltkreis entfernt werden, ohne Hunderte von anderen zu beschädigen oder gar die automatische Selbstzerstörung auszulösen.« Argyle schüttelte den Kopf. »Ebensogut könne man eine Herztransplantation versuchen, wenn Herz, Gehirn, Lungen, Leber und alle anderen Organe fest miteinander verbunden wären. Stellen Sie sich nur einmal vor, der Herzmuskel diente gleichzeitig als Hirngewebe.«

Picard schnitt eine Grimasse und schwieg eine Zeitlang. »Na schön, Mr. Argyle«, antwortete er schließlich. »Setzen Sie Ihre Arbeit fort. Untersuchen Sie auch die anderen Kammern. Analysieren Sie die dortigen Instrumente. Unterdessen fliegen wir mit der *Enterprise* weitere Suchschleifen. Wir dehnen den in Frage kommenden Bereich solange aus, bis wir irgend etwas finden. Oder feststellen, welche Reichweite die fremden Transporter haben. Halten Sie mich auf dem ...«

»In diesem Zusammenhang gibt es noch ein anderes Problem«, warf der Chefingenieur ein. »Es wäre möglich, daß die hiesigen Transfersysteme weitaus größere Distanzen überbrücken können, als Sie glauben.«

Picard runzelte die Stirn und erinnerte sich daran, daß er die Suche längst auf eine Entfernung ausgedehnt hatte, die weit über die maximale Reichweite von Föderations-Transportern hinausging. »Können Sie genauere Angaben dazu machen, Mr. Argyle?« fragte er leise.

»Nun, vielleicht haben die fremden Transporter eine um mehrere Zehnerpotenzen höhere Kapazität«, erwiderte der Chefingenieur, und seine Stimme vibrierte bei diesen Worten. »Ich vermute, daß sich ihr Leistungsbereich auch auf den Subraum ausdehnt, und wenn das stimmt, sind Commander Data und Lieutenant La Forge vielleicht Hunderte von Parsec entfernt.«

Geordi und Data beobachteten, wie die Tür aufglitt. Dahinter kam ein Lift zum Vorschein, auf dessen Rückwand sich ein weiteres stilisiertes Gesicht zeigte. Die beiden Seitenflächen leuchteten in verschiedenen Farben: die eine in einem ebenso strahlenden Gelb wie die Uniform des alten Mannes, die andere in einem matten, stumpfen und traurig wirkenden Grau. La Forge fragte sich, ob diese Tönungen dem Bedeutungsinhalt der beiden Gemälde im Zimmer entsprachen und somit Symbole darstellten. Shar-Lon näherte sich einem kleinen Tastenfeld, gab einen Code ein und wartete schweigend. Er mied die Blicke seiner beiden Begleiter, und im infraroten Spektrum sah Geordi, daß fast alle erkennbaren Hautbereiche in einem kalten Blau schimmerten. Der Fremde schien zutiefst schockiert zu sein.

Aber als sich der Lift in Bewegung setzte, als er seine Last zur Nabe der Endkuppel trug, straffte sich die Gestalt des alten Mannes, und neue Vitalität lockerte seine angespannten Züge, ließ ihn trotz der vielen Falten um zehn Jahre jünger erscheinen. Er führte Data und Geordi aus der Aufzugkabine und durch einige Passagen, bis sie schließlich einen verlassenen Hangar erreichten, der einige kleine und primitiv anmutende Shuttles enthielt. Sie alle wiesen Gesichtszeichen auf: Einige waren nur münzengroß, wie ein Identitäts- oder Rangabzeichen, andere hatten mehr als einen Meter Durchmesser. Geordi und Data folgten Shar-Lon zu einer Raumfähre, über deren Pilotenkanzel sich eine transparente Wölbung erstreckte. Der alte Mann öffnete die Luke und forderte seine Begleiter mit einem Wink zum Einsteigen auf. Als er ihnen folgte, sich in der Schwerelosigkeit an Haltegriffen entlanghangelte und der Kontrollkonsole zuwandte, verbesserten sich seine infraroten Muster. Es hatte den Anschein, als sei es ihm gelungen, seinen inneren Konflikt wenigstens vorübergehend zu überwinden.

Geschickt lenkte er das Shuttle durch das Außenschott, und draußen, im Gleißen der Sonne, gab er kurz Schub. Die Fähre drehte sich um neunzig Grad, kam dann wieder zur Ruhe. ›Unten‹ drehte sich der blauweiße Planet, den

Geordi und Data bereits vom Bildschirm her kannten. Er schien kaum dreißigtausend Kilometer entfernt zu sein.

La Forge beobachtete die fremde Welt eine ganze Zeitlang. Ihr Anblick räumte jeden Zweifel daran aus, daß der Transporter an Bord des Wracks im interstellaren Raum sie über eine lichtjahreweite Distanz transferiert hatte. Der Planet war real, keine Illusion.

»Ohne Ihre Gaben«, sagte Shar-Lon schließlich mit unüberhörbarer Demut, »wäre unsere Heimat jetzt eine radioaktive Wüste.«

»Erklären Sie das«, brummte Geordi betont schroff.

Der alte Mann schwieg einige Sekunden lang, und ein Teil der ausdruckslosen Leere kehrte in seine Züge zurück. Dann blickte er traurig und wehmütig, und Geordi verglich ihn mit einem Schauspieler, der zu einem schwierigen Monolog ansetzte.

»Es beschämt mich sehr, einzugestehen, daß mein Volk vor einigen Jahrzehnten noch immer in der Barbarei lebte«, begann Shar-Lon. »Meine Mitbürger waren Wilde mit den technisch-wissenschaftlichen Möglichkeiten, sich selbst und alles Leben auf dem Planeten zu vernichten. Als Ihr Magazin mit den Gaben im Orbit entdeckt wurde, existierten auf meiner Welt fast hundert verschiedene Nationen. Während unserer ganzen Geschichte gab es eigentlich nie echten Frieden, und mehr als zwanzig Staaten verfügten über eigene Arsenale mit Atomwaffen. Einige davon befanden sich in der Umlaufbahn, andere in unterirdischen oder maritimen Stützpunkten.«

»Das kommt mir irgendwie bekannt vor«, sagte Geordi ernst, als der alte Mann zögerte, offenbar eine erste Reaktion erwartete.

Shar-Lons Augen weiteten sich ein wenig, aber er wandte den Blick nicht vom Planeten ab. »Dann haben Sie Ihre Gaben nicht nur uns anvertraut, sondern auch anderen?«

»Natürlich«, improvisierte Geordi und sah die kurze Verwirrung in Datas Zügen. »Allerdings wurden sie nicht immer so klug und umsichtig eingesetzt wie hier. Wie gelangten Sie in den Besitz unserer Gaben, Shar-Lon? Haben Sie sie persönlich in Empfang genommen?«

»In der Tat«, bestätigte der alte Mann sofort. Er starrte ins Leere, als hinge er Erinnerungen nach. Dann fuhr er fort: »Ich war und bin der Auserwählte. Zu meiner eigenen Schande muß ich eingestehen, daß ich mich während der früheren Jahre meines Lebens kaum von den anderen Wilden dort unten unterschied. Aber schließlich begriff ich das ganze Ausmaß der drohenden Gefahr, und ich begann, mich für den Frieden einzusetzen, für ihn zu arbeiten. Ich schloß mich einer Gruppe an, deren Mitglieder sich schon damals ›Friedenswächter‹ nannten, aber es erwartete mich eine große Enttäuschung. Ich mußte mich der Erkenntnis stellen, daß praktisch niemand auf unsere Mahnungen hörte, daß wir die allgemeine Lage nicht verändern konnten. Da unsere Bemühungen auch weiterhin ohne Erfolg blieben, verließ ich die Organisation und konzentrierte mich auf das, was ich damals für die einzige Alternative hielt: Ich wollte dafür sorgen, daß mein eigener Staat stark genug wurde, um über alle anderen zu dominieren und auf diese Weise einen dauerhaften Frieden zu erzwingen.

Einerseits war das eine sehr törichte Vorstellung, wie mir heute klar ist, aber andererseits spielte sie eine wichtige Rolle bei der Erfüllung meines Schicksals. Ohne die fortwährenden Enttäuschungen und meine Hinwendung zu fanatischem Nationalstolz hätte ich keine militärische Karriere beginnen können. Nur sie ermöglichte es mir, eine verantwortungsvolle Position einzunehmen und das Vertrauen zu erringen, das mich schließlich in die Lage versetzte, zur richtigen Zeit am richtigen Ort zu sein – als ich die Zeichen sah und sich das Magazin mit den Gaben offenbarte.«

Erneut schwieg Shar-Lon, und die infraroten Muster zeigten ständige Veränderungen.

»Berichten Sie uns davon«, sagte Geordi, als die Stille andauerte. Die bisherigen Informationen des alten Mannes mochten zwar recht interessant sein, brachten Data und ihn jedoch nicht weiter. »Schildern Sie uns, was damals geschah.«

»Ja«, warf der Androide ein und lächelte zufrieden. »Unsere Vorgesetzten benötigen genaue Angaben darüber, was sich ereignete. Mein Kollege wies bereits darauf hin, daß die hiesige Verwendung unserer Gaben zu einem außergewöhnlichen Erfolg führte, und die diesbezüglichen Details könnten sehr wichtig sein. Vielleicht helfen sie unseren Vorgesetzten, die Situation sorgfältig zu analysieren und die Methoden zu verbessern, mit denen anderen Völkern unsere Gaben zur Verfügung gestellt werden.«

Geordi unterdrückte ein Grinsen, als Data seinen kurzen Vortrag beendete. Der Androide hatte behauptet, in bezug auf Lügen und Irreführungen mangele es ihm an Erfahrung, aber er lernte ziemlich schnell.

»Mein Partner hat völlig recht«, bestätigte La Forge. »Es gibt viele andere Welten, denen es ebenso ergeht wie Ihrer Heimat, und unsere Vorgesetzten suchen immerzu nach Möglichkeiten, unsere Hilfe wirksamer zu gestalten. Sie möchten, daß eines Tages alle bewohnten Planeten so gut vor der Selbstvernichtung geschützt sind wie Ihre Welt.«

Diese mehr als deutliche Schmeichelei schien Shar-Lon in die Lage zu versetzen, seine innere Unruhe einmal mehr zu besiegen. Er begann wieder zu sprechen, wie ein Prediger, der eine skeptische Gemeinde zu überzeugen versuchte. Data speicherte alle seine Ausführungen, und Geordi suchte in ihnen nach irgendeinem Hinweis auf die wahre Natur des ›Magazins‹ und der ›Gaben‹. Vielleicht konnten Data und er Gebrauch davon machen, um zum Wrack und der *Enterprise* zurückzukehren.

Vor fünfzig Jahren, so erläuterte der alte Mann, dienten sein Bruder und er als Piloten und Navigatoren in den Raumstreitkräften ihres Staates. Sie gehörten zu insgesamt mehr als zwanzig Astronauten, die Shuttles flogen. Ihre Aufgabe bestand darin, die Besatzungen der Spionagesatelliten und Raketenrampen in der Umlaufbahn mit Nachschubmaterialien zu versorgen. Die elektronischen Anlagen in den militärischen Orbitalbasen kontrollierten jeden Quadratzentimeter der Planetenoberfläche – und die nuklearen Sprengköpfe, die jederzeit per Knopfdruck auf ihre tödliche Reise geschickt werden konnten, drohten ständig mit der Apokalypse. Jede Nation mit ausreichend großer Wirtschaftskraft unterhielt entweder ähnliche Satelliten oder besaß ebenfalls Atomraketen, die auf Städte und Industrieanlagen anderer, ebenso bewaffneter Nationen zielten. Die Instrumente totaler Vernichtung detonierten zwar nur bei sorgfältig kontrollierten Tests, aber es verging kaum ein Jahr, in dem nicht irgendwo ein konventioneller Krieg ausbrach. Jene Konflikte wurden zwar stets noch rechtzeitig beigelegt, bevor irgendein General auf den fatalen Gedanken kam, die Abschußsilos zu öffnen und den Gegner mit nuklearer Auslöschung von der Landkarte zu fegen, aber trotzdem geriet die Welt immer häufiger an den Rand des Abgrunds.

»Ich sah das Zeichen an meinem achtundzwanzigsten Geburtstag«, sagte Shar-Lon monoton, und Geordi beobachtete eine neuerliche Gefühlsaufwallung, die in dramatischen Veränderungen der infraroten Strukturen zum Ausdruck kam. »Mein Bruder und ich flogen ein Transportshuttle, und wir befanden uns ganz allein an Bord. Wir hatten den unteren Standardorbit erreicht und bereiteten uns auf die Zündung der Triebwerke vor, um einen der Satelliten anzusteuern. Als wir darauf warteten, daß die Bodenstation unsere Kursdaten bestätigte, blickte ich aus dem Fenster und beobachtete die Weltenkugel, die sich langsam unter uns drehte. Und dabei kam mir wieder jener Gedanke, der mich seit meiner frühesten Jugend nicht mehr in Ruhe ließ, immer wieder wie eine Mahnung mein Bewußtsein durchzog. Ich verglich die erhabene Schönheit unseres Heimatplaneten mit den tödlichen Spielen seiner Bewohner, mit den taktisch-strategischen Schachzügen der Militärs, die auch in uns – in meinem Bruder und mir – nur willenlose Marionetten sahen, die ihren Befehlen zu gehorchen hatten. Und dann ...«

Shar-Lon brach ab, und Geordis Visorsinn bemerkte ein plötzliches Zucken im Gesicht des alten Mannes, ein infrarotes Aufblitzen. Offenbar hatte sich ein so starker emotionaler Druck in ihm angesammelt, daß er seine Empfindungen nicht mehr vollständig unterdrücken konnte.

Shar-Lon deutete auf die Welt unter ihnen. »Und dann, nur für einen Sekundenbruchteil, verwischten die Konturen des ganzen Planeten. Sie erzitterten so wie das Spiegelbild auf einer unruhigen Wasseroberfläche.

Unmittelbar darauf, nur einen Augenblick später, wurde aus dem Blau blutiges Rot. Die Ozeane und Kontinente, selbst die Wolken — alles leuchtete in einem purpurnen Schein.

Ich verstand sofort, um was es sich handelte: ein Zeichen. Und ich wußte auch, was es bedeutete. Ich begriff, daß meiner Heimat der Untergang drohte. Sie lief Gefahr, zu einer gewaltigen Leichenhalle zu werden, zu einem globalen Friedhof. Irgendwann — irgendwie — würden die Raketen starten und alles Leben auf dem Planeten töten.

Diese Erkenntnis entsetzte mich wie nichts zuvor in meinem Leben. Ich hatte die Atomraketen auf ihren Rampen gesehen, kannte ihre ungeheure Vernichtungskraft aufgrund der Tests. Ich wußte auch, wie viele darauf warteten, zum Einsatz gebracht zu werden. Nur eine kleine Anzahl von ihnen genügte, um die Welt zu vernichten.

Vor meinem inneren Auge sah ich die schrecklichen Konsequenzen.

Ich beobachtete, wie sich unsere Städte in radioaktiven Schutt verwandelten, das einst so fruchtbare Land in leblose Wüsten.

Ich sah, wie meine Mitbürger einen gräßlichen Tod starben. Niemand von ihnen bekam eine Chance. Väter, Mütter und Kinder verbrannten. Von ganzen Völkern blieb nur Asche.

Ich sah, wie die Haut meines Bruders Feuer fing, in schwelenden Fladen von seinen Knochen fiel.

Ich sah mich selbst: ein schwacher Shar-Lon, der mit quälender Langsamkeit sein Leben aushauchte, ohne die Möglichkeit, irgend etwas für die vielen anderen Leidenden zu tun, die das Pech hatten, nicht sofort zu sterben und den Atomschlag für einige Minuten, Tage oder Wochen zu überleben.

Ich sah, wie die ganze Welt zugrunde ging und verendete, und meine eigene Hilflosigkeit raubte mir fast den Verstand. Ich wußte, daß ich nichts unternehmen konnte, um zu verhindern, daß aus der Schreckensvision grauenhafte Wirklichkeit wurde. Es gab Hunderte von möglichen Verhaltensoptionen für mich, und jede einzelne von ihnen hätte die Apokalypse auslösen können — aber ich sah mich außerstande, sie zu bannen, sie zu beenden, sobald sie einmal eingeleitet worden war. Ich dachte kurz daran, die Triebwerke des Shuttles zu zünden und die nächste Raketenbasis zu rammen, doch ich befürchtete, gerade dadurch die Katastrophe auszulösen: Wenn es mir nicht gelang, alle Sprengköpfe zu vernichten, wenn sich einige aus den Katapulten lösten ...

Als ich schließlich den Schock überwand und den Blick vom Fenster abwenden konnte, musterte ich meinen Bruder — und mußte feststellen, daß er das Zeichen übersehen hatte. Seine Aufmerksamkeit galt einzig und allein den Instrumenten: Er überprüfte unser Flugleitsystem, eine Routinemaßnahme vor dem Orbitwechsel.

Als ich die ersten Worte an ihn richtete, meldete sich die Bodenstation. Sie teilte uns mit, es sei zu einer geringen Vektorabweichung gekommen, und wir müßten eine Kurskorrektur vornehmen, um anschließend den Satelliten anzusteuern. Praktisch im gleichen Augenblick, bevor ich meinen Bruder auf das Zeichen hinweisen konnte, löste sich das blutrote Schimmern auf, und unsere Welt bot sich wieder so dar, wie ich sie kannte.

Grenzenlose Erleichterung durchströmte mich. Als mein Bruder die neuen Daten in den Navigationscomputer einspeiste, versuchte ich mich davon zu überzeugen, es sei nur eine Halluzination gewesen, eine Projektion meines eigenen Schuldbewußtseins darüber, zum Militär zu gehören, aktiv an dem Wahnsinn teilzunehmen, der den Planeten zu verheeren drohte.

Wenige Sekunden später leitete der Bordcomputer die Kurskorrektur ein, und da wiederholte sich das Zeichen. Erneut sah ich meine Heimatwelt in einen blutigen Glanz getaucht, und diesmal wußte ich, daß es kein Trugbild war.

Denn mein Bruder bemerkte es ebenfalls.

Aber er begriff nicht, daß es sich um ein Zeichen handelte. Als ich es ihm erklären wollten, lachte er mich aus.

Und dann, als sich das blutrote Glühen verdunkelte, erschien das Magazin mit den Gaben. Es versperrte den Blick auf den sterbenden Planeten — und mein Bruder konnte nicht mehr die Realität dessen leugnen, was wir sahen. Kurz darauf meldete die Bodenstation, unser Abbild auf ihren Radarschirmen werde von einem größeren Objekt gestört.

Die Bestätigung der physischen Wirklichkeit des Magazins öffnete mir endgültig die Augen, und mir wurde klar, daß es doch noch eine Möglichkeit gab, mein Volk zu retten.

Und ich *wußte*, daß es mir und niemandem sonst oblag, diese Pflicht wahrzunehmen.

Fast zehn Jahre zuvor hatte mich meine Ungeduld von den Friedenswächtern getrennt, und nun war ich dazu auserwählt worden, die absolute Vernichtung meiner Heimat zu verhüten. Das Magazin stellte das Mittel dar, um dieses Ziel zu erreichen — nicht die kläglichen, wenn auch gut gemeinten Versuche meiner ehemaligen Freunde, die Öffentlichkeit mit pazifistischen Ideen vertraut zu machen.

Aber mein Bruder verstand nicht. Er sah kein Werkzeug der Errettung, sondern eine schreckliche Gefahr, und er meinte, davor müsse die Welt gewarnt werden. Ich konnte ihn nicht aufhalten. Es sei denn natürlich, ich wäre dazu bereit gewesen, ihn einfach umzubringen — und das ließ mein Gewissen nicht zu. Er setzte sich mit den Einsatzleitern unserer Mission in Verbindung, jenen Irren, die zusammen mit den Verrückten in anderen Staaten das Grauen anstrebten, vor dem die Zeichen warnten.

Ich handelte auf die einzige Art und Weise, die mir möglich blieb: Ich verließ das Shuttle und begab mich zum Magazin. Während mein Bruder noch mit unseren Vorgesetzten sprach — so von dem Anblick des plötzlich aufgetauchten Objekts abgelenkt, daß er gar nicht auf mich achtete — nahm ich unsere beiden Raumanzüge, schlich in die Luftschleuse, verriegelte das Innenschott und streifte rasch die Schutzkleidung über. Als mein Bruder feststellte, was ich plante, versuchte er, mich zur Umkehr zu bewegen. Er meinte, man werde eine Atomrakete starten, um das Magazin — er bezeichnete es als Angreifer — zu vernichten. Und wenn wir bis dahin nicht weit genug entfernt seien, drohe uns der Tod.

Ich hörte nicht auf ihn. Mir blieb gar keine andere Wahl. Man hatte mich auserwählt, und ich mußte mein Schicksal akzeptieren.

Als ich mich dem Magazin näherte und mein Bruder das Shuttle auf sichere Distanz steuerte, sah ich das letzte Zeichen. Meine Flugbahn brachte mich zu einem Punkt, von dem aus ich die Welt hinter dem großen Objekt sehen konnte, und sie erstrahlte in helleren und schöneren Farben als jemals zuvor. Nirgends zeigte sich ein blutroter Glanz, und die blauen, grünen und weißen Muster zeichneten sich durch eine ganz besondere Klarheit aus.

Und da wußte ich, daß ich erfolgreich sein würde.

Als ich das Magazin erreichte und seine glatte Außenhülle berührte, erachtete es mich als würdig und holte mich herein, direkt durch die massive Wand, wie in einem Traum.

Und dort stand ich, ausgerüstet nur mit meinem eigenen Raumanzug und dem meines Bruders, ohne Nahrungsmittel und andere lebensnotwendige Dinge — bis ich lernte, die Gaben zu benutzen.

Zuerst beschränkten sich meine Fähigkeiten darauf, die Raketen zu zerstören, mit denen die Narren das Magazin zu zerstören trachteten. Sie wurden von meiner Heimatnation gestartet, dann auch von anderen. Als mir schließlich die ganze Leistungsfähigkeit der Gaben offenbart wurde, konnte ich alle verborgenen nuklearen Sprengköpfe aufspüren und sie unschädlich machen.

Damit war die unmittelbare Gefahr des planetaren Exitus gebannt. Ich versammelte meine früheren Freunde um mich, um die neue Freiheit unserer Welt zu feiern, auf der nun endlich Frieden herrschte.«

Ein zufriedenes Lächeln umspielte Shar-Lons Lippen, und Geordi sah, daß es von Herzen kam. »Schließlich begriff auch mein Bruder, was das Magazin bedeutete, und er kehrte zurück, half mir und meinen Gefährten bei unserer Arbeit.«

Shar-Lon schwieg, betätigte die Kontrollen des Shuttles. Kleine Korrekturdüsen feuerten kurz, und der Planet schien fortzuschweben, wich dem Habitat. Zum erstenmal konnten Geordi und Data die ganze Struktur überblicken.

Gleißender Sonnenschein spiegelte sich auf der gewölbten Endkuppel wider. Der rund einen Kilometer lange Zylinder bestand aus grauem Metall, und hinzu kamen die silbern funkelnden Streifen, die das Licht des Zentralgestirns durch die transparenten Flächen in die Täler lenkten. Die Mittelröhre reichte zweihundert Meter weit über die gegenüberliegende Begrenzungsfläche hinaus und endete in einem spinnwebartigen Gerüst, das einen gewaltigen Parabolspiegel umgab. Offenbar handelte es sich dabei um ein Solarkraftwerk. Das von dem Spiegel konzentrierte Sonnenlicht reichte sicher aus, um alle Energieprobleme des Habitats zu lösen. Geordi fragte sich, ob Zellflächen verwendet wurden, die den verdichteten Photonenstrom direkt in Elektrizität verwandelten — oder ob die Hitze altertümliche Gasturbinen antrieb.

»Aus Dankbarkeit gab uns das Volk des Planeten dieses Geschenk — die Welt der Friedenswächter«, sagte Shar-

Lon. Seine Stimme klang erneut monoton, so als habe er diese Worte schon oft wiederholt. »Von dort aus wachen wir mit den Gaben über unsere Mitbürger. Ohne den von Ihrem Magazin gewährleisteten Frieden und die Kooperation zwischen den verschiedenen Nationen wäre die Konstruktion des Habitats unmöglich gewesen. Inzwischen gehören die selbstmörderischen Aufrüstungsbestrebungen der Vergangenheit an, und dadurch wurde ein ökonomisches Potential frei, das Wunder bewirken kann.«

Geordi sah erneut aus dem Fenster und beobachtete die orbitale Welt. Shar-Lons Zivilisation hatte noch kein besonders hohes technologisches Niveau erreicht, und wenn man diesen Umstand berücksichtigte, stellte das Habitat tatsächlich eine erstaunliche Leistung dar. Darüber hinaus: Es gab keinen Mond, der als Rohstoffquelle dienen konnte. Vielleicht hatten die Baumeister sogar auf die Substanzen eines größeren Asteroiden verzichten müssen, und das bedeutete: Alle für die Konstruktion erforderlichen Materialien mußten aus dem tiefen Gravitationsschacht des Planeten heraufgebracht werden, mit Shuttles und Raketen, die nur über chemische Triebwerke verfügten und deren Nutzlast somit beschränkt war. Ein derartiges Projekt erforderte enorme wirtschaftliche Anstrengungen.

Schließlich steuerte der alte Mann die Fähre zur Luftschleuse auf der Sonnenseite des Habitats zurück. Geordi holte tief Luft und konzentrierte sich wieder auf die Lage, in der sich Data und er befanden. Ganz gleich, wie es die Bewohner des Planeten geschafft hatten, eine solche künstliche Welt zu schaffen, ganz gleich, welche Opfer sie dafür bringen mußten — für die beiden Offiziere der *Enterprise* gab es wichtigere Dinge. Ihr Interesse galt in erster Linie dem ›Magazin‹ und den ›Gaben‹ darin. Vielleicht enthielt es auch ein Transportersystem, das dem Androiden und La Forge die Rückkehr ermöglichte.

KAPITEL 8

»Suchflug mit einem Radius von vierzigtausend Kilometern beendet, Sir«, meldete Lieutenant Worf von der Navigationskonsole. »Ergebnis negativ.«

Picard widerstand der Versuchung, eine Grimasse zu schneiden. Während des ersten Suchmanövers hatten die Bordsensoren jeden Kubikmillimeter in einem Raumbereich erfaßt, dessen Durchmesser zwanzigtausend Kilometer betrug. Die Entfernung zum fremden Schiff überstieg bereits die Reichweite ihrer Transporter, und doch fanden sie nur Wasserstoffatome. Keine Hinweise auf Deflektorschirme oder Tarnfelder. Keine Hinweise auf Lebensformen oder desintegrierte organische Materie. Nur Leere.

Die Radiuserweiterung auf vierzigtausend Kilometer erbrachte ebenfalls keine Resultate. Picard erinnerte sich an die Vermutung von Chefingenieur Argyle, die fremden Transfersysteme funktionierten auch im Subraum, und diese Spekulation erschien ihm mit jeder verstreichenden Stunde wahrscheinlicher. Entweder befanden sich Data und La Forge lichtjahreweit entfernt – oder an Bord eines Raumers, für dessen Abschirmungspotential es im technischen Repertoire der Föderation keine Entsprechung gab. Aber selbst wenn jenes hypothetische Schiff nach der Rematerialisierung der beiden Verschwundenen Impuls- oder Warptriebwerke aktiviert hätte – die Sensoren der *Enterprise* wären sicher in der Lage gewesen, *irgend etwas* zu registrieren, vielleicht nur energetische Streusignale. Es sei denn natürlich, die Fremden setzten ein praktisch perfektes Tarnsystem ein, das für Föderationssensoren undurchdringlich blieb.

»Fähnrich Carpelli«, sagte Picard abrupt, »bereiten Sie sich darauf vor, Chefingenieur Argyle und Commander Riker an Bord zu beamen. Lieutenant Worf, bringen Sie uns bis auf Transporterreichweite zum Wrack. Wenn

Argyle und Riker eingetroffen sind, erweitern Sie den Suchradius auf achtzigtausend Kilometer.«

Der Captain stand auf und ging die Rampe zum Bereitschaftsraum hoch. Hinter ihm bestätigte der Klingone knapp, berührte einige Sensorflächen und ließ die *Enterprise* zum fremden Schiff zurückkehren.

Picard hörte das leise Zischen, mit dem sich die Tür zum Nebenzimmer wieder schloß, und einige Sekunden lang blieb er steif und schweigend stehen. Er schloß die Augen, atmete mehrmals tief durch, versuchte, sich von der Anspannung zu befreien, die ihm seit Datas und La Forges Verschwinden zu einem ständigen Begleiter geworden war. Als er die Lider wieder hob, fiel sein Blick auf den Tigerfisch, der wie träge im Aquarium schwamm. Picard versetzte sich in seine Lage, stellte sich vor, wie er einfach nur trieb, umschmeichelt von warmem Wasser.

Ein dünnes Lächeln umspielte seine Lippen. In gewisser Weise unterschied er sich gar nicht so sehr von dem Fisch. Das Schuppenwesen lebte in einer nach allen Seiten offenen Welt, konnte sich nicht vor Beobachtern verbergen, und dem Captain der *Enterprise* erging es ähnlich. Auch er befand sich ständig im Zentrum der Aufmerksamkeit, mußte immerzu der Rolle des Kommandanten gerecht werden, durfte sich seine Schwächen und Unsicherheiten nie anmerken lassen. Nur das Bereitschaftszimmer bot ihm eine Privatsphäre, und wenn er es aufsuchte, bekam er vorübergehend die Möglichkeit, ganz er selbst zu sein, die Maske des Captains abzulegen.

Aber derzeit durfte er sich keine solchen Freiheiten erlauben, nicht einmal für wenige Sekunden. Vor ungefähr zehn Minuten hatte Chefingenieur Argyle berichtet, die letzten Gerätekammern des Wracks seien geöffnet und untersucht worden. Ihr Inhalt unterschied sich nicht von dem der anderen: Transporter, die nur in einer Richtung arbeiteten, außerdem noch Subraumempfänger. Und jeder Versuch, irgendein Instrument zu aktivieren, mußte die sofortige Zerstörung aller wichtigen Schaltkreise zur Folge haben.

Riker hatte sich mit Argyle beraten und einen Plan entwickelt, den er nun mit Picard besprechen wollte.

Ein Plan, dessen Verwirklichung vielleicht zur vollständigen Vernichtung des fremden Schiffes führte – und alle daran beteiligten Leute tötete.

Andererseits verhieß er zumindest eine geringe Chance, Commander Data und Lieutenant La Forge zu lokalisieren, sie vielleicht sogar zurückzubringen. Wenn sie noch lebten.

Kaum eine Minute später kamen Riker und Argyle in den Besprechungsraum, und Picard bedeutete ihnen, Platz zu nehmen. Der Chefingenieur wirkte noch immer ein wenig nervös, als er sich setzte, und der Erste Offizier offenbarte eine für ihn untypische Förmlichkeit.

Picard beschloß, ganz offen zu sein, kein Blatt vor den Mund zu nehmen. »Wenn ich Ihre Meldungen richtig interpretiere, Mr. Argyle, haben Ihre Techniker keine Möglichkeit, die Sicherheitsvorrichtungen der Transporter zu umgehen und ein Transfersystem zu aktivieren.«

»Das stimmt, Captain.«

»Und ohne eine solche Aktivierung läßt sich das vorprogrammierte Ziel nicht feststellen?«

»Auch das ist richtig, Sir.«

»Worin besteht dann Ihr Plan, zum Teufel?«

Argyle sah Riker an. Allem Anschein nach wollte er ihm die Ehre überlassen, ihre Absichten zu erläutern.

Der Erste Offizier beugte sich ein wenig vor. »Nun, Captain, wir wissen, daß sowohl der Kurzstreckentransporter im ›Kontrollraum‹ als auch mindestens eins der anderen Transfersysteme bereits einmal aktiv geworden sind – als Commander Data und Lieutenant La Forge mit unbekanntem Ziel abgestrahlt wurden. Außerdem sind uns in groben Zügen die Bedingungen bekannt, unter denen das stattfand. Wir *glauben* inzwischen zu wissen, was die Aktivitätsphase der fremden Geräte bewirkte.«

Picard runzelte die Stirn. »Ich höre, Nummer Eins.«

Riker wechselte einen kurzen Blick mit Argyle und fuhr

dann fort: »Mit Hilfe der Koordinaten, auf die unser Transporter fokussiert war, konnten wir herausfinden, wo sich Data und La Forge zum Zeitpunkt des ersten Transfers aufhielten. Sie standen *nicht* auf der Entmaterialisierungsplattform, sondern in der Tür des Korridors, ungefähr fünf Meter davon entfernt. Auf der Grundlage dieser Informationen sahen wir uns noch einmal die Struktur des fremden Transporters an. Offenbar ist er in der Lage, alle Objekte – in erster Linie Lebewesen, wie wir annehmen – sowohl im betreffenden Zimmer als auch im angrenzenden Kontrollraum zu erfassen und sie zu einer der anderen Transferanlagen zu schicken.«

»Aber warum reagierte das Gerät gerade in jenem Augenblick auf Data und La Forge? Haben sie es irgendwie eingeschaltet? Oder war der Transporterstrahl der *Enterprise* dafür verantwortlich?«

»Nein, Sir. Wir gehen von folgender *Vermutung* aus: Der entsprechende Mechanismus wurde von allein aktiv, und zwar aufgrund der zunehmenden Strahlung des Antimateriekerns. Als sie eine bestimmte Intensitätsschwelle überstieg, löste sie ein automatisches Evakuierungssystem aus, das dazu bestimmt ist, alle in Gefahr befindlichen Personen an einen sicheren Ort zu bringen. Ich fürchte, wir können nie herausfinden, welche Interaktionen zwischen dem Kurzstreckentransporter und den Apparaturen in den Gerätekammern herrschten. Wie dem auch sei: Wir sind ziemlich sicher, daß das Evakuierungsprogramm alle möglichen Ziele prüfte, eins auswählte und Data und La Forge auf die Reise schickte.«

»Doch Sie wissen nicht, welche der vielen hundert Transfereinheiten die Übertragung vornahm. Und selbst wenn Sie diesbezügliche Daten ermitteln könnten – die Zielkoordinaten bleiben ein Rätsel, bis das betreffende Gerät aktiviert wird. Und das ist unmöglich, ohne die zentralen Schaltkreise zu zerstören.« Picard schüttelte den Kopf. »Wir treten auf der Stelle, meine Herren.«

Riker holte tief Luft. »Wir möchten Ihnen einen Vorschlag unterbreiten, Sir: Wenn wir die ursprünglichen Bedingungen wiederherstellen – damit meine ich das Strahlungsniveau –, gelingt es uns vielleicht, das Evakuierungsprogramm noch einmal auszulösen und jemand anderes dorthin zu senden, wo die beiden Verschwundenen rematerialisiert sind. Jemand, der weitaus besser ausgerüstet ist und die Möglichkeit hat, sich mit der *Enterprise* in Verbindung zu setzen.«

Die Falten fraßen sich tiefer in Picards Stirn. »Das gefällt mir nicht, Nummer Eins!«

»Mir gefällt es ebensowenig wie Ihnen, Sir«, erwiderte der Erste Offizier. »Aber nach Mr. Argyles Angaben ist es die einzige Chance, die uns noch bleibt.«

»Und wie *groß* sind die Aussichten, einen Erfolg zu erzielen?«

»Darum geht es nicht, Captain. Wichtig ist nur, daß wir *keine andere* Chance haben. Und ich bin bereit, ein Risiko einzugehen.«

»Ich könnte Ihnen das Gegenteil befehlen.«

»Ich weiß, Captain.«

Picard schwieg eine Zeitlang, musterte Riker und suchte in seinen Zügen nach irgendwelchen Anzeichen von Zweifel und Bedenken.

Aber das Gesicht des jungen Mannes zeigte nur Entschlossenheit – eine charakteristische Reaktion Rikers, wenn das Leben anderer auf dem Spiel stand.

Der Captain sah Argyle an. »Was meinen Sie dazu?«

»Ich teile Commander Rikers Ansicht, Sir. Es gibt durchaus eine gewisse Erfolgschance, aber ich kann beim besten Willen nicht sagen, wie groß sie ist. Es existieren zu viele Unsicherheitsfaktoren.«

»Ich hoffe, Sie sind sich darüber klar, welches Risiko Sie eingehen, Nummer Eins.«

»Selbstverständlich, Sir. Und ich werde alle Freiwilligen, die sich mir anschließen wollen, ausdrücklich darauf hinweisen.«

Schließlich nickte Picard. »Nun gut, Nummer Eins.

Geben Sie mir Bescheid, wenn Sie die notwendigen Vorbereitungen getroffen haben.«

»In Ordnung, Sir«, antwortete Riker, stand auf und kehrte zur Brücke zurück. Argyle warf dem Captain noch einen letzten Blick zu, bevor er dem Ersten Offizier folgte und Picard allein im Bereitschaftsraum zurückließ.

»Würden Sie uns die Ehre erweisen, zum Friedenskonzil zu sprechen? Damit gäben Sie uns die Möglichkeit, Ihnen für unsere Errettung zu danken.«

Shar-Lons infrarote Emanationen deuteten darauf hin, daß er innerlich noch immer hin und her gerissen war. Soweit Geordi das feststellen konnte, blieben die Gefühle des alten Mannes starken Schwankungen zwischen entgegengesetzten Extremen unterworfen. Der ›Auserwählte‹ musterte seine beiden Begleiter unsicher, als sich der private Lift wieder in Bewegung setzte, aus der Schwerelosigkeit der Rotationsachse glitt.

»Die Bestätigung, daß unsere Gaben eine weise Verwendung fanden, genügt uns als Dank«, erwiderte La Forge und errötete fast, als er dem theatralischen Klang seiner Worte lauschte. Seine Antworten auf die hochtrabende Rhetorik Shar-Lons zeichneten sich manchmal durch eine viel zu übertriebene Dramatik aus.

Die Züge des alten Mannes wurden wieder zu einer Faltenmaske, als die Zentrifugalkraft zunahm und eine wachsende Pseudogravitation schuf. Er nickte betont würdevoll. »Das stimmt natürlich«, sagte er. »Aber die anderen Friedenswächter – insbesondere die Ältesten des Konzils – wären sicher enttäuscht. Sie haben fünfzig Jahre lang darauf gewartet, sich für die Gaben zu bedanken. Ich bitte Sie untertänigst, ihnen eine entsprechende Gelegenheit zu geben.«

»Nun gut«, erwiderte Geordi und fügte energisch hinzu: »Aber bis wir ganz sicher sein können, daß uns kein weiterer Angriff droht, wäre es sicher besser – und auch sicherer –, das Wissen um unsere Anwesenheit auf möglichst wenige Personen zu beschränken.«

Einige Sekunden lang erweckte der alte Mann den Eindruck, als wolle er widersprechen, doch dann senkte er fast demütig den Kopf. »Wie Sie wünschen. Angesichts des Anschlags auf Sie ist Ihr Mißtrauen verständlich.«

»In der Tat«, bestätigte Geordi. »Und deshalb dürfte Ihnen auch klar sein, daß wir so schnell wie möglich zum Magazin zurückkehren möchten, um Bericht zu erstatten. Manchmal sind unsere Vorgesetzten sehr ungeduldig.«

»Sie denken doch hoffentlich nicht daran, uns zu verlassen, oder? Ohne daß wir Ihnen unseren Dank ...«

»Nein, natürlich nicht«, versicherte Geordi. »Der Bericht ist eigentlich kaum mehr als Routine.« Und dann, mit einem warnenden, unheilvollen Unterton: »Aber wenn er unsere Vorgesetzten nicht rechtzeitig erreicht, werden vielleicht andere Repräsentanten geschickt – Personen mit weniger Verständnis für die hiesige Situation –, um den Grund für die Verzögerung festzustellen.«

Shar-Lon faßte diesen Hinweis als Tadel auf und schauderte sichtlich. »Es liegt mir fern, Sie an der Wahrnehmung Ihrer Pflichten zu hindern«, entschuldigte er sich. »Ich werde meine vertrauenswürdigsten Assistenten beauftragen, Sie zum Magazin zu bringen.«

Geordi nickte. »Wir wissen Ihr Verständnis zu schätzen, Shar-Lon. Doch bevor wir zurückkehren ... Vielleicht wäre es angebracht, mit einem ganz bestimmten Mann zu sprechen, bevor wir den ersten Bericht verfassen.«

»Selbstverständlich! Wen meinen Sie?«

»Ihren Bruder. Sie erwähnten seinen Namen: Shar-Tel.«

Shar-Lons Miene umwölkte sich kurz. »Oh, das ist leider nicht möglich«, entgegnete er niedergeschlagen. »Shar-Tel kam vor mehr als zehn Jahren ums Leben.«

»Unter welchen Umständen?«

»Er fiel dem Anschlag eines Irregeleiteten zum Opfer.«

»Ach? Offenbar gibt es eine ganze Reihe von Leuten, die nicht mit dem gegenwärtigen Einsatz unserer Gaben einverstanden sind.«

»Sie bilden nur eine winzig kleine Minderheit, das versichere ich Ihnen!« erwiderte der alte Mann hastig. »Die entsprechenden Individuen leiden an einem ganz besonderen Wahn, und deshalb lassen sie sich zu den abscheulichsten Verbrechen hinreißen.«

»Hm«, machte Geordi. »Und worin besteht dieser ›Wahn‹? Was liegt den Betreffenden daran, uns zu töten?«

Erneut zeigte das infrarote Spektrum eine jähe Gefühlsaufwallung Shar-Lons. »Hoffentlich beleidige ich Sie nicht, wenn ich ganz offen zu Ihnen spreche«, sagte er und zwang sich dazu, den Kopf zu heben und La Forges Visor zu betrachten.

»Keineswegs. Je offener, desto besser.«

»Einige Personen – einige *wenige*, wie ich noch einmal betonen möchte – begegneten den Gaben und ihrer Verwendung durch die Friedenswächter von Anfang an mit Ablehnung und Haß. Ich weiß, es klingt verrückt, aber ... Jene wahnsinnige Minderheit sehnt die Zeit zurück, in der ihre Nationen in der Lage waren, sich gegenseitig – und den Rest des Planeten – zu zerstören. Die geringen Beschränkungen, die das Leben in Frieden erfordern, empfinden sie als unerträglich. Sie konnten sich nie an die zivilisierten Verhaltensweisen anpassen, die wir durchsetzten, als wir unsere Heimat vom Schrecken der nuklearen Apokalypse befreiten.«

»Sie beziehen also einen anderen politischen Standpunkt?« fragte Geordi.

»Das halte ich für einen viel zu beschönigenden Ausdruck.« Plötzliche Leidenschaft erklang in Shar-Lons Worten, als er fortfuhr: »Meiner Ansicht nach repräsentieren jene Leute die Essenz des Bösen, die wir mit Hilfe der Gaben überwanden. Es fällt mir schon schwer genug zu verstehen, warum die Irregeleiteten auf dem Planeten nach wie vor unsere Bemühungen, einen globalen Frieden zu gewährleisten, zu sabotieren versuchen. Schlichtweg unvorstellbar ist es für mich, daß es auch hier solche Personen gibt, in der Welt der Friedenswächter.«

Geordi nickte und trachtete danach, einen verständnisvollen Eindruck zu erwecken. Shar-Lons Rhetorik und seine wechselhaften Empfindungen stimmten ihn immer nervöser. Inzwischen zweifelte er nicht mehr daran, daß es richtig gewesen war, die angeblichen ›Vorgesetzten‹ zu erfinden. Der alte Mann schien außerordentlich labil zu sein, und die Wahrheit – die Tatsache, daß Data und La Forge in keiner Verbindung mit den Konstrukteuren standen und nur nach einer Möglichkeit suchten, zur *Enterprise* zurückzukehren –, hätte ihn dazu veranlassen können, ein Exekutionskommando zusammenzustellen und die beiden ›Gabenbringer‹ hinzurichten.

»Solche Gruppen gibt es auf fast allen bewohnten Planeten«, sagte Geordi. »Nun, ich schlage vor, wir verschieben die Diskussion darüber auf einen späteren Zeitpunkt. Vorrangige Bedeutung hat derzeit die Rückkehr ins Magazin, damit wir unseren Vorgesetzten Bericht erstatten können.« Wie beiläufig fügte er hinzu: »War außer Ihrem Bruder noch jemand mit den Gaben vertraut?«

»Nein«, erwiderte Shar-Lon sofort. »Und was Shar-Tel angeht: Er hat damals nur die Zeichen gesehen. Erst kurz vor seinem Tod betrat er das Magazin.«

»Na schön«, brummte Geordi und widerstand der Versuchung, zu fragen, warum Shar-Tel nur ein einziges Mal das fremde Schiff aufgesucht hatte. »Dann brauchen wir nur noch zu warten, bis Sie eine sichere Eskorte für uns zusammengestellt haben. Denken Sie jedoch daran, daß uns nicht viel Zeit bleibt.«

Trotz der zunehmenden Schwerkraft – inzwischen betrug sie fast 1 G – straffte Shar-Lon seine Gestalt, als habe er sich zu einer Entscheidung durchgerungen. »Ich begleite Sie selbst«, sagte er und streckte die Hand nach der Tastenfläche aus, um den Lift zur Nabe und dem Shuttlehangar zurückzuschicken.

Aber bevor er den Zielcode eingeben konnte, öffnete sich die Tür, und Geordi sah das luxuriös ausgestattete Zimmer, in dem sie zu sich gekommen waren.

Sechs Männer im Alter von Shar-Lon saßen auf den Stühlen, die einen Halbkreis vor dem thronartigen Sessel bildeten. Ein siebter, etwas jüngerer Fremder stand direkt neben dem Aufzug, streckte die Hand aus und verhinderte, daß sich die Tür wieder schloß. Alle trugen mit Hüftgürteln ausgestattete Uniformen, doch es gab einen Unterschied: Die Farbe der Kleidung entsprach einem matten Grau, und außerdem fehlten die Darstellungen des stilisierten Gesichts. Geordi und Data spannten unwillkürlich die Muskeln, und ihre Hände tasteten nach den Phasern. Als sie sahen, daß die Männer keine Waffen besaßen, ließen sie die Arme wieder sinken.

»Es stimmt also, Shar-Lon«, sagte der Unbekannte neben dem Lift. Er neigte kurz den Kopf — ein knapper, formloser Gruß. »Die Konstrukteure sind zurückgekehrt.«

»Ja, Ki-Tor, es ist wahr«, bestätigte Shar-Lon geziert. »Aber ich kann mich nicht daran erinnern, eine Versammlung des Ältestenrates einberufen zu haben.«

»Dennoch findet eine statt.« Die anderen Anwesenden nickten langsam.

»Nein, nicht gerade jetzt!« erwiderte Shar-Lon scharf. »Die Konstrukteure möchten zum Magazin, und ich ...«

»Auch wir haben ein Recht darauf, mit ihnen zu sprechen, Shar-Lon!«

»Selbstverständlich, Ki-Tor. Sie sind gekommen, um in Erfahrung zu bringen, auf welche Weise wir ihre Gaben verwenden, und davon möchten sie nun ihren Vorgesetzten berichten. Um sich bei ihnen zu melden, müssen sie das Magazin aufsuchen. Das liegt auch in unserem eigenen Interesse.«

Ki-Tor wandte sich an Geordi und Data. »Entspricht das wirklich Ihrem Wunsch?«

La Forge zögerte. Ganz offensichtlich handelte es sich um Altersgenossen Shar-Lons, und vielleicht besaßen sie nützliche Informationen über das fremde Raumschiff, das der ›Auserwählte‹ nach wie vor als ›Magazin‹ bezeichnete.

»Es ist erforderlich, daß wir unseren Vorgesetzten einen ersten Bericht erstatten«, sagte Geordi. »Aber wenn jemand von Ihnen direkt an dem Einsatz unserer Gaben beteiligt war, sollten wir darüber reden.«

Ki-Tor runzelte die Stirn. »Shar-Lon hat niemandem *erlaubt*, davon Gebrauch zu machen. Nur er allein weiß, wie man damit umgeht. Selbst jetzt, während sich unser Leben dem Ende entgegenneigt, weigert er sich hartnäckig, auch nur einen Teil seiner Geheimnisse mit uns zu teilen.«

Also kann uns nur Shar-Lon Auskunft geben, dachte La Forge enttäuscht. Laut sagte er: »Nun, dann besteht unser Wunsch tatsächlich darin, ins Magazin zurückzukehren. Aber nachdem wir Bericht erstattet und von unseren Vorgesetzten neue Anweisungen bekommen haben, würden wir eine Gelegenheit begrüßen, mit Ihnen zu sprechen.«

Seine Worte schienen Shar-Lons Selbstsicherheit wiederherzustellen. Er wartete keine Antwort Ki-Tors ab, berührte einen kleinen Vorsprung an seinem Uniformgürtel. Nur wenige Sekunden später öffnete sich die Tür in der gegenüberliegenden Wand, und ein in Blau gekleideter, schmalgesichtiger Mann trat ein. Geordi bemerkte eine lange Adlernase und Aufblitzen in den Augen, als sich der Neuankömmling im Zimmer mit den Ältesten umsah.

»Mein Stellvertreter Kel-Nar wird Sie nach draußen begleiten«, sagte Shar-Lon. »Diese unerbetene Versammlung des Ältestenrates ist hiermit beendet. Ich benachrichtige Sie, wenn die Konstrukteure bereit sind, mit Ihnen zu sprechen.«

Als die Ältesten widerstrebend den Raum verließen, erschien in der noch immer geöffneten Tür ein anderer Mann, der ebenfalls eine blaue Uniform trug. Er bedachte Geordi und Data mit einem kurzen Blick, sah dann Shar-Lon an und winkte. Der ›Auserwählte‹ runzelte die Stirn und trat näher.

Der jüngere Mann richtete einige geflüsterte Worte an ihn, seine Lippen nur wenige Zentimeter von Shar-Lons Ohr entfernt. Der Ältere schüttelte den Kopf und wollte sich abwenden, doch der andere Mann hielt ihn am Arm fest und hauchte einige weitere Sätze. Schließlich schnitt Shar-Lon eine Grimasse und drehte sich zu Geordi und Data um.

»Ich bedaure es sehr, aber wir können nicht sofort zum Magazin.«

»Ist etwas passiert?« fragte La Forge.

»Das muß ich erst noch feststellen. Ich komme so bald wie möglich wieder.«

Hinter ihm schloß sich die Tür.

Besorgt blickte Geordi zum Lift: Die stählerne Pforte stand nach wie vor offen.

La Forge schaltete sein Übersetzungsmodul aus und deutete auf Datas Gerät.

Ein leises Klicken, und beide Translatoren waren desaktiviert.

»Sollen wir jetzt wieder den Anschein erwecken, als hätten wir es mit einer Fehlfunktion zu tun?« fragte der Androide.

Geordi schüttelte den Kopf. »Angesichts der Rolle, die wir derzeit spielen, fiele das ›aus dem Rahmen‹.«

Data dachte kurz nach und nickte. »Ich verstehe. Weitere ›Fehlfunktionen‹ beeinträchtigten nur unsere Glaubwürdigkeit.«

Geordi lächelte nervös. »Ins Schwarze getroffen, Data. Ich hoffe nur, daß man uns noch nicht durchschaut hat. Um ganz ehrlich zu sein: Ich fange langsam an, mir Sorgen zu machen. Wenn sich herausstellt, daß wir nicht die sogenannten ›Konstrukteure‹ sind, geht es uns vielleicht an den Kragen.«

»›An den Kragen‹?« wiederholte Data verwirrt.

»Oder ans Leder.« La Forge schmunzelte. »Damit meine ich eine erhebliche Gefahr für unsere körperliche Unversehrtheit.«

»Oh.«

Geordis Blick glitt wieder zu der Tür, durch die Shar-Lon und die anderen Ältesten verschwunden waren. »Ich glaube, wir sollten besser die Phaser bereithalten. Für den Fall des Falles.«

»Rechnen Sie mit Problemen?«

»Keine Ahnung. Daß man Shar-Lon einfach so fortruft ... Irgend etwas geht nicht mit rechten Dingen zu.« Geordi brummte leise und runzelte die Stirn. »Es ist immer schwierig, sich allein auf das Fingerspitzengefühl zu verlassen. Wenn man merkt, daß einem ein Fehler unterlief, ist es bereits zu spät.«

Data starrte auf seine Hände. »›Fingerspitzengefühl‹?«

Geordi lachte. »Noch so ein Ausdruck, der eine Menge bedeutet. Man könnte ihn mit ›Intuition‹ umschreiben. Ich improvisiere dauernd, versuche, mich auf die jeweiligen Situationen einzustellen und keinen Verdacht zu erregen, während ich Informationen sammle. Ich reagiere allein aufgrund emotionaler Ahnungen. Mit Logik oder Rationalität hat so etwas überhaupt nichts zu tun.«

Data musterte La Forge eine Zeitlang, stumm und nachdenklich. Schließlich nickte er, und in seiner Stimme ließ sich ein seltsamer, fast sehnsüchtiger Unterton vernehmen, als er erwiderte: »Eine der rätselhaften Eigenschaften des Menschen. Vermutlich ähnelt sie der, die Sie zu dem Hinweis auf Kansas veranlaßte.«

»Etwas in der Art, ja. Vielleicht auch nur das Produkt eines desorientierten Bewußtseins.« Einmal mehr schüttelte Geordi den Kopf, ließ die Schultern hängen. »Wir könnten Counselor Troi hier wirklich gut gebrauchen. Sie wäre wenigstens in der Lage festzustellen, wann man uns belügt. Und ob Shar-Lon und seine Freunde nur schrullig sind oder schlicht und einfach ausgerastet. Das infrarote Spektrum übermittelt mir zwar einige Hinweise, aber sie sind kaum konkreter als meine ›Ahnung‹. Andererseits gibt es einige Dinge, über die ich mir ziemlich sicher bin. Erstens: Ich vertraue niemandem, der wie Shar-Lon dauernd *predigt*. Von normaler Unterhaltung mit ihm kann wohl kaum die Rede sein. Zweitens: Hier im Habitat finden wir keine Antworten auf unsere Fragen. Dazu müssen wir ins angebliche ›Magazin‹ zurück. Einverstanden?«

»Einverstanden, Geordi«, sagte Data, offenbar erleichtert darüber, wieder auf dem sicheren Boden der Logik zu stehen. »Das Magazin scheint ein anderes Artefakt zu sein, das jene Wesen erbauten und später aufgaben, von denen auch das zehntausend Jahre alte Wrack im interstellaren Raum stammt. Daraus folgt: Ganz gleich, was unsere ersten Messungen an Bord ergaben — nur dort können sich Mechanismen befinden, die uns die Rückkehr zur *Enterprise* ermöglichen.«

»Genau. Der technologische Entwicklungsstand der rätselhaften Konstrukteure muß dem unsrigen mindestens ebenbürtig sein — in bezug auf die Transporter vielleicht sogar überlegen. Kein der Föderation bekanntes Transfersystem wäre imstande gewesen, uns über eine *so* große Entfernung zu beamen. Und was Shar-Lon als ›Zeichen‹ beschrieb: Ich glaube, dabei handelte es sich um ein instabil werdendes Tarnfeld.«

»Ja. Eigentlich kein Wunder, daß einige Bordanlagen nach so langer Zeit ausfallen.«

Geordi seufzte leise. »Die Frage lautet: *Was* funktioniert noch? Wir haben vergeblich nach einigen bestimmten Apparaturen und Kontrollvorrichtungen gesucht und zunächst angenommen, sie existierten gar nicht. Aber vielleicht sind sie nur defekt. Zum Beispiel die Sendekomponenten des Transporters. Was für Instrumente befinden sich an Bord — und welche *nicht*? Wenn wir herausfinden könnten, warum das ›Magazin‹ überhaupt in den Orbit gelenkt wurde, welchen Zwecken es dort dienen sollte und warum die ›Konstrukteure‹ es schließlich aufgaben ...« La Forge verzog das Gesicht. »Ähnliche Fragen betreffen auch das Wrack.«

Er lächelte schief. »Nun, wie dem auch sei: Im Augenblick kommt es nur darauf an, ins Magazin zurückzukehren und die noch funktionierenden Bordsysteme unter unsere Kontrolle zu bringen. Shar-Lon konnte offenbar recht schnell den Umgang damit lernen, und ich sehe keinen Grund, warum nicht auch wir dazu in der Lage sein sollten.«

»Wenn die Mechanismen mit Hilfe des Helms gesteuert werden«, warf Data ein, »kann ich Ihnen leider nicht helfen. Die Haube hat versucht, mich zu desaktivieren.«

»Ja, ich erinnere mich. Offenbar eine weitere Sicherheitsmaßnahme der Konstrukteure. Vermutlich analysiert der Helm Hirnwellenmuster und metabolische Parameter des jeweiligen Benutzers, und wenn die Daten nicht den Vorgaben entsprechen, wird eine Abwehrautomatik aktiv und versucht, das unbefugte Individuum zu eliminieren.«

La Forge zögerte. »Wahrscheinlich waren jene Geschöpfe fest davon überzeugt, daß nur sie und niemand sonst die einprogrammierten Spezifikationen erfüllten. Sie wollten sicherstellen, daß niemand sonst die Anlagen des Schiffes benutzen kann. Diese Denkweise stimmt ganz mit der paranoiden Grundhaltung von Wesen überein, die ihre Raumer mit Antimateriebomben ausstatten — um alles zu zerstören, wenn sich Fremde an Bord beamen.«

»Ja«, pflichtete ihm Data bei. »Ich habe nicht nur darüber nachgedacht, sondern auch über einige Aspekte in Shar-Lons Schilderungen. Im Anschluß daran führte ich eine erste Datenkorrelation mit Informationen aus anderen Quellen durch. Wenn ...«

»Eine Theorie?« unterbrach ihn Geordi aufgeregt. »Irgend etwas, das uns zur Rückkehr verhilft?«

»Nein, in diesem Punkt muß ich leider passen. Aber vielleicht stimuliert mein Datenvergleich Ihre Intuition.«

»Heraus damit!«

»Wie Sie wünschen. Der Sektor, durch den wir mit der *Enterprise* flogen, ist der Föderation noch weitgehend unbekannt. Allerdings haben die Ferengi vor einiger Zeit Informationen mit uns ausgetauscht, und ein Teil der Angaben betrifft den bereits erwähnten Quadranten.«

»Ja, ich erinnere mich«, sagte Geordi, und seine Hoffnungen wichen neuerlicher Enttäuschung. »Es hieß, bei dem Austausch seien wir übers Ohr gehauen worden. Ich weiß nicht, was die Föderation den Ferengi gab, aber wir erhielten praktisch nur Gerüchte aus zweiter oder dritter Hand. Legenden und Sagen von anderen Völkern, zu denen die Ferengi Kontakte unterhielten. Kaum mehr als Märchen, ebenso aussagekräftig wie ... wie die Geschichte über den *Zauberer von Oz*.«

»Das stimmt, Geordi. Aber zwischen den ›Märchen‹ gibt es Parallelen. Zum Beispiel werden häufig Raumschiffe erwähnt, die dem Magazin ähneln.«

»Ach? Wann wurden sie gesichtet? Und wem gehörten sie?«

»Nun, es läuft alles auf folgendes hinaus: Irgendwann in ferner Vergangenheit wurden in mehreren Sonnensystemen Raumer wie das ›Magazin‹ gefunden, in den Umlaufbahnen von Planeten der Klasse M. Sie waren leer, und angeblich befand sich keins der Schiffe in einem funktionsfähigen Zustand.«

»Irgendwelche Hinweise auf den Zweck der Magazine?«

»Nein«, erwiderte Data. »Allerdings gibt es Berichte über andere Welten der Klasse M, deren Bewohner versuchten, ins All vorzustoßen, jedoch an einer Entwicklung der Raumfahrt gehindert wurden – in manchen Fällen durch nicht näher beschriebene ›Katastrophen‹, in anderen durch ›fremde Invasoren‹. Ich bin mir nicht sicher, ob es einen Zusammenhang ...«

Geordi schnippte plötzlich mit den Fingern. »Jetzt fällt es mir wie Schuppen von den Augen!« platzte es aus ihm heraus. »Es sind Wachtposten!«

»Ich verstehe nicht ganz ...«

»Himmel, es paßt alles zusammen«, fuhr La Forge fort. »Das Wrack im interstellaren Raum – vielleicht stellte es eine Art Hauptquartier dar, eine Einsatzzentrale, von der aus die Wachstationen kontrolliert wurden. Die einzelnen Transporter in den verschiedenen Gerätekammern – bestimmt ist jeder von ihnen auf ein anderes Ziel justiert, auf die automatischen Wächter in den Umlaufbahnen verschiedener Planeten. *Deshalb* arbeiten die Transfersysteme nur in einer Richtung. Wenn es einer planetaren Bevölkerung doch gelungen wäre, Astronauten in den Weltraum zu schicken ... wenn sie den Raumer im Orbit entdeckt und sich irgendwie Zugang verschafft hätten ...« Geordi schnappte nach Luft. »Es gab keine Möglichkeit für sie, die Zentrale — das Wrack — zu erreichen.«

»Aber was lag den Fremden daran, Wachschiffe in Umlaufbahnen zurückzulassen? Wenn es sich nicht um Gefängniswelten handelte ...«

»Nun, wir können natürlich nicht ganz sicher sein, aber ich nehme an, diese Verhaltensweise basierte auf ihrer ausgeprägten Paranoia. Ich wette ...« Geordi verzog das Gesicht. »Leider hilft uns das alles kaum, eine Verbindung zur *Enterprise* herzustellen. Es bedeutet höchstens, daß unsere Chancen noch schlechter stehen, als wir bisher dachten. Wenn die Transporter im Wrack wirklich nur auf Senden justiert sind und die Transfersysteme im Magazin ausschließlich empfangen können ... dann sitzen wir hier fest.«

Data sah La Forge an. »Teilt Ihnen Ihre Intuition mit, daß wir nie zur *Enterprise* zurückkehren können?«

Geordi schüttelte den Kopf. »Nein, *diese* Botschaft stammt von meiner Logik. Die Intuition sagt mir: Ganz gleich, was wir im Magazin finden — wir dürfen die Hoffnung nicht aufgeben. Picard läßt bestimmt nichts unversucht, uns zu lokalisieren. Er wird die Transporter im Wrack untersuchen lassen, und vielleicht entdecken Argyle und seine Techniker eine Möglichkeit, die Transfereinheiten zu aktivieren und ...«

»Jemand nähert sich«, unterbrach ihn Data. La Forge versteifte sich unwillkürlich, griff mit der einen Hand nach seinem Phaser, schaltete mit der anderen das Übersetzungsmodul ein.

Shar-Lon trat ein, die Stirn sorgenvoll gerunzelt.

»Probleme?« fragte La Forge.

»Nur Dummheit«, erwiderte der alte Mann scharf. Als

er sich daran erinnerte, wem er gegenüberstand, senkte er die Stimme, sprach sanfter und freundlicher. »Bitte kommen Sie.« Er deutete auf den Lift. »Ich bringe Sie jetzt zum Magazin. Die Verzögerung bedaure ich ebenso wie das unverzeihliche Verhalten der Ältesten.«

Geordi gab keine Antwort, trat zusammen mit Data in die Aufzugkabine.

Hinter ihnen schloß sich die Tür, und der Lift setzte sich in Bewegung. Shar-Lon schwieg die ganze Zeit über und schien zu grübeln. Als die Kabine schließlich anhielt, herrschte praktisch wieder Schwerelosigkeit.

Der alte Mann führte sie erneut durch einige Passagen, öffnete kurz darauf die Luke eines Shuttles.

Nur einen Sekundenbruchteil später schwang ein zweites Hangarschott auf, und drei Männer stürmten herein. Sie trugen keine Uniformen, sondern schlichte Hosen und Hemden.

Und Masken, die ihre Gesichtszüge verbargen.

Offenbar hatten die drei Unbekannten gewußt, wo sich Shar-Lon und seine beiden Begleiter befanden, denn ihre Projektilwaffen zielten bereits auf das Shuttle.

Bevor selbst Data reagieren konnte, krümmten sich die Finger um die Abzüge.

KAPITEL 9

Als Picard seiner Bordcounselor Deanna Troi mitteilte, was Commander Riker plante, reagierte sie zunächst nicht anders wie bei den vielen hundert Missionen, an denen der Erste Offizier im Laufe der Jahre teilgenommen hatte. Eine Zeitlang blieb sie auf der Brücke, beobachtete die Darstellungen des großen Bildschirms, während die *Enterprise* den Suchflug fortsetzte und Picard darauf wartete, daß Riker die Beendigung der Vorbereitungen meldete. Troi hoffte ebenso wie der Captain und alle anderen an Bord, daß sie irgendwann ein zweites fremdes Schiff fanden, in ein Tarnfeld gehüllt und verborgen. Sie hoffte, daß Geordi La Forge und Data gefunden und zurückgeholt wurden, bevor Riker Gelegenheit bekam, seinen gefährlichen Plan zu verwirklichen.

Bisher erfaßten die Sensoren nur leeren Raum.

Trois Empfindungen füllten ihren seelischen Kosmos: Sie wünschte sich von ganzem Herzen, daß sich Rikers Einsatz erübrigte. Gleichzeitig aber blieben ihre Gefühle kontrolliert, den Geboten des Intellekts unterworfen. Und wie immer während einer Krise horchte sie mit mentalen Ohren nach den Emotionen der übrigen Besatzungsmitglieder, nach ersten Anzeichen einer beginnenden Panik.

Bisher entdeckte sie keine. Die Crew arbeitete mit eingespielter Routine zusammen, selbst unter extremen Bedingungen.

Plötzlich aber registrierte Deanna Troi einen Hauch von Unbehagen, und abrupt drehte sie den Kopf, sah sich um, hielt nach der Quelle dieser Wahrnehmung Ausschau. Lieutenant Worf saß noch immer an der Navigationskonsole, den aufmerksamen Blick starr auf die Instrumente gerichtet, als die *Enterprise* eine weitere komplexe Schleife flog. Der Captain war gerade aufgestanden, wanderte zwischen den einzelnen Pulten auf und ab, blieb schließlich vor der wissenschaftlichen Station stehen und sah dem Operator ungeduldig über die Schulter. Lieutenant Brindle beobachtete die Anzeigen der taktischen Station; er ersetzte Lieutenant Yar, die beschlossen hatte, sich Riker anzuschließen.

Alle auf der Brücke befindlichen Personen strahlten Nervosität aus, eine Art von kontrollierter Anspannung, die sie immer dann erfaßte, wenn Gefahr drohte. Aber sie beeinträchtigte nicht etwa ihr Leistungsvermögen, sondern mobilisierte jene zusätzlichen psychischen Energien, die gebraucht wurden, um Krisensituationen zu meistern. Selbst wenn einer von ihnen unruhiger als üblich gewesen wäre – diesmal gab es allen Grund dazu. Nur selten begann eine Mission mit so vielen Risikoaspekten wie das Unternehmen, das Riker durchführen wollte. Es enthielt gleich mehrere unbekannte Faktoren: unbekanntes Ziel, möglicherweise einige Parsec entfernt; unbekannte, völlig fremdartige Transporter, die durch den Subraum sendeten; unbekannte Gefahren, die Riker und Yar nicht nur am Zielort erwarteten, sondern schon während des Transfers.

Unbehagen stellte also eine völlig normale Reaktion dar.

Doch dann, aus keinem ersichtlichen Grund, nahm die Spannung plötzlich drastisch zu.

Innerhalb eines Sekundenbruchteils begriff – oder erahnte – Troi, daß die Nervosität nicht von Picard oder den anderen stammte, vielmehr in ihr selbst entsprang.

Fast eine ganze Minute lang blieb die Counselor still sitzen, schloß die Hände fast krampfhaft fest um die Armlehnen ihres Sessels, starrte weiterhin auf das Projektionsfeld. Aber sie sah nicht etwa die wechselnden Sternkonstellationen. Vor ihrem inneren Auge beobachtete sie, wie Riker auf die Transporterplattform trat.

Ärgerlich versuchte sie, sich von dieser Vision zu befreien. Es belastete sie immer, wenn der Erste Offizier eine Erkundungsgruppe leitete und sich auf eine fremde Welt begab, die ihn mit vielen Gefahren konfrontieren mochte, doch diesmal empfand es Troi als besonders schlimm.

Sie machte sich nicht nur um seine Sicherheit Sorgen. Sie ...

Ruckartig stand Troi auf und näherte sich dem vorderen Turbolift. Es gelang ihr noch immer nicht, die seltsame Mischung aus betazoidischen Geisteskräften und menschlicher Intuition zu kontrollieren, aber dann und wann wuchsen sie zu einer Kombination zusammen und verdrängten alles andere.

So wie jetzt.

Die Sekunden im Turbolift schienen sich zu einer Ewigkeit zu dehnen, und als sich die Tür öffnete, nur wenige Meter vom Transporterraum entfernt, sprang Deanna Troi aus der Kabine, raste durch den Korridor und gab dem Schott gerade genug Zeit, vor ihr aufzuschwingen.

Dicht dahinter blieb sie wie erstarrt stehen, und das mentale Schrillen in ihr erreichte einen vorläufigen Höhepunkt.

Yar und Riker standen auf den Transferfeldern. Beide trugen schwere Strahlenschutzanzüge, und abgesehen von der üblichen Ausrüstung führten sie auch noch einen kompakten Subraum-Kommunikator sowie ein klobig wirkendes Phasergewehr bei sich. Die Helme waren bereits geschlossen, und hinter den transparenten Sichtschlitzen zeigten sich nur die Augen. Der Erste Offizier hob gerade den Arm, um Fähnrich Carpelli an den Kontrollen das Zeichen zu geben.

Doch dann ließ er ihn wieder sinken, drehte andeutungsweise den Kopf und sah Troi an.

Ihre Blicke begegneten sich, und Riker erkannte die Besorgnis, die Deanna in den Transporterraum geführt hatte.

Die Counselor beobachtete das Funkeln in Rikers Pupillen und spürte das, was sie unter ähnlichen Umständen fast immer wahrnahm. Für den Ersten Offizier kam an erster Stelle seine Pflicht gegenüber Starfleet, der *Enterprise* und ihrer Besatzung. Er nahm nur seine Verantwortung wahr.

Und wie so oft zuvor erweiterte Deanna Troi ihre Gedankensphäre und versuchte, Rikers Bewußtsein zu berühren – obgleich sie wußte, daß rein menschliche Sinne nicht das ganze Ausmaß eines solchen Kontakts wahrnehmen konnten.

Imzadi, flüsterte sie lautlos und rechnete nicht mit einer Antwort. *Imzadi. Geliebter.*

Diesmal erwartete sie eine Überraschung – Riker reagierte auf ihre psychische Stimme. Oder handelte es sich nur um ein Echo ihrer Sehnsüchte, wie zuvor bei der plötzlichen Intensitätssteigerung von Unbehagen und Furcht?

Imzadi, vernahm sie die geistige Erwiderung. *Ich werde immer bei dir sein.*

Und obwohl Troi durch den schmalen Schlitz nur einen kleinen Teil des Gesichts sehen konnte, begriff sie, daß die Worte aus Rikers Seele stammten, daß sich zwischen beider Bewußtsein tatsächlich eine Verbindung gebildet hatte, so fest wie noch nie zuvor. Deannas Gefühlsaufwallung, der emotionale Orkan in ihrem Innern, hatte den Kontakt ermöglicht.

Er erfolgte so plötzlich, daß die Counselor regelrecht erschrak. Es mußte einen Grund dafür geben, daß er ausgerechnet jetzt möglich wurde.

Troi erinnerte sich an andere Trennungen, an einige, die unter wesentlich persönlicheren, intimeren Umständen stattgefunden hatten. Und immer blieb eine direkte, unmittelbare Verbindung zwischen ihren Geistessphären aus.

Bis jetzt.

Einige Sekunden später brach der Kontakt wieder ab, reduzierte sich auf eine Erinnerung.

Das Erschrecken verwandelte sich in vages, bohrendes Entsetzen.

Deanna Troi fühlte sich hilflos, als Riker die Geste vollführte, die er kurz zuvor begonnen hatte. Carpelli reagierte, betätigte die Kontrollen. Zwei schimmernde, summende Energiesäulen entstanden, trugen Riker und Yar fort.

Als die drei Waffen ausgelöst wurden, knallte es nicht annähernd so laut, wie Data erwartet hatte. Zwar besaß er keine persönlichen Erfahrungen in Hinsicht auf Projektilschleudern, aber seine internen Speicherbänke enthielten die Information, daß sie über kleine, ›Patronen‹ genannte Kapseln verfügten: Wenn die in ihnen enthaltene chemische Ladung explodierte, jagte der Detonationsdruck die Geschosse davon. Bei einem solchen Vorgang mußte auch erhebliche Schallenergie freiwerden, und die akustischen Eigenschaften der nahen Metallwände würden das Krachen so verstärken, daß es schier ohrenbetäubende Qualitäten gewann. Statt dessen aber ertönte nur ein mehrfaches, leises Zischen – als ließe jemand ganz plötzlich den angehaltenen Atem entweichen.

Data spürte nicht etwa, wie sich ein tödliches Projektil in seinen Körper bohrte, sondern nahm ein kurzes Stechen im Bereich der Schulter wahr.

Aus einem Reflex heraus hob er die Hand und tastete nach der entsprechenden Stelle, berührte einen winzigen Pfeil, der sich mühelos durch den Stoff seiner Uniform und die Haut darunter gebohrt hatte. Er zog ihn aus der Wunde, drehte rasch den Kopf und sah, daß Geordi und Shar-Lon von ähnlichen Pfeilen getroffen worden waren. Ohne zu zögern riß er die kurzen und dünnen Schäfte aus ihren Körpern.

Gleichzeitig stellte er fest, daß seine beiden Begleiter das Bewußtsein verloren. Noch während Shar-Lon zu schwanken begann, umhüllte ihn das milchige Schimmern eines fremden Transporterfelds.

Das dumpfe Zischen wiederholte sich, und der Androide fühlte einen neuerlichen Stich, diesmal am Arm. Er löste den Pfeil aus seinem quasiorganischen Muskel, drehte sich zu den drei Angreifern um und sah aus den Augenwinkeln, wie sich Shar-Lons Gestalt auflöste – der Einsatz einer ›Gabe‹, vermutete er. Seltsamerweise schien das Verschwinden des alten Mannes die Attentäter nicht mehr zu überraschen als Data. Ihre Blicke und Waffen waren nun auf den Androiden gerichtet, nicht mehr auf die Stelle, an der Shar-Lon eben noch gestanden hatte, und die Gesichter der Männer offenbarten Furcht.

Eine Sekunde lang spielte Data mit dem Gedanken, einfach seinen Phaser zu ziehen und die Angreifer zu betäuben. Vermutlich enthielten die Pfeile irgendein Gift, das ihn selbst zwar nicht bedrohte, aber für Geordi fatale Konsequenzen haben mochte — vor allen Dingen dann, wenn ihn gleich mehrere der kleinen Geschosse getroffen hatten. Und ganz gleich, wie schnell Data seine Strahlenwaffe heben, auf die Männer zielen und schießen konnte: Zumindest einer von ihnen bekam dabei Gelegenheit, noch einmal Gebrauch von seiner Projektilschleuder zu machen. Der Androide wollte die Gefahr, in der Geordi schwebte, nicht noch vergrößern, und außerdem brauchte er Auskünfte: über die Droge, die nun ihre Wirkung in La Forges Metabolismus entfaltete, und über die Motive der Angreifer.

Datas Blick wanderte erneut zu Geordi. Er war jetzt vollkommen bewußtlos, aber ansonsten bot sein Zustand keinen Anlaß zu Sorge. Er atmete ruhig und gleichmäßig, und der Leib wirkte entspannt, nicht verkrampft.

Ich werde erneut Ihrem Beispiel folgen, Geordi, dachte der Androide, erschlaffte und ließ die Pfeile aus seiner Hand gleiten. In der Schwerelosigkeit trieb er knapp einen Meter über dem Boden, ebenso wie La Forge.

Data hielt die goldenen Augen nur einen Spaltbreit geöffnet, beobachtete, wie die Männer näher kamen. Sie bewegten sich langsam und vorsichtig, behielten ihn nach wie vor im Auge, die Waffen schußbereit in den Händen.

Zwei Meter vor dem Androiden blieben sie stehen und beobachteten ihn mißtrauisch.

»Offenbar hat der erste Pfeil nicht die Kleidung durchdrungen«, sagte einer von ihnen nervös. Die Maske verzerrte seine Stimme ein wenig, und sein Blick huschte zu dem kleinen Zylinder an Datas Gürtel, als der Translator übersetzte.

»Oder er ist widerstandsfähiger«, meinte ein anderer. »Sie sehen aus, als kämen sie von zwei völlig verschiedenen Welten. He, wir müssen uns beeilen. Es dauert nicht lange, bis sie wieder erwachen.«

Einer der Männer trat vor und hielt die Waffe noch immer schußbereit, als er in die Augen des Androiden sah und festzustellen versuchte, ob er wirklich das Bewußtsein verloren hatte.

Data wartete, schwebte weiterhin über dem Boden und ließ die schlaffen Arme so treiben, daß sich die Hände dem Fremden näherten. Die anderen beiden Männer wirkten weniger argwöhnisch als ungeduldig, schienen sich zu entspannen, als sie sich ebenfalls in Bewegung setzten.

Plötzlich griff Data nach der Waffe des Unbekannten vor ihm, hielt mit der anderen Hand seinen Arm fest. Bevor eine der beiden anderen Gestalten reagieren konnte, drehte er den ersten Mann so herum, daß er zu einem Schild wurde. Die magnetischen Stiefel des Angreifers lösten sich vom stählernen Deck, und als sie davondrifteten, fand Data den Auslöser der Projektilschleuder und betätigte ihn zweimal rasch hintereinander.

Die Pfeile bohrten sich in weiches Fleisch. Einer der Getroffenen stieß einige Laute hervor, die der Translator nicht übersetzte – wahrscheinlich ein Fluch –, und dann teilten beide Geordis Schicksal.

Der dritte Mann, der zusammen mit dem Androiden durch die Schwerelosigkeit trieb, ächzte leise und stieß hervor: »Wir wollten Sie nicht töten, nur für einige Minuten außer Gefecht setzen!«

»Ich verstehe«, erwiderte Data und drehte sich so, daß seine Stiefel die obere Wölbung eines Shuttles berührten, das unter ihnen dahinzugleiten schien. »Und warum lag Ihnen etwas daran, uns zu betäuben?«

»Jemand möchte mit Ihnen reden, das ist alles!« antwortete der Mann, viel zu erschrocken, um sich zu wehren.

»Solange wir ohnmächtig sind, können wir weder sprechen noch zuhören«, stellte Data fest, als ihn das Magnetfeld der Stiefel auf der Raumfähre verankerte. Sofort ging er los, wanderte an der Seitenfläche herab und kehrte zu La Forge zurück. »Erklären Sie mir Ihre Absichten.«

Der Fremde zwinkerte, und die Furcht in seinen Zügen wich Verwirrung. »Wir sind ... beauftragt, Sie zu der entsprechenden Person zu bringen«, entgegnete er.

Data blieb neben Geordi und den beiden anderen Bewußtlosen stehen, ließ den Mann los. Dann wich er ein wenig zurück, hielt die Projektilschleuder auf den Unbekannten gerichtet und nahm die Waffen seiner Freunde an sich. »Aus welchem Grund hielten Sie es für notwendig, uns in ohnmächtigem Zustand zu transportieren?« erkundigte sich der Androide.

»Wir mußten Sie von Shar-Lon trennen«, sagte der Mann.

»Hätte er Einwände gegen das Gespräch mit jener Person erhoben?«

»Wir wollten vermeiden ...« begann der Fremde, unterbrach sich aber sofort. »Mehr kann ich nicht sagen.«

Data musterte ihn neugierig. »Hindert Sie etwas daran? Oder fürchten Sie, zu viele Informationen preiszugeben?«

Der Namenlose schüttelte nur den Kopf und schwieg.

»Nun gut«, murmelte Data. »Wir warten, bis mein Gefährte wieder zu sich kommt.«

»Nein!« Der Mann schien sich an etwas zu erinnern und gestikulierte aufgeregt. »Wenn Shar-Lon erwacht, wird er seine Leute nach uns suchen lassen!«

»Ich verstehe«, sagte Data. »Shar-Lon *hätte* etwas dagegen, daß wir uns mit Ihrem Auftraggeber unterhalten.«

Der Mann blieb eine Zeitlang still. Sein Blick glitt von Data fort, richtete sich auf die Tür von Shar-Lons Lift, als rechnete er damit, daß sie sich jeden Augenblick öffnete. »Ja«, bestätigte er schließlich. »Shar-Lon würde alles versuchen, um eine solche Unterredung zu verhindern.«

Data sah auf Geordi herab und versuchte sich vorzustellen, wie er sich verhalten hätte. Er erinnerte sich an den Hinweis auf Intuition und Fingerspitzengefühl, öffnete seine internen Archive und analysierte die darin gespeicherten Informationen. Dabei fand er einen aufgezeichneten Satz: *Ich vertraue niemandem, der wie Shar-Lon dauernd predigt*.

Mit anderen Worten: Geordi La Forge mißtraute dem ›Auserwählten‹. Und daraus folgte: Wenn die drei Männer eine Gruppe repräsentierten, die einen anderen Standpunkt vertrat als Shar-Lon — die darüber hinaus keine tödlichen Projektilwaffen verwendete, sondern die mechanischen Äquivalente auf Betäubung justierter Phaser —, so mochte es sich als nützlich erweisen, mit dem betreffenden Anführer zu sprechen.

Einige Sekunden lang prüfte Data seine Überlegungen. Zwar basierte die Entscheidung auf Logik und nicht auf dem, was Geordi als Intuition bezeichnete, aber er war sicher, daß La Forge sie gebilligt hätte.

»In Ordnung«, sagte der Androide. »Bringen Sie uns zu dem Individuum, das mit uns reden möchte. Dies hier brauchen wir nicht«, fügte er hinzu, nahm die kleinen Pfeilkatapulte nacheinander in die Hand und verbog ihre Läufe, bevor er sie fortwarf. Der Mann riß die Augen auf, als er sah, mit welcher Mühelosigkeit Data die Struktur des Metalls veränderte. Vielleicht sah er darin einen Beweis dafür, daß er und Geordi tatsächlich zu den ›Konstrukteuren‹ gehörten.

Data zog den schwebenden La Forge heran, klemmte ihn sich unter den Arm und hielt den Phaser einsatzbereit. »Ich schlage vor, wir machen uns jetzt auf den Weg«, sagte er und winkte. »Nehmen Sie Ihre beiden Kollegen mit.«

Die Pupillen des Fremden weiteten sich noch mehr, als er der Aufforderung nachkam, die magnetischen Stiefel seiner Kameraden vom Boden löste, dann nach den Armen griff und die Bewußtlosen mit sich zog. Er hielt auf die Tür zu, durch die sie einige Minuten zuvor den Hangar erreicht hatten.

Nach einer kurzen Wanderung durch mehrere Tunnel und Gänge erreichten sie die Nabe des Habitats — eine Röhre im Rotationszentrum, die sich durch den ganzen Satelliten erstreckte. Zu jenem Zeitpunkt kam Geordi langsam wieder zu sich. Nach einigen hundert Metern rührten sich auch die beiden anderen Männer, und La Forge war vollkommen wach. Data schilderte ihm die jüngsten Ereignisse, und als er seinen knappen Bericht beendete, befanden sie sich am anderen Ende des Habitats, und die beiden Angreifer, die Data betäubt hatte, konnten wieder auf eigenen Beinen stehen.

»Sie haben sich genau richtig verhalten«, flüsterte La Forge dem Androiden zu und rang sich ein Lächeln ab.

Kurz darauf verließen sie den Hauptzylinder des Habitats, kletterten durch das Gewirr aus Kabeln, Verbindungsleitungen und Gasturbinen in unmittelbarer Nähe des Solarkraftwerks. Nach einigen weiteren Minuten gelangten sie an ein Schott, das dem Zugang der Luftschleusenattrappe im Magazin ähnelte. Geordi setzte möglichst unauffällig seinen Tricorder ein, hielt damit nach eventuell vorhandenen Transportersystemen Ausschau.

Aber es existierten keine solchen Schaltkreise, und als sich die Tür vor ihnen mit einem verhaltenen Knarren öffnete, sah La Forge, daß es sich um eine voll funktionsfähige Schleuse handelte. Mit einem Wink bedeutete er den drei Männern, die Kammer zu betreten, folgte ihnen dann zusammen mit Data. Das Innenschott schloß sich wieder, und an der einen Wand leuchteten rote Kontrollen auf. An einer Haltestange hingen mehrere antiquiert wirkende Raumanzüge.

»Es sind nicht gerade die besten«, entschuldigte sich einer der drei Männer nervös, als sie die Schutzkleidung überstreiften. »Aber wir brauchen nur vierzig oder fünfzig Meter zurückzulegen.«

Geordi lächelte dünn. »Wir können auf so etwas verzichten«, sagte er und schaltete den Individualschild ein. Die Fremden beobachteten ihn verblüfft, blieben jedoch stumm.

Die Männer überprüften ihre Ausrüstung gegenseitig, und anschließend wurde die Luft aus der Schleusenkammer gesaugt. Einige Sekunden später schwang das Außenschott auf. Draußen erwartete sie das große Gerüst, das den Parabolspiegel verankerte; die spinnwebartige Struktur wies Dutzende von Erweiterungen auf: Holme, die weit ins All reichten, dicke Streben aus schimmerndem Metall, hier und dort einige dünne, fragil anmutende Querverbindungen, mehrere blasen- und kastenartige Vorrichtungen. Hier und dort sah Geordi andere offene Schleusen, und er bemerkte auch einen kleineren, stumpfen Zylinder, der ihn an eine der ersten ›Raumstationen‹ der Erde erinnerte: Skylab. Andere Objekte erweckten den Anschein, als handele es sich um leere Treibstofftanks, die nun als Wohnquartiere oder Lager dienten. In einigen Konstruktionen erkannte er breite Löcher dort, wo sich einst hermetisch abriegelbare Zugänge befunden haben mochten. Vielleicht stellte dieser Bereich die Basis dar, von der aus der Bau des eigentlichen Habitats begonnen hatte.

Die drei Männer führten Geordi und Data zu einem Kabel direkt neben der Luftschleuse. Es reichte in das Durcheinander aus ehemaligen Baugerüsten hinein, und zwei der Fremden hangelten sich bereits daran entlang.

Geordi spürte, wie Unruhe in ihm entstand, und er forderte den dritten Mann auf, sich seinen beiden Kameraden anzuschließen. Als die Entfernung zu ihm etwa vier Meter betrug, hakte La Forge seinen Phaser an den Gürtel, griff nach dem Kabel und stieß sich vorsichtig von der Außenwand des Habitats ab. Die Schwerelosigkeit im Innern des Zylinders oder an Bord eines Shuttles machte ihm nichts aus, aber wenn er hier im All den Halt verlor und forttrieb, prallte er nicht einfach an der nächsten Wand ab. In einem solchen Fall konnte er nur hoffen, daß ihn das eigene Bewegungsmoment zu einem festen Objekt trug, zurück zum Habitat oder zu einer der Streben — andernfalls schwebte er einfach weiter, bis ihn die Unendlichkeit verschluckte. Es gab keinen Transporterfokus, der ihn in die Sicherheit zurückholen konnte, nicht einmal einen Traktorstrahl. Und der Individualschild schützte nur für eine gewisse Zeit. Wurde das Limit überschritten, erschöpften sich die Batterien, und dann brach das Energiefeld zusammen. Geordi schauderte, als er sich vorstellte, was die explosive Dekompression mit seinem Körper anrichten würde ...

Er drehte den Kopf, und sah daß sich Data direkt hinter ihm befand. Das blasse Gesicht des Androiden offenbarte gelinde Neugier.

La Forge schluckte und zog sich am Kabel entlang, weitaus langsamer und vorsichtiger als die drei Männer vor ihm. Sie bewegten sich mit beiläufigem Geschick, und das deutete darauf hin, daß sie bereits viele solcher Ausflüge hinter sich hatten. Wenn sie so etwas wie Unbehagen empfanden, so gründete es sich auf die Präsenz der beiden ›Konstrukteure‹.

Schließlich, nach den fünfzig längsten Metern seines Lebens, erreichte Geordi das Ende des Kabels. Vor ihm wölbte sich die stählerne Hülle eines der skylabartigen Objekte, und die Schleuse schien noch primitiver zu sein als die des Habitats. Einer der drei Männer hatte sie bereits geöffnet, und Geordi wartete, bis die Fremden hineinschwebten.

Behutsam tastete sich La Forge an der Wand entlang, achtete nach wie vor darauf, sich nicht zu ruckartig zu bewegen. In der Schleusenkammer seufzte er unhörbar. Data folgte ihm weitaus schneller, und unmittelbar darauf schwang das Außenschott zu. Es zischte, als die Luft aus winzigen Düsen strömte.

Dann öffnete sich das Innenschott.

Geordis Blick fiel in ein spartanisch eingerichtetes Zimmer, in dem ein Mann auf sie wartete. Er trug ebenfalls keine Uniform, nur eine schlichte Kombination aus Hemd und Hose, schien etwa so alt zu sein wie Shar-Lon. Doch er wirkte schlanker, und er hatte fast ebensowenig Haare wie Picard. Ganz offensichtlich versuchte er, sich seine Überraschung nicht anmerken zu lassen, als er feststellte, daß Geordi und Data keine Raumanzüge trugen — und daß sie ihre Phaser in den Händen hielten, während seine Männer unbewaffnet waren. Fasziniert beobachtete er, wie das diffuse Glühen der Energiefelder verblaßte, als La Forge und der Androide ihre Individualschilde ausschalteten und die Magnetfelder ihrer Stiefel reaktivierten.

»Sind Sie derjenige, der mit uns sprechen möchte?« fragte Geordi, während die drei Männer ihre Helme abnahmen.

»Ja, der bin ich. Und da Sie offenbar meine Leute entwaffnet haben, nehme ich an, daß auch Sie an einem Gespräch interessiert sind.«

»Eine durchaus richtige Schlußfolgerung«, bestätigte Geordi und ließ seinen Phaser nicht sinken. »Nun, vielleicht nähmen wir eine freundlichere Haltung ein, wenn wir wüßten, was Sie wollen — und wer Sie sind.«

»Oh, natürlich.« Der alte Mann lächelte. »Ich möchte einfach nur feststellen, wer *Sie* sind und was Sie hierher führte. Was meine Identität betrifft ... Wahrscheinlich hat Ihnen Shar-Lon bereits von mir erzählt. Ich bin sein Bruder Shar-Tel.«

KAPITEL 10

»Fertig, Lieutenant Yar?«

»Fertig, Commander Riker.«

Die Systeme der schweren Strahlenschutzanzüge arbeiteten einwandfrei, und die Magnetfelder der Stiefel schufen eine feste Verbindung zum Boden. Die beiden Offiziere standen im ›Kontrollraum‹ des Wracks, praktisch an der gleichen Stelle wie Data und La Forge unmittelbar vor ihrem Transfer.

»Alles klar, Captain«, sagte Riker.

»In Ordnung, Nummer Eins. Mr. Argyle, beginnen Sie damit, einen Teil der Abschirmung des Antimateriekerns zu entfernen.«

Der Chefingenieur empfing die Anweisung im Maschinenraum der *Enterprise* und bestätigte. Er wandte sich den Kontrollen zu, setzte sich mit den automatischen Wartungseinheiten an Bord des fremden Schiffes in Verbindung – mit jenen Robotern, die vor einigen Stunden den neuen Schild errichtet hatten.

»Lieutenant Worf«, sagte Picard, »halten Sie Fähnrich Carpelli und das Erkundungsteam ständig über die Strahlungsintensität auf dem laufenden. Fähnrich Carpelli: Seien Sie bereit, Riker und Yar beim geringsten Anzeichen von Gefahr zurückzubeamen.«

»Ja, Sir.«

Worf stand vor der wissenschaftlichen Station und übermittelte die aktuellen Emissionswerte.

»Irgendwelche Veränderungen, Nummer Eins?«

»Bisher noch nicht, Sir.«

»Erstes Schildsegment entfernt, Captain«, meldete Argyle.

»Beginnen Sie damit, das zweite zu lösen«, ordnete Picard an.

Fast eine Minute lang herrschte Stille, nur unterbrochen

von Worfs Stimme. Der Klingone wies auf jede Zunahme der Strahlung hin.

»Auf der Schalttafel leuchtete eben eine Anzeige auf, Sir«, berichtete Riker. Und einige Sekunden später: »Jetzt zeigt der Schirm eine Karte, offenbar eine schematische Darstellung der internen Struktur des Wracks. Ja, ich bin ganz sicher. In der Mitte, dort, wo sich der Antimateriekern befindet, blinkt ein grüner Kreis. Ich nehme an, es handelt sich um ein Alarmsystem, dazu bestimmt, die Aufmerksamkeit der Besatzung zu erwecken, wenn der Computer auf ein Problem stößt, das er nicht selbst lösen kann.«

»Im unteren Teil der Projektionsfläche wurden gerade einige Schriftzeichen eingeblendet«, warf Yar ein. »Unbekannte Sprache. Ich zeichne sie für eine spätere Analyse auf.«

»Gut, Lieutenant«, antwortete Picard. »Sonst noch etwas?«

»Unsere Tricorder zeigen Aktivität in den Hibernationskapseln, weiter nichts.«

»Die Strahlungsintensität hat nun fast das Niveau erreicht, die das Transportersystem auslöste«, sagte Worf.

»Sie haben es gehört, Nummer Eins, Lieutenant Yar«, brummte Picard. »Seien Sie auf der Hut.«

»Ja, Sir. Wir gehen keine unnötigen Risiken ein.«

»Drittes Schildsegment wird entfernt, Sir«, meldete der Chefingenieur.

»Langsam, Mr. Argyle, ganz langsam«, warnte Picard. »Die Strahlung ist nun fast so intensiv wie ...«

»Energetischer Output des Antimateriekerns nimmt drastisch zu, Sir«, unterbrach ihn Worf. »Das Strahlungsniveau wurde ebenfalls größer, übersteigt bereits die Auslösungsschwelle. Entweder sind die entsprechenden Kontrollen des fremden Schiffes ausgefallen oder ...«

»Mr. Carpelli!« sagte Picard scharf. »Holen Sie Riker und Yar zurück!«

»Transfer erfolgt, Sir«, antwortete der Transportertechniker.

»Ein anderes Transfersystem wird aktiv, Sir«, berichtete Worf. »Fokus im Wrack.«

»Carpelli!«

»Ich weiß, Sir! Ich gebe mir alle Mühe, aber die Interferenzen des fremden Transporters ...«

»Neue Koordinaten, Mr. Carpelli«, knurrte Worf, betätigte eine Taste und übermittelte die Daten. »Der Aufenthaltsort des Erkundungsteams hat sich verändert. Die erste Transfereinheit ...«

»Erfassung der Kommunikatorsignale«, erwiderte Carpelli angespannt.

»Yar! Nummer Eins!« rief Picard. »Halten Sie aus! Wir beamen Sie hierher!«

In den Lautsprechern der externen Kommunikation blieb alles still.

»Energie«, sagte Carpelli.

»Antimateriekern kurz vor Überladung«, stieß Worf hervor. »Angesichts unserer derzeitigen Entfernung zum fremden Schiff ...«

»Ich kenne die Gefahr, Lieutenant«, erwiderte der Captain. »Mr. Brindle! Deflektorschirme ein, wenn Riker und Yar zurück sind.«

»Bereit, Sir«, bestätigte Brindle von der taktischen Station.

»Ich habe sie verloren!« entfuhr es Carpelli bestürzt. »Interferenzen von ...«

»Ihre Erklärungen sind mir gleich! Holen Sie Riker und Yar hierher.«

»Ich versuche es, Sir, aber ...«

»Kritische Phase«, warf der Klingone ein. »Überladung in fünf Sekunden!«

»Ich kann sie nicht lokalisieren«, krächzte Carpelli. »Die verdammten Interferenzen ...«

»Noch drei Sekunden«, sagte Worf. »Zwei ...«

»Schilde hoch.«

»Schilde sind hoch, Sir«, bestätigte Brindle. Unmittelbar im Anschluß an seine Worte blitzte es auf dem Bildschirm grell auf. Die *Enterprise* erbebte, als die Deflektoren die Energie der explodierten Antimaterie zu absorbieren versuchten.

Deanna Troi erzitterte, und die Knöchel ihrer Finger traten weiß hervor, als sie die Hände krampfhaft fest um die Armlehnen des Sessel schloß. Ein schriller Schrei hallte durch ihren mentalen Kosmos.

Riker hörte noch, wie Picard den Transportertechniker anwies, sie zurückzubeamen, und einen Sekundenbruchteil später fühlte er das Prickeln des Transferfokus. Die Wände des Wracks verflüchtigten sich, und der Erste Offizier wartete darauf, an Bord der *Enterprise* zu rematerialisieren.

Aber dazu kam es nicht.

Als der Retransfer erfolgte, sah Riker nur Schwärze und nahm einen metallischen Geruch wahr. Es blieb ihm nicht einmal genug Zeit, Verwirrung zu empfinden: Ein zweites Transporterfeld umhüllte ihn, schleuderte seine Ich-Matrix durch Raum und Zeit.

Aus einem Anflug von Erstaunen wurde Erschrecken, als ihm ein Kaleidoskop aus durcheinanderwirbelnden Farben entgegenwogte – ein buntes Schillern, in dem sich kurzlebige Formen bildeten, Strukturen, die an Rikers geistiger Stabilität nagten.

Und die eigentlich überhaupt nicht existieren konnten.

Zumindest nicht im Einstein-Universum.

Riker begriff plötzlich, daß er nicht vom Transporter der *Enterprise* erfaßt worden war. Ein Transfersystem des Wracks hatte auf die zunehmende Strahlung reagiert und ihn entmaterialisiert.

Ein Gerät, das die energetischen Transfermatrizen durch den Subraum schickte, wie Argyle bereits vermutet hatte. Riker fragte sich kurz, ob ihn die Reise zu Data und La Forge führen würde.

Noch während er diesen Überlegungen nachhing, flutete völlige Finsternis heran, und alle Farben lösten sich auf.

Alles verschwand — als seien Rikers Wahrnehmungssinne plötzlich nicht mehr existent.

Entsetzen quoll in ihm empor, als sich selbst seine Erinnerungen zu verflüchtigen begannen, nur noch für eine grauenhafte Erkenntnis Platz ließen: *Das fremde Transportersystem wurde im Augenblick unseres Transits zerstört, und unsere energetischen Strukturen verlieren sich nun im Subraum ...*

Dann trieb auch dieser Gedanke davon, wie eine vom Wind erfaßte Dunstwolke, und Rikers Dasein beschränkte sich nur noch auf die unmittelbare Gegenwart, auf ein zeitloses Jetzt. Ihm fehlten Vergangenheit und Zukunft.

Irgendwann — es gab nicht die geringste Möglichkeit, temporale Distanzen zu messen — spürte er etwas.

Ein ferner, schwacher Sog zog ihn sanft aus dem Nichts, und Riker gab sich ihm hin.

Kurz darauf — wenn dieser Ausdruck einen Sinn hatte — fluteten erneut Farben auf ihn zu, und er kehrte in seinen memoralen Kosmos zurück. Eine Zeitlang waren seine Gedanken und Erinnerungen mindestens ebenso chaotisch wie die ihn umwirbelnden Muster.

Doch dann fand er irgendwo psychischen Halt. Er verglich sich mit einem Schiffbrüchigen, der zu ertrinken drohte — und im letzten Augenblick einen Rettungsring zu fassen bekam. Riker klammerte sich daran fest.

Und seine mentale Welt stabilisierte sich.

Das Durcheinander aus schillernden, desorientierenden Farben ließ nach.

Als sich in seiner Nähe wieder feste Konturen bildeten, hörte er eine Stimme, ein leises Flüstern, das ihm irgendwie vertraut erschien und ihm immer wieder ein ganz bestimmtes Wort zuraunte: *Imzadi. Imzadi. Imzadi...*

Riker versuchte, sich darauf zu konzentrieren, eine Antwort zu geben, aber seine eigene geistige Stimme verhallte im zurückweichenden Nichts, als ein Subraumempfänger seine Ich-Matrix zurückverwandelte.

Geordi verbarg seine Überraschung, und er fragte sich, womit er eigentlich gerechnet hatte; bestimmt nicht damit, dem angeblich ermordeten Shar-Tel zu begegnen.

»Ihr Bruder hat behauptet, Sie seien schon seit vielen Jahren tot«, sagte La Forge. »Diese Antwort gab er mir, als ich ihn um ein Gespräch mit Ihnen bat. Offenbar lag ihm nichts an einer Unterhaltung zwischen uns beiden.«

»Bestimmt hätte er sie zu verhindern versucht — wenn er wüßte, daß ich noch lebe«, erwiderte der alte Mann und lächelte grimmig.

»Er ahnt also gar nichts davon?«

»Nun, ich habe allen Grund zu der Annahme, daß er mich nach wie vor tot glaubt. Aber das ist eine lange Geschichte, und bevor ich sie erzähle, brauche ich eine Auskunft.«

»Uns ergeht es nicht viel anders.«

Shar-Tel nickte. »Ich bin gern bereit, Ihre Fragen zu beantworten. Doch zunächst: *Gehören* Sie zu denen, die das Objekt in der Umlaufbahn unseres Planeten zurückließen? Und wenn das der Fall ist: *Warum* gaben Sie es auf?«

»Ihr Bruder hält uns für die Konstrukteure«, erwiderte Geordi ausweichend.

»Shar-Lon glaubt eine ganze Menge. Er ist sogar davon überzeugt, dazu ›auserwählt‹ worden zu sein, unsere Welt zu retten — mit den Dingen, die er an Bord des Raumschiffs fand.«

»Sind Sie anderer Ansicht?«

»Ich bin kein Narr.«

Geordi lachte plötzlich — ohne recht zu wissen, was ihn zur Heiterkeit veranlaßte. Vielleicht lag es daran, daß ihn die schlanke, hagere Gestalt und der fast haarlose Schädel des alten Mannes an Captain Picard erinnerte. Besser gesagt: an einen Picard, wie er in etwa dreißig Jahren aussehen mochte. Hinzu kam der plötzlich so scharfe Klang seiner Stimme.

La Forge spürte, wie sich der Argwohn in ihm verflüchtigte und neuer Zuversicht wich.

»Nein, wir sind keine ›Konstrukteure‹«, gestand er ein. »Und was es mit dem fremden Raumschiff auf sich hat ... Nun, das würden wir selbst gern herausfinden. Wir haben in diesem Zusammenhang einige Vermutungen, aber das ist auch schon alles. Wenn Sie uns entsprechende Informationen geben könnten, wären wir Ihnen sehr dankbar.«

Shar-Tel runzelte kurz die Stirn, schmunzelte dann und wandte sich an die anderen Männer. »Sie sollten jetzt besser zurückkehren – bevor mein Bruder Sie vermißt und Verdacht schöpft«, sagte er. »Er hat Sie doch nicht erkannt, oder?«

»Nein, unsere Gesichter blieben ihm verborgen. Aber Vol-Mir könnte in Schwierigkeiten geraten. Er mußte sich etwas einfallen lassen, um Shar-Lon lange genug aufzuhalten, und als sich der ›Notfall‹ als falscher Alarm herausstellte, wurde Ihr Bruder mißtrauisch.«

Shar-Tel schnitt eine Grimasse. »Seien Sie vorsichtig. Und machen Sie sich jetzt auf den Rückweg. Ich bin hier sicher.«

Die Männer nickten und wirkten erleichtert, als sie wieder die Helme aufsetzten und in der Luftschleuse verschwanden. Das Innenschott schloß sich hinter ihnen.

»Ich nehme an, Ihre Geschichte ist ebensolang wie meine, und deshalb sollten wir sofort zur Sache kommen«, sagte Shar-Tel.

»Aber bevor wir beginnen, möchte ich *Sie* etwas fragen«, warf Geordi ein. »Können Sie uns im Anschluß an unsere Unterredung irgendwie zum Magazin bringen?«

In Shar-Tels Stirn bildeten sich neuerliche Furchen, und sein Blick glitt zur verriegelten Schleuse. »Warum?«

»Nur von dem fremden Schiff aus sind wir vielleicht imstande, dorthin zurückzukehren, woher wir kommen.«

»Ach? Heißt das, Sie sind nur durch Zufall hier?«

»Geordi«, sagte Data und schaltete sein Übersetzungsmodul aus.

La Forge zögerte und beobachtete, wie das Gesicht des alten Mannes wachsenden Argwohn zum Ausdruck brachte. Er ließ seinen eigenen Translator eingeschaltet und erwiderte: »Was ist, Data?«

Der Androide übertrieb seinen bedeutungsvollen Blick, den er auf das kleine, zylindrische Gerät richtete.

»Schon gut. Ich glaube, wir können Shar-Tel vertrauen.«

Data dachte kurz nach. »Oh«, machte er nach einigen Sekunden. »Ich verstehe. Es ist jetzt also nicht mehr nötig, einen ›falschen Anschein‹ zu erwecken?«

Geordi schüttelte den Kopf und lächelte reumütig. »Genau«, sagte er. »Ich verlasse mich noch immer auf meine Intuition, und sie sagt mir, daß wir hier mit offenen Karten spielen können.«

»Mit ›offenen Karten‹?«

La Forge seufzte hingebungsvoll. »Wieder eine Redewendung«, erklärte er. »Wir können ehrlich und aufrichtig sein.«

Data neigte den Kopf zur Seite und überlegte erneut. »Gut«, erwiderte er schließlich. »Es ist nicht leicht, ständig einen ›falschen Eindruck‹ zu erwecken.«

Shar-Tel musterte sie. »Kann ich diesem Wortwechsel entnehmen, daß Sie meinem Bruder kein volles Vertrauen schenkten?«

»In der Tat. Nun, Sie haben meine Frage noch nicht beantwortet: *Sind* Sie imstande, uns nach unserem Gespräch eine Rückkehr ins Magazin zu ermöglichen?«

»Ich glaube, das läßt sich bewerkstelligen.«

»Höre ich da eine gewisse Skepsis?«

»Zuerst müssen wir feststellen, wie mein Bruder auf die Aktion meiner Leute reagiert. Das Verschwinden seiner beiden ›Konstrukteure‹ dürfte für ihn ein ziemlicher Schock sein. Vielleicht ist es am besten, wenn Sie nach unserer Unterredung zu Shar-Lon zurückkehren, ihn beruhigen und sich von ihm zum sogenannten Magazin bringen lassen. Das wäre für uns alle am ungefährlichsten.«

Geordi kniff die Augen zusammen. »Spielen Sie damit auf die Leute an, die versuchten, uns in der Schleuse des Magazins zu erschießen?«

Shar-Tels Miene umwölkte sich, und er senkte kurz den Kopf. »Bitte entschuldigen Sie«, sagte er nach einer Weile. »Ich kann verstehen, welchen Eindruck Sie gewinnen mußten, als meine Männer die Pfeilkatapulte einsetzten. Da es Ihnen offenbar nicht sehr schwer gefallen ist, sie zu entwaffnen ... Vermutlich können sie von Glück sagen, noch am Leben zu sein.«

Geordi machte Anstalten, mit den Schultern zu zucken, um Shar-Tels Annahmen auf diese Weise zu bestätigen, doch dann überlegte er es sich anders. »Nein«, widersprach er. »Unsere Phaser waren auf Betäubung justiert. Mit anderen Worten: Sie hatten die gleiche Wirkung wie die Pfeile. Wir töten nur dann, wenn es sich nicht vermeiden läßt.«

»Phaser? So heißen Ihre Waffen? Könnten Sie damit ...« Shar-Tel unterbrach sich und schüttelte den Kopf. »Ich verschwende Zeit mit eigentlich unwichtigen Details«, sagte er. »Nun, da mein Bruder Sie offenbar für die ›Konstrukteure‹ hält ... hat er Sie gebeten, zum Friedenskonzil zu sprechen? Wollte er eine solche Gelegenheit nutzen, um sich in aller Form für Ihre ›Gaben‹ zu bedanken, die es ermöglichten, unsere Welt vor der atomaren Apokalypse zu bewahren?«

»Er benutzte fast die gleichen Worte«, entgegnete La Forge. »Er erzählte uns alles und ... Hat er gelogen?«

Shar-Tel holte tief Luft. »Unglücklicherweise entsprechen seine Behauptungen in gewisser Weise den Tatsachen. Allerdings sieht er die Wahrheit nur so, wie sie ihm gefällt.«

»Und Sie möchten uns mit der objektiven Version vertraut machen?«

»Das sollte ich wohl, um Ihnen die richtige Einschätzung unserer Lage zu ermöglichen.« Dann fuhr er fort. »Wie Shar-Lon Ihnen sicher sagte: Es begann alles vor fünfzig Jahren, als wir beide das verlassene fremde Raumschiff im Orbit fanden. Ich habe keine Ahnung, wer es dort zurückließ, welchem Zweck es diente und was die ›blutroten Visionen‹ bewirkte. Ich hatte gehofft, daß Sie darüber Bescheid wissen, denn immerhin sind Sie in dem rätselhaften Objekt erschienen. Aber Sie meinten vorhin, die Antworten auf diese Fragen seien Ihnen ebenfalls unbekannt, und ich bin bereit, Ihnen zu glauben.«

Geordi räusperte sich. »Wir halten die ›blutroten Visionen‹, wie Sie sie nennen, für die Auswirkungen eines zusammengebrochenen Tarnfeldes, mit dem sich das Schiff vor Entdeckung schützte«, erklärte er. »Wenn so ein Mechanismus richtig funktioniert, werden die darin eingehüllten Objekte praktisch unsichtbar. Aber wenn er versagt, kommt es zu den eigentümlichsten Phänomenen. Die Wellenlängen können in den roten Bereich verschoben werden, was vermutlich in diesem Fall geschah, oder einige Frequenzabschnitte werden verstärkt, andere blockiert.«

»Es war also nur reiner Zufall, daß unsere Welt in einem rötlichen Schimmer gehüllt war?« vergewisserte sich Shar-Tel. »Sie hätte ebensogut blau oder grün leuchten können?«

»Das nehme ich an«, sagte Geordi und nickte.

Der alte Mann lachte plötzlich. »Ich frage mich, welche Symbolik mein Bruder in einem gelben oder purpurnen Glühen unseres Planeten gesehen hätte«, brummte er und richtete seinen Blick wieder auf La Forge und Data. »Wissen Sie sonst noch etwas?«

»Nur wenig«, erwiderte Geordi und zuckte mit den Achseln. »In einem Punkt allerdings sind wir ganz sicher: In nur einer Richtung arbeitende Transfersysteme – Materietransmitter – verbinden das Schiff im Orbit mit einem anderen aufgegebenen Raumer im interstellaren Raum, einem mindestens zehntausend Jahre alten Wrack. Wir *glauben*, daß es irgendwann einmal mehrere ›Magazine‹ gab, in den Umlaufbahnen von Planeten, die Ihrer Welt ähneln.«

»Aber zu welchem Zweck?« erkundigte sich Shar-Tel.

»In dieser Hinsicht können wir nur spekulieren«, sagte Geordi und ignorierte den fragenden Blick Datas. »Wie dem auch sei: Wir erforschten das Wrack im interstellaren Raum, als plötzlich einer der Transporter aktiv wurde und uns hierher sandte. Derzeit haben Data und ich nur ein Ziel: Wir möchten feststellen, wo wir sind – und wir suchen nach einer Möglichkeit, unsere Gefährten zu benachrichtigen, damit sie uns abholen.«

Shar-Tel schwieg, und in seinen Augen glänzte Sehnsucht. Geordi kannte diesen Ausdruck: Er erinnerte ihn an die Neugier Picards, wenn sich die *Enterprise* einer unbekannten Welt näherte. Ganz offensichtlich lagen dem alten Mann tausend Fragen auf der Zunge, aber dennoch zwang er sich dazu, auf das zentrale Thema zurückzukommen.

»Zehntausend Jahre«, wiederholte er schließlich. »Eine lange Zeit. Wir können also davon ausgehen, daß die ›Konstrukteure‹ nicht hierher zurückkehren, oder?«

»Das wäre sehr unwahrscheinlich«, pflichtete ihm La Forge bei. »Andererseits habe ich schon früh die Erfahrung gemacht, daß nichts unmöglich ist.«

Shar-Tel nickte, und ein angedeutetes Lächeln umspielte seine Lippen. »Ja, das glaube ich Ihnen gern. Aber wir schweifen ab.« Er atmete tief durch. »Als Shar-Lon und ich das fremde Schiff fanden, geriet mein Bruder völlig außer sich. Derartige Entdeckungen sind viel zu wichtig, um sie einer einzelnen Person zu überlassen, und daher schlug ich vor, sofort unsere Regierung zu verständigen, damit sie eine Gruppe qualifizierter Wissenschaftler mit der Untersuchung des Objekts beauftragen konnte – oder damit, einen Kontakt mit seiner Besatzung herzustellen. Damals wußten wir noch nicht, daß sich niemand an Bord befand. Immerhin wäre es möglich gewesen, daß Dutzende von Aliens an den Kontrollen saßen, bereit dazu, verheerende Waffen gegen uns einzusetzen.

Aber mein Bruder hörte nicht auf mich. Nun, ich habe keine Ahnung, was er Ihnen erzählte, um sein Verhalten zu rechtfertigen. Die Wahrheit sieht folgendermaßen aus: Er wurde noch immer von jener Ungeduld beherrscht, die ihn als jungen Mann veranlaßte, sich der Organisation der

Friedenswächter anzuschließen — und sich zwei Jahre später wieder von ihr abzuwenden, als sie ihre Ziele nicht schnell genug durchsetzen konnte. Wann immer er sich für etwas engagierte — er wollte *handeln*, nicht planen. Und dann, als irgendwelche Militärs einer ehemals feindlichen Nation meine Meldung auffingen und erfuhren, daß sich Shar-Lon an Bord eines gerade erst entdeckten fremden Raumschiffes befand, das mit hochentwickelter Technologie vollgestopft sein mochte ... Irgend jemand geriet in Panik, startete eine Atomrakete und versuchte, das Magazin zu zerstören.«

Shar-Tel zögerte kurz und verzog das Gesicht. »Vielleicht bin ich unfair. Vielleicht sind meine Erinnerungen nach fünfzig Jahren nicht mehr ganz so klar. Was auch immer die Motive meines Bruders gewesen sind: Es gelang ihm, das Shuttle zu verlassen und meinen Raumanzug mitzunehmen; und irgendwie verschaffte er sich Zugang ins fremde Schiff.« In den Pupillen des alten Mannes blitzte es plötzlich auf. »Wahrscheinlich mit Hilfe der Transporter, die Sie eben erwähnten. Shar-Lon setzt jene Technik auch dazu ein, einfach zu verschwinden, wenn's brenzlig für ihn wird — so wie bei dem Angriff meiner Leute.«

Geordi nickte. »Offenbar steht er ständig mit den Kontrollen im Magazin in Verbindung. Sie haben übrigens ganz recht: Ein Kurzstreckentransporter ermöglicht es, das Raumschiff zu betreten und es wieder zu verlassen. Die ›Luftschleuse‹ ist nur eine Attrappe, im Bereich des Transfersystems errichtet. Ich nehme an, Ihr Bruder wollte damit über die eigentliche Zugangsmethode hinwegtäuschen.«

»Ja. Er errichtete die Schleuse, bevor er irgend jemanden an sein ›Magazin‹ heranließ. Ich weiß nicht, wie er es fertigbrachte, die fremde Technik ganz nach seinem Belieben zu verwenden, und es ist mir ebenso ein Rätsel, wie er alle nuklearen Sprengköpfe auf dem Planeten fand und sie fünfhunderttausend Kilometer entfernt im All explodieren ließ. Er sagte immer wieder, die ›Gaben‹ verliehen ihm die

Macht dazu. Wahrscheinlich meinte er damit unter anderem die Transporter.«

»Ich fürchte, Transfersysteme allein reichen nicht aus, um so etwas zu bewerkstelligen«, sagte Geordi. »Zumindest keine, die den unsrigen ähneln.«

Shar-Tel runzelte die Stirn. »Soll das heißen, daß die Konstrukteure des Schiffes einen noch höheren Entwicklungsstand erreicht haben als Sie?«

»Zumindest auf einigen Gebieten.«

Der alte Mann wirkte betroffen und dachte kurz nach. Kurze Zeit später fuhr er fort: »Nach der Zerstörung aller Raketen schnappte die ganze Welt über. Viele sahen in meinem Bruder eine Art Heiland, fast einen Gott, und das traf insbesondere auf einige hundert der fanatischsten Friedenswächter zu. Um ganz ehrlich zu sein: Eigentlich kann ich ihnen deshalb keinen Vorwurf machen. Seit Jahrzehnten lebte die Bevölkerung unseres Planeten mit der ständigen Gefahr einer atomaren Auslöschung, und ganz plötzlich, praktisch über Nacht, existierte diese Bedrohung nicht mehr.«

»Shar-Lon meinte, einige wenige Personen seien dagegen gewesen«, sagte Geordi. »Eine kleine Minderheit, die es bedauerte, keine Möglichkeit mehr zu haben, die ganze Welt in eine radioaktive Wüste zu verwandeln. Er behauptete, solche Leute hätten Sie ermordet und versucht, uns zu erschießen.«

Shar-Tel schüttelte den Kopf. »Die Situation ist ein ganzes Stück komplizierter. Wie ich schon sagte: Viele glaubten, mein Bruder habe die Welt gerettet. Vielleicht hätten wir uns ohne den Einsatz der ›Gaben‹ tatsächlich ins Verderben gestürzt, aber eigentlich bezweifle ich das. Fast siebzig Jahre lang ist es uns gelungen zu überleben, ohne daß jemand auf den falschen Knopf drückte, und zumindest *gewisse* Fortschritte lassen sich nicht leugnen. Ein Jahrzehnt vor der Entdeckung des fremden Raumschiffs wurden erste Vereinbarungen getroffen, um die Anzahl der atomaren Sprengköpfe zu reduzieren, und es stand eine echte Abrüstung in Aussicht. In jedem folgenden Jahr fanden weniger konventionelle Kriege statt, und ein vorsichtiger Optimismus schien gerechtfertigt zu sein. Man sprach sogar über die Einberufung eines Weltrats. Bis mein Bruder die Macht übernahm.«

Shar-Tel legte eine kurze Pause ein und schüttelte erneut den Kopf. »Viele Leute glaubten damals, Shar-Lon sei von einer fremden Entität übernommen worden, als er das Magazin betrat. Selbst heute gibt es noch einige, die so etwas vermuten. Sie meinen, das fremde Schiff sei eine ›Falle‹ fremder Wesen, der sogenannten Konstrukteure — eine Falle, die zuschnappte, als Shar-Lon damit begann, die technischen Anlagen an Bord zu untersuchen.«

»Aber wenn Ihr Bruder Sie nur von dem Schreckgespenst der nuklearen Selbstvernichtung befreite ...«

»Er hat sich nicht nur *darauf* beschränkt!« entfuhr es Shar-Tel mit plötzlichem Zorn. »Er verwandelte unseren Planeten in einen riesigen globalen Kerker! Und das rechtfertigt er seit fünfzig Jahren, indem er behauptet, ›auserwählt‹ zu sein!«

Shar-Tel versuchte, sich wieder zu beruhigen. »Bevor er das Magazin aufsuchte, mag Shar-Lon zwar ungeduldig und auch naiv gewesen sein, bereit dazu, sein Leben für eine ›gerechte Sache‹ zu geben, aber ansonsten war er völlig normal. Er wußte ebensogut wie ich, daß es sich um ein fremdes Raumschiff handelte, kein mystisches Objekt, das allein ihm zur Verfügung gestellt wurde. Doch als er es wieder verließ, nach der Zerstörung der Atomraketen, auf eine Weise geschützt, die ich erst jetzt zu verstehen beginne, redete er so, wie er noch heute spricht. Ich persönlich glaube, es war einfach zu viel für ihn. Irgend etwas in ihm rastete aus. Plötzlich besaß er all die Macht, die er sich erträumt hatte, aber die damit einhergehende Verantwortung empfand er als eine zu schwere Bürde. Deshalb erfand er eine ›höhere Autorität‹ — um von sich abzulenken.«

Der Glanz in Datas goldenen Augen verstärkte sich ein wenig. »Ihr Bruder wies uns mehrfach darauf hin, seine

Gegner seien Irregeleitete – aber Ihre letzten Ausführungen lassen den Schluß zu, daß er ebenfalls an einer perspektivischen Realitätsverzerrung leidet.«

»Ein anderer Ausdruck für Wahnsinn«, übersetzte Geordi.

Shar-Tel zuckte mit den Schultern. »Entweder ist er verrückt – oder er wurde tatsächlich von einer anderen Entität übernommen. Ich weiß nur eins: Er *hat* sich verändert. Oder *wurde* verändert. Er verwandelte seine Weltanschauung in eine Religion, mit sich selbst als Propheten. Er ließ es nicht zu, daß Wissenschaftler – oder andere – das Raumschiff betraten, aus Furcht, sie könnten die Funktionsweise der ›Gaben‹ herausfinden. Er versammelte den harten Kern der Friedenswächter um sich und ›salbte‹ sie, ernannte sie zu ›Botschaftern des Friedens‹. Doch dann fiel einer von ihnen einem Attentat zum Opfer – was nicht besonders verwunderlich ist, wenn man bedenkt, was die meisten Leute von Shar-Lon und seinen Anhängern hielten. Mein Bruder nahm diesen tragischen Vorfall zum Anlaß, die Besatzungen der von verschiedenen Staaten gebauten Raumstationen ultimativ aufzufordern, auf den Planeten zurückzukehren, und im Anschluß daran überließ er die Orbitalbasen seinen Günstlingen. Einige reguläre Besatzungsmitglieder, die Shar-Lon die Stirn bieten wollten, wurden einfach evakuiert – ich nehme an, in diesem Zusammenhang kamen erneut die Transporter ins Spiel – und durch Vertraute aus dem Kreis der Friedenswächter ersetzt. Mein Bruder steuerte die Raumstationen sogar aus ihren normalen Umlaufbahnen und brachte sie hierher in die Nähe seines ›Magazins‹.«

Also gehören auch Traktorstrahlen zu den ›Gaben‹, dachte Geordi. *Vielleicht auch Phaser?*

»Dieser Raum hier gehört zu einer jener Basen«, sagte Shar-Tel und vollführte eine umfassende Geste. »Nun, als Shar-Lon seine Freunde um sich versammelt hatte, befahl er die Konstruktion der sogenannten ›Welt der Friedenswächter‹. *Angeblich* sollte sie die erste von vielen anderen

Raumkolonien sein, ein ›Sprungbrett zu den Sternen‹, wie er sich ausdrückte. Manche Leute, die meinen Bruder bereits durchschaut hatten, ließen sich zumindest zu Anfang für dieses Projekt gewinnen, aus den verschiedensten Gründen. Doch kurz nach der Fertigstellung versteckte jemand eine Bombe an Bord eines Shuttles, um Shar-Lon, seine Anhänger und das ganze Habitat in die Luft zu sprengen. Es handelte sich um einen gewöhnlichen chemischen Sprengsatz, und offenbar können die ›Gaben‹ nur nukleares Vernichtungsmaterial erkennen.

Mein Bruder entdeckte die Bombe — und reagierte sofort. Er zerstörte die Raumfähren, und seitdem ist es allen verboten, die Oberfläche des Planeten zu verlassen. Seit zwanzig Jahren hat es niemand mehr *versucht*. Außerdem brachte er die Friedenswächter der Raumstationen in dieser künstlichen Welt unter. Das Habitat bietet Platz für fünf- bis zehntausend Personen, aber es leben nur knapp tausend hier, unter ihnen auch die zweite und dritte Generation, Nachkommen der ersten Männer und Frauen, die Shar-Lons Ruf folgten. Eine Zeitlang versuchte mein Bruder, weitere Friedenswächter zu holen, aber inzwischen gab es auf dem Planeten kaum jemanden mehr, der es wagte, für ihn Stellung zu beziehen. Als man ihm Saboteure schickte, gab er es auf und zog sich in die Isolation zurück.

Seit damals hassen uns die Planetenbewohner, wünschen sich wahrscheinlich nichts lieber, als uns allen die Kehle durchzuschneiden. Es finden wieder mehr konventionelle Kriege statt, und die allgemeine Entwicklung stagniert. Wenn nichts geschieht, stabilisiert sich ein unveränderlicher Status quo. Es wird niemandem erlaubt, den Planeten zu verlassen und ins All vorzustoßen.«

Shar-Tel sah Geordi und Data an. »Vielleicht verstehen Sie jetzt, warum ich manchmal selbst glaube, mein Bruder sei ›besessen‹. Wenn die Konstrukteure des Raumschiffs verhindern wollten, daß wir eine interplanetare oder gar interstellare Raumfahrt entwickeln, so ist Shar-Lon seit fünfzig Jahren ein außerordentlich nützliches Werkzeug für sie. Ich frage mich nur: Wenn es den Fremden wirklich darum ging, zu verhindern, daß wir andere Welten besiedeln — warum haben sie dann nicht einfach ihre verheerenden Waffen eingesetzt und unsere Zivilisation damit in die Steinzeit zurückgeworfen?«

»Und Sie und Ihre Gruppe?« fragte La Forge, als der alte Mann schwieg. »Wo kommen Sie ins Spiel? Ihr Bruder meinte, Sie hätten sich ihm aus freiem Willen angeschlossen.«

Shar-Tel seufzte. »Das stimmt sogar. Als das Habitat gebaut wurde. Obwohl ich damals nur hoffte, Shar-Lon zur Vernunft bringen zu können — oder zu verhüten, daß er sich noch weiter von der Wirklichkeit entfernt. Ich brauche wohl nicht zu betonen, daß meine Bemühungen erfolglos blieben. Was meine ›Gruppe‹ betrifft: Sie besteht aus einigen Dutzend Friedenswächtern der zweiten und dritten Generation. Mein vorsichtiges Einwirken sorgt dafür, daß mehr und mehr von ihnen zu zweifeln beginnen und begreifen, daß sich die allgemeine Lage immer mehr zuspitzt. Für sie sind die Entscheidungen, die mein Bruder vor fünfzig Jahren traf, fernste Vergangenheit. Sie denken in erster Linie an das Jetzt und Morgen. Nun, inzwischen sehnen sich alle — wir und unsere Freunde auf dem Planeten — nur noch nach Frieden. Nach *echtem* Frieden, der uns nicht von überlegener Technologie und einem Wahnsinnigen aufgezwungen wird. Wir meinen einen Frieden, der auf der Überwindung von Nationalismus und Militarismus basiert — eine kulturelle Evolution, die uns von unseren aggressiven Urinstinkten und unseren animalischem Territorialdenken befreit.«

»Ihre Schilderungen deuten darauf hin, daß es für viele Leute gute Gründe gibt, Ihrem Bruder nach dem Leben zu trachten«, brummte Geordi. »Aber was ist mit uns? Warum hat man versucht, *uns* umzubringen?«

»Wie ich vorhin schon erklärte: Hier leben weniger als tausend Personen, aber trotzdem gibt es unter ihnen mindestens ebenso viele verschiedene Ansichten und Standpunkte wie bei den Planetenbewohnern. Einige fürchten nichts mehr als die Rückkehr der ›Konstrukteure‹. Sie glauben, die rechtmäßigen Eigentümer des Magazins würden uns bestrafen, weil wir uns ihre Technik aneigneten. Es wäre durchaus möglich, daß der Attentäter, der Sie töten wollte, zu jenen Leuten gehörte. Vielleicht hielt er es für besser, erst zu schießen und dann Fragen zu stellen. Und dann Kel-Nar, der nur an einem interessiert ist – daran, Shar-Lons Nachfolger zu werden, von ihm den Umgang mit den ›Gaben‹ zu erlernen. Eigentlich kann ich mir nicht so recht vorstellen, warum er auf Ihren Tod aus sein sollte, aber möglich ist alles. Außerdem gibt es noch diejenigen, die mein Bruder als ›Irregeleitete‹ bezeichnet, was bedeutet: Sie machten den Fehler, meinen Bruder zu durchschauen und ihm zu verstehen zu geben, daß sie ihn für einen paranoiden Diktator halten, der seine Heimat nicht etwa errettete, sondern sie dem Untergang preisgibt. Vielleicht sah einer von ihnen die Gefahr, daß Sie Shar-Lon *noch mehr* Macht geben, als er bereits hat.«

»Warum werden dann keine Anschläge auf *ihn* verübt?« warf La Forge ein.

»Oh, es wurde mehr als nur einmal versucht, ihn umzubringen, aber normalerweise ist er sehr vorsichtig – weitaus vorsichtiger als heute. Ich war ziemlich überrascht, als ich erfuhr, daß mein Bruder sein persönliches Quartier verließ, um Sie herumzuführen, sich sogar bereit erklärte, Sie mit einem Shuttle zum Magazin zu fliegen. Normalerweise lebt er zurückgezogen, hält nur ab und zu Ansprachen über die Videoschirme. Ich nehme an, Ihr Eintreffen hat ihm einen ordentlichen Schock versetzt – erst recht, wenn Sie ihn davon überzeugt haben, daß Sie wirklich die Konstrukteure sind. Seit vierzig Jahren ist er ganz versessen darauf, die Baumeister des fremden Schiffes kennenzulernen, und gleichzeitig hat er schreckliche Angst vor einer solchen Begegnung. Ganz gleich, was er in der Öffentlichkeit behauptet: Tief in seinem Innern muß ihm klar sein, daß ihm bei seinen Entscheidungen nach der Zerstörung aller Atomraketen entsetzliche Fehler unterliefen. Wenn ich davon überzeugt wäre, daß es überhaupt keine Chance mehr gibt, ihn in die Realität zurückzuholen, hätte ich mich ihm damals gar nicht erst angeschlossen. Ein Teil von ihm fürchtet sich vor den Konstrukteuren, davor, daß sie feststellen, welche Schuld er auf sich lud.« Shar-Tel musterte die beiden Offiziere von der *Enterprise*. »Sie könnten einen entscheidenden Einfluß auf ihn ausüben ...«

»Da gibt es nur ein Problem«, entgegnete Geordi. »Wir haben ihn bereits für seine Leistungen gelobt.« Er dachte kurz nach. »Andererseits: Vielleicht sind unsere ›Vorgesetzten‹ anderer Meinung. Außerdem ließen wir keinen Zweifel daran, daß wir gekommen sind, um die Verwendung der Gaben zu überprüfen. Nun, in Hinsicht auf die Selbstzweifel Ihres Bruders haben Sie wahrscheinlich recht. Vielleicht ist das die Erklärung für den emotionalen Aufruhr, der seit unserer Ankunft in ihm herrscht.« La Forge berichtete von seinen Beobachtungen im infraroten Spektrum.

Shar-Tel nickte. »Offenbar steht er unmittelbar vor einem Zusammenbruch. Und wenn das stimmt, wird mein Anliegen noch dringender. Obgleich Sie vielleicht gar keine Hilfe anbieten können, da Sie nicht die Konstrukteure sind.«

»Was *erwarten* Sie von uns?« fragte Geordi und beobachtete, wie die Anspannung des alten Mannes zunahm.

Shar-Tels Züge verhärteten sich. »Es hat wohl keinen Sinn mehr, darum herumzureden«, sagte er, zögerte erneut und holte tief Luft. »Sind Sie in der Lage – und auch *bereit* –, das Magazin zu zerstören?«

KAPITEL 11

»Carpelli! Haben Sie Riker und Yar erfassen können?« Picards Stimme übertönte das kurze Aufheulen der Alarmsirenen. Die *Enterprise* erbebte noch immer im energetischen Orkan der Antimaterieexplosion.

Nach einigen Sekunden verblaßte das grelle Gleißen der überlasteten Deflektorschirme, und die Fluglage des großen Raumschiffs stabilisierte sich wieder. Der Captain bekam keine Antwort, hörte nur das Summen der Bordsysteme, das leise Surren der Servomechnismen, die weitaus schneller reagierten als jedes organische Wesen.

Es erfolgte keine Meldung aus dem Transporterraum. Statt dessen löste Deanna Troi die verkrampften Hände von den Armlehnen des Sessels und sagte: »Sie sind verschwunden.«

Picard drehte sich ruckartig zu ihr um. »Was soll das heißen, Counselor?«

»Sie sind fort«, wiederholte sie. »Ich habe gefühlt, wie sie sich auflösten, unmittelbar vor der Explosion.«

»Sind Riker und Yar ...?«

Troi schüttelte den Kopf. »Das glaube ich kaum, obwohl ich mir nicht ganz sicher bin. *Nach* der Explosion empfing ich ebenfalls etwas. Die emotionalen Emanationen der Besatzungsmitglieder lenkten mich ab, doch trotzdem gewann ich den Eindruck, als entstehe ein kurzer psychischer Kontakt zu Commander Riker.«

»Den *Eindruck*, Counselor? Sie müßten doch sofort feststellen können, ob ...«

»Ja, normalerweise ist das der Fall. Nun, ich zweifle kaum daran; aber andererseits ... Die mentalen Signale waren irgendwie verzerrt.« Deanna Troi zuckte hilflos mit den Schultern. »Ich kann es nicht besser beschreiben, Captain.«

Picard brummte kurz. »Wie dem auch sei: Sie fühlten also, daß Riker und Yar nach der Explosion noch lebten?«

»Ja.«

»Fähnrich Carpelli!« sagte der Captain scharf und wandte sich von Counselor Troi ab. »Melden Sie sich!«

»Bitte entschuldigen Sie, Sir«, ertönte Carpellis unsicher klingende Stimme aus dem Lautsprecher der internen Kommunikation. »Ich hatte einfach nicht genug Zeit, nach der Aktivierung des fremden Kurzstreckentransporters den Fokus unseres Transfersystems neu auszurichten. Die Interferenzen ...«

Picard unterbrach ihn. »Lieutenant Worf, welche Daten haben die Sensoren ermittelt? Was ist geschehen? Wurden Riker und Yar vor der Detonation fortgebeamt?«

»Erneute Analyse der Anzeigen, Sir«, erwiderte der Klingone und trat näher an die wissenschaftliche Station heran. »Es lassen sich keine sicheren Angaben machen. Fast eine halbe Sekunde vor der Explosion gingen die von den Lebensindikatoren gewonnenen Werte plötzlich auf Null zurück. Aber wenn die beiden Offiziere noch im Transit waren, als der Transporter des Wracks zerstört wurde ...«

»Ich weiß, Lieutenant. Vielleicht wurden sie abgestrahlt, aber nicht empfangen.« Picard versuchte vergeblich, ein Schaudern zu unterdrücken.

»Ja, Sir«, knurrte Worf. »Mit dieser Möglichkeit müssen wir rechnen.«

»Allerdings wäre es auch denkbar, daß sie rematerialisierten und sich nun an dem gleichen Ort befinden wie Lieutenant La Forge und Commander Data. Registrieren die Sensoren *irgend etwas*?«

»Nein, Sir. Nur destrukturierte Energie und vom vernichteten Wrack stammende Materialpartikel.«

»Na schön.« Picard wandte sich der taktischen Station zu. »Lieutenant Brindle, versuchen Sie, das Erkundungsteam über Subraumkommunikation zu erreichen.«

»Das habe ich bereits, Sir. Bisher keine Antwort.«

»Setzen Sie Ihre Bemühungen fort. Welche Reichweite ...«

»In dieser Hinsicht können wir nur Mutmaßungen anstellen, Sir. Die Emissionsirregularitäten im Subraum ...«

»Ich gebe mich mit einer Vermutung zufrieden«, sagte Picard.

»Mindestens hundert Parsec, Sir. Vielleicht sogar ein Vielfaches davon. Es hängt ganz von den lokalen Subraum-Konfigurationen ab.«

»Danke, Mr. Brindle«, murmelte der Captain, drehte sich um und sah in Richtung Navigationskonsole. »Fähnrich Gawelski, programmieren Sie einen Kurs, der uns in möglichst kurzer Zeit zu allen nicht weiter als fünf Parsec entfernten Sonnensystemen bringt. Wir beginnen mit einer neuerlichen Suche. Und wir brechen sie erst dann ab, wenn wir Riker und Yar finden oder einen Subraumkontakt zu ihnen herstellen.«

»Aye, Sir. Kurs wird berechnet.«

»Counselor Troi, wenn Sie in bezug auf Commander Riker oder Lieutenant Yar noch einmal etwas spüren, ganz gleich, wie vage Ihre Wahrnehmungen sind — bitte geben Sie mir sofort Bescheid. Verstanden?«

»Verstanden, Captain.«

»Kurs berechnet und eingegeben, Sir«, meldete Gawelski.

»Dann los. Maximaler Warp-Faktor!«

Und die Suche begann.

»Ich bin nicht Ihre ›Imzadi‹, Commander Riker!« In Tasha Yars Stimme, vom Helm des Strahlenschutzanzugs gedämpft, erklang eine Mischung aus Ärger und Verlegenheit.

Riker zwinkerte und preßte die Lippen zusammen, als er begriff, daß er nicht nur leise geflüstert, sonder laut gesprochen hatte. Es fiel ihm schwer, sich von der Verwirrung des Retransfers zu befreien.

Er verbannte die Reste von Übelkeit und Schwindel aus sich, aber es dauerte trotzdem einige Sekunden, bis er sein inneres Gleichgewicht wiederfand. Der Erste Offizier atmete mehrmals tief durch, konzentrierte sich auf die Umgebung und stellte fest, daß noch immer Schwerelosigkeit herrschte. Sie befanden sich in ... einem anderen Wrack? Der Raum, in dem sie rematerialisiert waren, enthielt nur eine überaus massiv wirkende Luftschleuse, eine Art Hibernationskapsel, die auf einem kleinen Podest ruhte, und einen unbequem anmutenden Stuhl, der fest im Boden verankert zu sein schien.

Yar nahm gerade den Helm ab und ließ ihren Blick durch die Kammer schweifen, das Phasergewehr in der einen Hand, den Tricorder in der anderen.

»Tut mir leid ...« begann Riker und löste den eigenen Helm. Yar unterbrach ihn mit einer knappen Geste, deutete auf ihr kleines Ortungsinstrument.

Ohne einen Ton von sich zu geben, zeigte sie auf die Hibernationseinheit. Riker sah auf seinen Tricorder: Hinter dem Podest lag ein Humanoide.

Er nickte kurz und hielt den Phaser schußbereit, als er sich zusammen mit Lieutenant Yar in Bewegung setzte. Sie wichen zur Seite, voneinander fort, so daß sie den Bereich hinter dem Tiefschlafgerät aus entgegengesetzten Richtungen beobachten konnten.

Aber sie hatten erst einen Meter zurückgelegt, als plötzlich ein alter Mann aufstand und hinter der Hibernationskapsel hervortrat. Seine Uniform leuchtete in einem grellen Gelb, und er hielt die Arme ausgestreckt, zeigt die leeren Hände.

Nach kurzem Zögern begann er nervös und aufgeregt zu sprechen. Die automatischen Übersetzungsmodule brauchten nur rund eine Minute, um einen genügend großen Wortschatz zu speichern.

»Wo sind die beiden Personen, die vor uns hier eintrafen?« fragte Yar scharf.

Als der alte Mann ihre Stimme vernahm, erzitterte er am ganzen Leib. »Ich weiß es nicht — das schwöre ich Ihnen!« entfuhr es ihm. »Auf ihr Verlangen hin wollte ich sie hierher zurückbringen, in Ihr Magazin, so daß sie Ihnen einen ersten Bericht erstatten konnten. Aber der Angriff hinderte mich daran.«

»Der Angriff?« wiederholte Yar alarmiert. Sie hob das Phasergewehr ein wenig. »Was ist ihnen zugestoßen?«

Der alte Mann duckte sich unwillkürlich. »Ich befürchte, sie wurden überwältigt und gerieten in Gefangenschaft, aber ...«

»Überwältigt? Von wem? Und warum?«

»Von meinen – und *Ihren* – Feinden.«

»Wir haben hier keine Feinde«, erwiderte Yar und richtete die Abstrahlöffnung ihrer Waffe auf den Fremden. »Besser gesagt: Wir hatten keine – bis unsere Freunde verschleppt wurden. Ich erwarte eine Erklärung!«

Der alte Mann erbebte erneut, stellte sich als Shar-Lon vor, aktivierte den Bildschirm und zeigte Riker und Yar sowohl den Planeten als auch das Habitat. Tasha unterbrach ihn, wenn er zu weitschweifigen Schilderungen ansetzte, forderte ihn mehrmals auf, sich kurz zu fassen. Innerhalb weniger Minuten gewannen sie und Riker einen groben Eindruck von der Situation, hüteten sich vor irgendwelchen Bemerkungen, die Datas und La Forges improvisierter Geschichte widersprachen. Yars aggressives und autoritäres Gebaren bestätigte nur die Angaben der beiden Verschwundenen, und das traf insbesondere auf die Erwähnung ›ungeduldiger Vorgesetzter‹ zu.

»Bevor mir die Pfeile das Bewußtsein raubten«, schloß Shar-Lon seinen Bericht ab, »fand ich noch Gelegenheit, mit einem geistigen Befehl jene Gabe zu aktivieren, die mich sofort in Ihr Magazin brachte. Ich kam nur einige Sekunden vor Ihrem Eintreffen wieder zu mir. Und ich bedaure es zutiefst, daß ich Ihre Gefährten zurücklassen mußte.«

»Lieutenant Yar«, sagte Riker, schaltete seinen Translator aus und bedeutete ihr, seinem Beispiel zu folgen.

»Wahrscheinlich können wir die Kommunikatorsignale anpeilen, wenn Data und Geordi irgendwo in der Nähe sind«, brummte Tasha.

»Versuchen Sie's«, erwiderte Riker, öffnete die am Schutzanzug befestigte Gerätetasche und entnahm ihr den Subraum-Kommunikator. »Während Sie damit beschäftigt sind, rufe ich die *Enterprise* – in der Hoffnung, daß man uns dort empfangen kann.«

»Aye, Sir«, bestätigte Yar knapp und nahm die notwendigen Justierungen des Tricorders vor. Unterdessen schaltete Riker das Com-Gerät ein, das bereits auf die richtigen Frequenzen eingestellt war.

»*Enterprise,* hier spricht Commander Riker.«

Keine Antwort.

»Probieren Sie es mit Ihrem Kommunikator«, sagte er, als nur statisches Knistern aus dem Lautsprecher drang.

Wortlos steckte Yar den Tricorder ein, holte ihren eigenen Subraum-Sender hervor und aktivierte ihn.

Aber sie hatte ebensowenig Glück wie Riker.

Als sie die Stirn runzelte und ihre Versuche wiederholte, einen Kontakt zur *Enterprise* herzustellen, begann Riker damit, die beiden Instrumente mit Hilfe seines Tricorders zu überprüfen.

Tasha musterte ihn besorgt. »Nun?«

Der Erste Offizier drehte das Analysegerät, damit Yar auf den kleinen Schirm sehen konnte. »Die Kommunikatoren funktionieren nicht mehr«, sagte er. »Ihre Subraum-Schaltkreise sind durchgebrannt. Und das bedeutet: Wir sind ebenso von der *Enterprise* abgeschnitten wie Data und La Forge.«

»Wir sollen das Magazin zerstören?« Geordi starrte Shar-Tel verdutzt an.

»Sie haben meinen Bruder erlebt«, erwiderte der alte Mann. »Und Sie wissen auch, was er mit der fremden Technologie angerichtet hat.« Shar-Lon bedachte La Forge mit einem flehentlichen Blick. »Helfen Sie uns, unsere Heimatwelt zu retten!«

Geordi schüttelte den Kopf. Sowohl seine Intuition als auch die Beobachtungen im infraroten Spektrum ließen den Schluß zu, daß es Shar-Tel ehrlich meinte. Aber entsprach *seine* Version der Wahrheit tatsächlich der Realität? Oder sah er die Wirklichkeit aus einer ebenso verzerrten Perspektive wie sein Bruder?

La Forge runzelte die Stirn. »Ich kann Sie verstehen. Aber warum liegt Ihnen etwas daran, das fremde Schiff zu vernichten? Sie können dort viele wichtige Informationen gewinnen, wenn es Ihnen gelingt, den Platz Ihres Bruders einzunehmen, die ›Gaben‹ zu kontrollieren und sie anschließend von Wissenschaftlern untersuchen zu lassen.«

Shar-Tel schürzte die Lippen. »Wenn es möglich wäre, die Kontrolle zu übernehmen, die mein Bruder über die technischen Systeme des Magazins ausübt, hätte sein Stellvertreter Kel-Nar längst gehandelt. Und damit alles nur noch schlimmer gemacht.«

»Ich nehme an, Sie sind kein Bewunderer von Kel-Nar.«

»Mein Bruder hat wenigstens ein Gewissen. Ich bin fast sicher, daß Kel-Nar hinter dem Anschlag auf mich steckte. Er wollte mich aus dem Weg räumen, als er befürchtete, ich gewänne zu großen Einfluß auf Shar-Lon. Er wußte, welches Shuttle ich benutzen würde, als ich mich schließlich dazu durchrang, die Einladung meines Bruders anzunehmen und ihn ins Magazin zu begleiten. Er versteckte eine Bombe an Bord. Allerdings versagte der Zünder, und ich fand den Sprengkörper. Schließlich begriff ich, wie erbarmungslos und verschlagen Kel-Nar ist – und daß ich nicht die geringste Chance hatte, Shar-Lon zur Vernunft zu bringen. Vermutlich hat Kel-Nar bereits mehrere Leute umgebracht, all diejenigen, die irgendeine Gefahr für ihn und seinen Ehrgeiz darstellten.«

»Und deshalb ließen Sie ihn in dem Glauben, sein Anschlag habe zum gewünschten Erfolg geführt?«

»Mein Bruder wäre wahrscheinlich nicht bereit gewesen, mir zu glauben, wenn ich ihm von den Machenschaften seines Stellvertreters erzählt hätte. Außerdem mußte ich damit rechnen, daß Kel-Nar nicht einfach aufgab und noch einmal versuchen würde, mich zu töten. Ihn davon zu überzeugen, ich sei dem ersten Attentat zum Opfer gefallen, schien mir die einzige Möglichkeit zu sein, mich vor ihm zu schützen. Darüber hinaus hatte ich damals schon genug Freunde, die meine Ansichten teilten und nicht zögerten, mir zu helfen, mich zu verstecken.«

»Fürchten Sie denn nicht, daß Shar-Lon alles von uns erfährt, wenn wir zurückkehren?« fragte La Forge.

Der alte Mann zuckte mit den Schultern. »Wenn Sie ihm davon erzählen wollen, kann ich Sie nicht daran hindern. Obwohl ich natürlich hoffe, daß Ihnen inzwischen klargeworden ist, was auf dem Spiel steht ...«

»Geordi«, warf Data plötzlich ein. »Jemand nähert sich.« Er beobachtete die Anzeigen des Tricorders. »Ein einzelner Humanoide. Und offenbar nimmt er den gleichen Weg wie wir, hangelt sich am Kabel entlang.«

»Erwarten Sie jemanden, Shar-Tel?« erkundigte sich La Forge.

»Nein, niemanden«, erwiderte der alte Mann, und Besorgnis stahl sich in seine Züge. »Hat mein Bruder Ihnen irgend etwas gegeben? Einen Gegenstand, mit dem er Sie lokalisieren könnte?«

»Nicht daß ich wüßte«, erwiderte Geordi.

Data veränderte rasch die Justierungen des Tricorders, richtete das Instrument erst auf sich selbst, dann auf seinen Gefährten.

Er kniff die goldenen Augen ein wenig zusammen, beugte sich vor und löste ein dünnes, kaum einen halben Zentimeter durchmessendes Plättchen von Geordis Uniformrükken. »Dieses Objekt sendet extrem schwache, modulierte elektromagnetische Impulse«, sagte er. »Die Modulationsstruktur deutet darauf hin, daß unser Gespräch übertragen wird und ...«

Shar-Tel fluchte dumpf, riß Data das Plättchen aus der Hand, legte es auf den Boden und hielt sich in der Schwerelosigkeit an einer Wandstange fest. Der winzige Sender splitterte unter seinem Stiefel.

Und während Geordi noch das Knirschen hörte, erinnerte er sich plötzlich. Vor seinem inneren Auge sah er, wie sie in Begleitung der drei Männer die Luftschleuse im Magazin betraten: Bevor einer von ihnen in der Finsternis Anstalten machte, seine Projektilschleuder zu ziehen, schob sich jemand an La Forge vorbei und stieß ihn an. Er hatte geglaubt, es sei nur das Resultat eines kurzen Taumelns in der desorientierenden Dunkelheit, aber jetzt begriff er, daß er dadurch nur von der elektronischen Wanze abgelenkt werden sollte.

»Das Außenschott ...« begann La Forge — und hörte, wie Pumpen brummten, die Luft aus der Schleuse saugten.

Trotz seines Alters reagierte Shar-Tel noch schneller als Geordi und Data: Er stieß sich von der Wand ab, segelte durch die Kammer, erreichte das Innenschott und versuchte, die Schleuse zu blockieren. Aber er hatte keinen Erfolg damit: Sobald die Öffnungssequenz einmal eingeleitet war, ließ sie sich nicht mehr unterbrechen. Noch zwanzig oder dreißig Sekunden — dann bekamen Shar-Tel und seine beiden Begleiter Besuch.

»Wer ist es?« fragte La Forge.

Der alte Mann gestikulierte vage. »Bestimmt jemand, der für Kel-Nar arbeitet. Oder der Stellvertreter meines Bruders höchstpersönlich. Vermutlich will er nun das nachholen, was ihm mit dem damaligen Anschlag nicht gelang.«

Geordi und Data zogen ihre Phaser, wichen zurück und verankerten die magnetischen Stiefel auf dem Metallboden. Der Androide hob seinen Tricorder und beobachtete das kleine Display.

Es blieb alles still. Es strömte keine Luft in die Schleusenkammer zurück.

»Der Fremde befestigt ein elektronisches Gerät am Innenschott«, sagte Data und sah von seinem Analyseinstrument auf. »Es scheint sich um eine Art Timer zu handeln.«

Eine kurze Pause, und dann: »Der Humanoide entfernt sich wieder.«

Doch das Außenschott schloß sich nicht. Das dumpfe Pochen, mit dem die Luke zuschwang, blieb aus. Shar-Tel versuchte vergeblich, die Schleuse unter Druck zu setzen. Er betätigte mehrere Tasten, aber die Kontrollen gehorchten ihm nicht. Das äußere Schott war nach wie vor offen.

»Ein Sprengkörper!« platzte es aus dem alten Mann heraus. »Der Timer dient als Zündvorrichtung. Kel-Nar will uns alle ins Jenseits schicken!«

»Durchgebrannt?« Tasha Yar runzelte die Stirn und starrte auf die Subraum-Kommunikatoren. »An Bord der *Enterprise* waren die Geräte völlig in Ordnung. Ich habe sie selbst überprüft, Sir.«

»Daran zweifle ich nicht, Lieutenant«, erwiderte Riker. »Aber jetzt funktionieren sie nicht mehr. Vermutlich führte unser Transit zu einer energetischen Überlastung. Chefingenieur Argyle wies uns ja darauf hin, daß die fremden Transportersysteme mit an Sicherheit grenzender Wahrscheinlichkeit durch den Subraum transferieren.«

Und leider hat er damit recht behalten, dachte Yar betroffen. Die lichtjahreweite Entfernung zur *Enterprise* genügte bereits als Beweis. Die in einem entsprechenden Transportfokus freiwerdenden Energien mußten naturgemäß weit über die Toleranzgrenze von Subraum-Kommunikatoren hinausgehen. Ihre Präsenz ließ sich mit einem plötzlichen Blitz vergleichen, der gewöhnliche elektrische Geräte innerhalb eines Sekundenbruchteils zerstörte.

Und daraus folgte: Sie besaßen keine Möglichkeit, sich mit Picard in Verbindung zu setzen.

Tasha schüttelte den Kopf. Ihre erste Reaktion bestand darin zu glauben, daß so etwas einfach nicht möglich sein konnte, aber unmittelbar darauf begriff sie das Absurde einer solchen Einstellung. Ganz gleich, wie sehr sie sich auch wünschte, die Föderation und ihre Offiziere seien unfehlbar: Tief in ihrem Innern wußte sie, wie naiv eine derartige Annahme war. Weder eine Organisation noch die ihr angehörenden Personen konnten auf *alles* vorbereitet sein. Fehler ließen sich einfach nicht vermeiden, und auch wenn ein sorgfältig ausgearbeiteter Plan Dutzende von verschiedenen Möglichkeiten vorsah: Es gab immer eine — wenn auch geringe — Chance, daß etwas völlig Unerwartetes geschah, daß sich ein Situationsmuster bildete, das allen bisher gesammelten Erfahrungen widersprach. So wie jetzt.

Tasha Yar verdrängte diese Überlegungen und konzentrierte sich wieder auf ihren Tricorder. Innerhalb weniger Sekunden empfing sie die Signale, die von normalen Föderations-Kommunikatoren automatisch abgestrahlt wurden. Rasch justierte sie die Kontrollen und stellte fest, daß sich Commander Data und Lieutenant La Forge — beziehungsweise die Personen, die nun ihre Geräte trugen — in der Gesellschaft eines dritten Humanoiden befanden. Unmittelbar im Anschluß daran ortete sie Hunderte von ähnlichen Lebensformen, verteilt in einem großen Zylinder — offenbar in dem Habitat, daß ihnen Shar-Lon auf dem Bildschirm gezeigt hatte.

»Ich habe sie gefunden, Commander«, sagte Yar und deutete auf die Anzeigen ihres Tricorders.

»Ausgezeichnet, Lieutenant.« Riker schaltete sein Übersetzungsmodul ein und warf einen kurzen Blick auf Tashas Instrument.

»Shar-Lon«, sagte er und wandte sich dem alten Mann zu, der sich seit der Desaktivierung der Translatoren nicht mehr von der Stelle gerührt hatte. Er zuckte zusammen, als er seinen Namen hörte, sah wie ein reuiger Sünder zu Riker auf.

»Zeigen Sie uns noch einmal das Habitat, die Welt der Friedenswächter«, sagte der Erste Offizier und nickte in Richtung Bildschirm.

Shar-Lon erzitterte kurz und setzte hastig den helmartigen Mechanismus auf. Kurz darauf erhellte sich der Schirm und zeigte erneut den großen Zylinder im All.

»Dort«, sagte Yar und streckte die Hand aus. Ihr Zeigefinger richtete sich auf das Solarkraftwerk in der Mitte des einen Kilometer durchmessenden Spiegels. »Können Sie den Bereich vergrößern?«

Shar-Lon kam ihrer Aufforderung wortlos nach. Das Kraftwerk und ein Durcheinander aus Streben, Holmen, halb demontierten Satelliten und einigen kleinen Raumstationen füllten das ganze Projektionsfeld aus.

»Sie befinden sich irgendwo dort drin, Commander, zusammen mit einem anderen Humanoiden, vermutlich einem der Entführer. Sowohl Entfernung als auch die Biosignale der vielen anderen Lebensformen im Habitat verhindern eine genaue Lokalisierung.«

»Was hat es mit jenem Bereich auf sich, Shar-Lon?« fragte Riker. »Wissen Sie, aus welchem Grund die Entführer unsere Leute ausgerechnet dorthin gebracht haben?«

Der alte Mann schüttelte heftig den Kopf. »Ich verstehe überhaupt nichts mehr!«

Yar zeigte noch einmal auf den Bildschirm und die silbrig glänzende Kontrollhaube. »Kann uns dieser Apparat das Innere des Habitats und der angrenzenden Strukturen zeigen?«

»Nein, das ist unmöglich, wie Sie sicher ...«

Shar-Lon brach ab, als plötzlich grelles Licht aus dem Projektionsfeld strahlte. Die tödlichen Energien eines detonierten Sprengkörpers entfalteten sich, völlig lautlos in der Leere des Alls.

In Tasha Yars Magengrube krampfte sich etwas zusammen, und eine Mischung aus ungläubigem Entsetzen füllte ihren mentalen Kosmos. Sie fürchtete nicht um ihre eigene Sicherheit, sondern das Leben der beiden verschwundenen Offiziere.

KAPITEL 12

»Haben Sie hier irgendwo einen Raumanzug?« fragte Geordi abrupt, als er seinen Phaser auf Maximalenergie und höchste Bündelung justierte.

Shar-Tel schüttelte den Kopf. »Der einzige hängt in der Schleuse. Vorausgesetzt, der Bombenleger hat ihn zurückgelassen.«

»Verdammt! Die Individualschilde schützen *uns,* wenn wir uns durch das Innenschott schweißen, aber Sie ...«

»Sie können sich einen Zugang in die Schleuse verschaffen? Obwohl das Schott aus massivem Stahl besteht?«

»Ich denke schon«, erwiderte La Forge. »Doch das Vakuum ...«

»Bringen Sie sich in Sicherheit«, sagte Shar-Tel, ohne zu zögern. »Es hat keinen Sinn, daß Sie sich opfern, nur weil ich sterben muß.«

Geordi musterte den alten Mann, und in seinem Hals entstand plötzlich ein Kloß. Erneut erinnerte ihn Shar-Tel an Captain Picard, und die Vorstellung, ihn einfach dem sicheren Tod auszuliefern ...

»Ich glaube, ich habe eine Lösung für unser Problem gefunden«, sagte Data. Er hakte den kleinen Schildgenerator vom Gürtel und reichte ihn Shar-Tel. »Ich kann im Vakuum meine Funktionstüchtigkeit bewahren und weitaus länger überleben als ein Mensch. Bestimmt bin ich in der Lage, die Luftschleuse des Habitats zu erreichen.«

Der alte Mann richtete einen fragenden Blick auf Geordi. »Stimmt das?«

La Forge nickte, verärgert darüber, nicht selbst daran gedacht zu haben.

»Ja. Nehmen Sie das Gerät.«

Dann schaltete er seinen Individualschild ein und wandte sich dem Schott zu. Mit Hilfe des Tricorders fand er den Sprengkörper, ungefähr im Zentrum der stählernen Pforte. Unterdessen machte Data Shar-Tel mit dem Umgang des Generators vertraut.

»Aber Sie ...« begann der alte Mann erneut.

»Seien Sie unbesorgt«, kam ihm Data zuvor. »Durch einen zeitlich begrenzten Aufenthalt im Weltraum brauche ich keine schwerwiegenden Funktionsbeeinträchtigungen zu befürchten. Mein Körper ist nicht völlig organischer Natur. Das bedeutet, ich bin weitaus widerstandsfähiger als Sie und Geordi.«

»Wie dem auch sei«, brummte La Forge. »Wenn wir in der Schleuse den Raumanzug finden, ziehen Sie ihn an. Gehen Sie keine unnötigen Risiken ein.«

»Ein Rat, den ich gern beherzige, Geordi«, sagte Data, trat zurück und betrachtete den matten Glanz des Kraftfelds, das Shar-Tel einhüllte.

»Diese Vorrichtung schützt mich ebenso wie ein Raumanzug?« fragte der alte Mann skeptisch. Die stabilisierten Energieschlieren dämpften seine Stimme ein wenig.

»Vermutlich noch besser, wenigstens für kurze Zeit«, bestätigte Data und wandte sich zu Geordi um. La Forge konzentrierte sich auf seine Visor-Sensoren, lokalisierte damit die Sperrbolzen, die das Schott verriegelten, wies den Androiden darauf hin und hob den Phaser. Die Mündungen der Waffen waren kaum dreißig Zentimeter vom Metall entfernt, als die beiden Männer die Auslöser betätigten.

Fast eine ganze Minute lang zischte und knisterte es, als sich die Phaserstrahlen in den Stahl fraßen. Kurz darauf gesellte sich ein lautes Fauchen hinzu: Erste Löcher entstanden im Schott, und die Luft entwich ins All.

Geordi und Data setzten ihre Bemühungen fort. Als die Bolzen nachgaben, ließ sich der atmosphärische Druck im Zimmer kaum mehr messen.

Das Gesicht des Androiden wirkte ein wenig aufgebläht, aber ansonsten schien das Vakuum keine Auswirkungen auf ihn zu haben. Er griff nach dem Rand der Luke, schwang sie in gespenstischer Lautlosigkeit auf.

Geordi berührte ihn an der Schulter und deutete auf den

Raumanzug am Haltegerüst. Als Data in die Schleuse schwebte, richtete La Forge seine Aufmerksamkeit auf den Timer und die Sprengladung. Er ignorierte die für ihn unverständlichen blaugrünen Symbolfolgen, die über ein winziges Anzeigefeld wanderten, suchte statt dessen nach den Drähten, die den Zündimpuls geben sollten. Doch bevor er sie aus der flachen, kuchenartigen Masse der Bombe lösen konnte, hielt ihn Shar-Tel am Arm fest.

»Was ist denn?« fragte La Forge verwirrt. Die Verbindung der beiden Individualschilde übertrug seine Stimme.

Der alte Mann deutete auf die Zeichenkolonnen. »Uns bleiben noch fast zehn Minuten. Zeit genug, um die Luftschleuse des Habitats zu erreichen und ...«

»Sie möchten das Ding hochgehen lassen?«

»Es wäre sicherer, wenn der Attentäter glaubt, daß er uns erledigt hat.«

Geordi sah in das Zimmer auf der anderen Seite des Innenschotts. »Und Ihre Ausrüstung? Die Detonation wird all das zerstören, was Sie hier zurücklassen.«

»Spielt keine Rolle. Dies hier ist keine Unterkunft, nur ein Treffpunkt.«

»Und wo ...« begann La Forge.

»Ich bringe Sie dorthin. *Wenn* es uns nicht vorher an den Kragen geht, weil wir zuviel Zeit mit sinnlosen Diskussionen verloren haben.«

Shar-Tel zog die Hand zurück, unterbrach damit den Kontakt und schob sich an Geordi vorbei zu Data, der sich inzwischen den Raumanzug übergestreift hatte. La Forge bedachte die Anzeigen des Timers noch mit einem letzten besorgten Blick, bevor er sich umdrehte und seinen beiden Begleitern folgte.

Auf dem Rückweg zog er sich wesentlich schneller am Kabel entlang als vorher, und als sie die Schleuse des Habitats erreichten, blieben ihnen noch einige Minuten. Data legte rasch den Schutzanzug ab, hängte ihn neben die anderen an die Wand. Das infrarote Spektrum zeigte Geordi, daß einer von ihnen erst kürzlich benutzt worden war, aber es gab keine Möglichkeit, die Identität des Betreffenden festzustellen. Sie drangen in die Nabe vor, und dort nahm Data seinen Tricorder zur Hand.

»Eine humanoide Lebensform weit vor uns, im Bereich der Endkuppel«, sagte er.

»Der Attentäter«, brummte Geordi. »Wahrscheinlich sucht er die Gesellschaft anderer Leute, um gesehen zu werden, wenn die Bombe explodiert. Ein perfektes Alibi. Gehen wir.«

Sie kletterten durch das Gewirr aus Röhren, Kabelsträngen und Turbinen des Solarkraftwerks, und plötzlich erzitterten Boden und Wände. Niemand von ihnen gab einen Ton von sich, als sie in Richtung Schleuse zurücksahen.

Datas und Geordis Kommunikatoren zirpten. »Commander Data, Lieutenant La Forge«, klang Rikers Bariton aus den kleinen Lautsprechern. »Antworten Sie!«

»Ich *wußte*, daß uns der Captain nicht einfach im Stich läßt!« entfuhr es Geordi. Er berührte das Brustabzeichen seiner Uniform. »Hier spricht Lieutenant La Forge, Sir. Wir ...«

»Ist alles in Ordnung mit Ihnen, Geordi? Data? Wir haben die Explosion gesehen.«

»Wo sind Sie?« warf Lieutenant Yar ein.

»Data und ich befinden uns jetzt wieder im Habitat, im Kraftwerk, um ganz genau zu sein«, erwiderte La Forge. »Und jetzt, da *Sie* hier sind, geht es uns prächtig. Nun, bevor Sie uns an Bord beamen ...«

»Tut mir leid, Lieutenant«, unterbrach ihn Riker. »Ich fürchte, ich muß Sie enttäuschen. Die *Enterprise* ist nicht hier; Sie müssen sich mit Lieutenant Yar und mir begnügen.«

»Aber wie ...« Geordi holte tief Luft und nickte langsam. Die Erleichterung wich neuerlicher Sorge. »Ich verstehe. Die Transporter des Wracks haben auch Sie transferiert.«

»In der Tat«, bestätigte Riker. Er schilderte die Theorie des Chefingenieurs, wiederholte das, was Yar und er kurz vor der Entmaterialisierung gehört hatten. »Wir sind zwar nicht ganz sicher«, schloß er seinen kurzen Bericht, »aber es deutet vieles darauf hin, daß das fremde Schiff im interstellaren Raum zerstört wurde.«

Geordi gewann den Eindruck, als senke sich ein schweres Gewicht auf ihn herab. »Anders ausgedrückt: Uns bliebe selbst dann die Rückkehr verwehrt, wenn es gelänge, die Transporter von Empfang auf Senden umzuschalten.«

»Das stimmt wahrscheinlich. Aber ein Versuch kann nicht schaden. Vielleicht sind wir mit Shar-Lons Hilfe in der Lage ...«

»Sie haben ihn kennengelernt? Er war bei uns, als ...«

»Als Sie angegriffen wurden«, sagte Riker. »Er hat uns davon erzählt. Er war bereits hier, als wir im sogenannten ›Magazin‹ rematerialisierten, und er ist noch immer bei uns.« Er zögerte kurz und fügte hinzu: »Aber sagen Sie: *Wer* hat Sie angegriffen? Die gleichen Leute, die anschließend die Bombe legten?«

»Nein, für den Sprengstoffanschlag trägt jemand anders die Verantwortung. Zwar fehlen Beweise, doch ...« Geordi brach ab und räusperte sich. »Vielleicht sollten Sie besser Ihre Übersetzungsmodule ausschalten«, sagte er und vergewisserte sich, daß sein Kommunikator keine von Shar-Tel stammenden Bemerkungen übertrug. Data begriff sofort, worum es La Forge ging, und folgte seinem Beispiel.

»Wir haben unsere Translatoren sofort desaktiviert, als wir Kontakt mit Ihnen aufnahmen«, erwiderte Riker. »Shar-Lons Ausführungen lassen den Schluß zu, daß Sie sich ihm gegenüber als ›Konstrukteure‹ ausgegeben haben. Es erschien uns angebracht, dem nicht zu widersprechen — bis sich eine Gelegenheit ergibt, uns abzustimmen und auf eine gemeinsame Geschichte zu einigen. Nun, Sie wollten mir gerade sagen, wer Sie angegriffen hat. Und warum.«

»Es handelt sich nicht in dem Sinn um einen Angriff, eher um eine Art Entführungsversuch. Shar-Lons Bruder

Shar-Tel, den er seit Jahren für tot hält, wollte mit uns sprechen. Shar-Lon hat keine Ahnung, daß ...«

»Es wird Zeit, daß er Bescheid weiß«, warf Shar-Tel ein. »Die Ereignisse überstürzen sich, und angesichts Ihrer Ankunft halte ich es für angebracht, mit ihm zu reden. Früher war er nicht bereit, mir zuzuhören, und nach meinem angeblichen Tod ignorierte er auch die Hinweise meiner Freunde. Aber *Ihnen* gegenüber kann er sich nicht taub stellen. Immerhin hält er Sie nach wie vor für die zurückgekehrten Baumeister des Magazins.«

»Vielleicht hat er recht, Commander«, sagte Geordi, nachdem er Shar-Tels Worte übersetzt hatte. »Doch bevor wir Shar-Lons Bruder seinen großen Auftritt ermöglichen, sollten Data und ich einige Dinge erklären ...«

»Offenbar sind Sie mit der hiesigen Situation besser bekannt als Lieutenant Yar und ich. Wir vertrauen Ihrem Urteil.«

Data korrigierte nur einige wenige Details, als La Forge das wiederholte, was sie von Shar-Tel in Erfahrung gebracht hatten. »Um ihren Traum von einer Weltregierung zu erfüllen, hält es seine Gruppe für erforderlich, das Magazin zu zerstören«, schloß Geordi. »Und dazu brauchen Shar-Tel und seine Freunde unsere Hilfe.«

Riker schnitt eine Grimasse. »Ich kann durchaus verstehen, was sie zu einer solchen Einstellung bewegt. Und wenn es wirklich keine andere Lösung gibt ... Die Erste Direktive gewährt uns einen gewissen Interpretationsspielraum, und es wäre möglich, ihn hier zu nutzen. Die von Starfleet und der Föderation erlassenen Bestimmungen sollen sicherstellen, daß sich neu entdeckte Zivilisationen ohne Einmischung oder gar Ausbeutung durch Kulturen mit höherem technischen Niveau entwickeln können. Die Freiheit dieses Volkes wird seit fünfzig Jahren drastisch beschränkt, und hinzu kommt, daß Shar-Lon vielleicht von jemandem oder *etwas* beeinflußt wurde, als er damals das fremde Raumschiff im Orbit betrat. Bei solchen Überlegungen setze ich als gegeben voraus, daß Shar-Tels Version der damaligen Ereignisse der Wahrheit entspricht. Andererseits: *Unsere* technologischen Standards gehen ebenfalls weit über die der hiesigen Spezies hinaus, und deshalb trifft die Erste Direktive auch auf eine eventuelle Einflußnahme unsererseits zu. Vielleicht besteht unsere Verantwortung in erster Linie darin, die Konsequenzen der Föderations-Präsenz in diesem Sonnensystem zu neutralisieren.«

»Ich fürchte, derartige Diskussionen erübrigen sich«, sagte Data. »Ohne die Hilfe der *Enterprise* sind wir vermutlich gar nicht imstande, das fremde Schiff zu zerstören. Wer im Magazin oder in seiner unmittelbaren Nähe Phaser einsetzt, wird sofort von einem Verteidigungsmechanismus betäubt. Geordi und ich haben bereits eine entsprechende Erfahrung gemacht, und daher kann ich Ihnen versichern, daß die betreffenden Automatiken ausgezeichnet funktionieren.«

»Und wenn es Shar-Tel und seiner Gruppe gelänge, etwas gegen das Magazin zu unternehmen, bestünde die Gefahr, daß der Antimateriekern destabilisiert wird und explodiert«, gab Geordi zu bedenken. »Daraus erwüchse eine erhebliche Gefahr für das Habitat und seine Bewohner. Die Entfernung zum fremden Schiff ist viel zu gering.«

»Nun, unser Hauptziel besteht darin, einen Rückweg zur *Enterprise* zu finden«, sagte Riker. »Und wenn die Lage nicht noch weitaus komplizierter ist, als es bisher den Anschein hat ... Ich nehme an, wir finden nur dann eine Lösung, wenn wir zusammenarbeiten und das Magazin untersuchen.«

»Es gibt da einige Dinge, die besondere Vorsicht erfordern, Sir«, brummte Geordi. »Erstens: Shar-Lon kontrolliert die Bordsysteme des fremden Schiffes seit inzwischen fünfzig Jahren. Er hatte also genug Zeit, sich ein Bild vom Potential des Magazins zu machen und herauszufinden, wie es eingesetzt werden kann. Damit ist er uns gegenüber erheblich im Vorteil.«

»Er hält uns für die Konstrukteure«, warf Yar ein. »Bestimmt wird er mißtrauisch, wenn wir zu viele Fragen stellen.«

»Genau«, bestätigte La Forge. »Wir wissen nur, daß der silberne Helm irgendeine Rolle spielt.«

»Wir haben gesehen, wie Shar-Lon Gebrauch davon machte«, erwiderte Yar. »Wenn *er* dazu imstande ist ...«

»Vielleicht gibt es in diesem Zusammenhang einige Tricks, von denen wir nichts ahnen«, warnte Geordi und erinnerte sich daran, was Data unter der Haube erlebt hatte. »Wir gingen ein weitaus geringeres Risiko ein, wenn wir Shar-Lon irgendwie dazu bringen könnten, uns die Handhabung des Steuerungsgerätes zu erklären. Aber wir dürfen keine direkten Fragen stellen, um zu vermeiden, daß er Verdacht schöpft. Wenn er aus unserem Verhalten schließt, daß wir *nicht* die Konstrukteure sind ... Ich weiß nicht, wie er darauf reagieren würde. Sein Bruder hält ihn für labil, und aufgrund meiner eigenen Beobachtungen pflichte ich ihm bei. Er versucht, sich nichts anmerken zu lassen, aber ich habe seine innere Unruhe und Nervosität gespürt, als er in unserer Nähe weilte. Außerdem: Selbst wenn er den Helm nicht trägt, übt er wenigstens eine gewisse Kontrolle über das Magazin aus. Andernfalls hätte er sich beim Angriff mit den Betäubungspfeilen nicht einfach fortbeamen können.«

»Mit anderen Worten: Sie schlagen vor, ihn mit Samthandschuhen anzufassen«, sagte Riker.

»Ja, das halte ich für angeraten, Sir.«

Der Erste Offizier schwieg einige Sekunden lang. »Nun gut, Lieutenant. Haben Sie die Möglichkeit, hierher ins Magazin zu kommen?«

Geordi zögerte, blickte durch die Röhre im Rotationszentrum des Habitats. Während des Gesprächs hatten sie den Weg fortgesetzt, und das Solarkraftwerk lag nun schon ein ganzes Stück hinter ihnen. »Shar-Tel, können Sie ein Shuttle fliegen und uns zum Magazin bringen?«

»Wenn wir eine startbereite Raumfähre finden ...«

»Also los«, sagte La Forge. Und an Riker gerichtet: »Wir sind unterwegs, Sir.«

Sie überwanden einige letzte Hindernisse, und anschließend erstreckte sich die rund drei Meter durchmessende

Röhre leer vor ihnen: ein dünner Zylinder, in dem Schwerelosigkeit herrschte und der in regelmäßigen Abständen Handgriffe aufwies. Shar-Tel winkte, stieß sich an den Haltepunkten ab und flog an den stählernen Wänden vorbei.

»So kommen wir wesentlich schneller voran«, sagte der alte Mann. Geordi nickte, zog sich an den Griffen entlang. Data schwebte in einer geraden Linie, streckte nur dann die Hände nach den Sprossen aus, wenn sich seine Geschwindigkeit infolge des Reibungswiderstands der Luft verringerte. »Ich fürchte, uns bleibt nicht mehr viel Zeit«, fuhr Shar-Tel fort. »Wahrscheinlich wächst inzwischen die Unruhe meines Bruders, da er während der vergangenen Minuten nicht verstehen konnte, worüber Sie sprachen.«

Eine Zeitlang flogen sie weiter, und Geordi gewöhnte sich allmählich an die Bewegungsmuster, wurde geschickter und flinker.

Auf halbem Wege zum sonnenwärtigen Ende der Nabe erreichten sie eine der breiten transparenten Sektionen, durch die man nach ›unten‹ sehen und das Innere des Habitats beobachten konnte. Die anderen durchsichtigen Flächen, die sie bereits passiert hatten, maßen nur rund einen Meter, aber dieses Segment war fast zehnmal so lang, und der Anblick, der sich ihnen darbot ...

»Data! Shar-Tel!«

La Forge drehte sich und faßte nach einem der Haltegriffe in der Mitte der transparenten Wandung.

»Was ist denn, Geordi« rief der Androide und schwebte dicht neben dem Ende des langen Fensters. Shar-Tel hielt sich ebenfalls fest und sah besorgt zurück.

»Irgend etwas geschieht dort unten«, sagte La Forge und konzentrierte seine Aufmerksamkeit auf die Täler des Habitats.

Rund zwanzig Männer – ihre blauen Uniformen deuteten darauf hin, daß sie zu Shar-Lons ›Mitarbeiterstab‹ gehörten – traten durch eine große, gelbe Tür in der Endkuppel. Einige Habitatbewohner in der Nähe – zwei Frauen, die auf einem gartengroßen Acker arbeiteten, etwa hundert Meter von der Endkuppel entfernt; mehrere Jugendliche, die mit einem Ball spielten; ein älterer Mann, der aus einem großen, schlichten Gebäude kam, das offenbar als Produktionskomplex diente — verharrten und sahen den Neuankömmlingen überrascht entgegen. Geordi runzelte die Stirn und setzte den Teleskopblick seines Visors ein. Der Talboden zuckte ihm entgegen, und kurz darauf stellte er fest, daß die Uniformierten Projektilschleudern trugen, zwar primitive, aber tödlich wirkende Waffen.

Shar-Lons Stellvertreter Kel-Nar stand neben einer der Endkuppelpforten und beobachtete die von ihm geleitete Gruppe, das Gesicht eine Maske grimmiger Entschlossenheit. Gelegentlich neigte er den Kopf und starrte zu den beiden anderen Tälern. Geordi erkannte ihn sofort wieder, obgleich er ihn nur einmal gesehen hatte — als Kel-Nar die Ältesten aus der Konferenzkammer führte.

»Shar-Tel«, rief La Forge, »allem Anschein nach findet dort unten gerade eine Razzia oder etwas in der Art statt. Kel-Nar führt eine ganze Streitmacht in den Einsatz, und das dürfte alle Zweifel beseitigen, daß er hinter dem Bombenanschlag steckt.«

Shar-Tel schnitt eine Grimasse und schwebte zur transparenten Fläche zurück. Als er nach unten blickte, erblaßte er plötzlich, und im infraroten Spektrum waren seine Reaktionen noch ausgeprägter.

»In der Tat«, bestätigte er Geordis Worte und schauderte unwillkürlich, als er sich vom Fenster abwandte und wieder der Endkuppel zuwandte. »Es bedeutet auch, daß Kel-Nar weitaus schneller gehandelt hat, als ich befürchtete. Er weiß jetzt, daß ich noch lebe — bis vor kurzer Zeit *lebte* —, daß ich nicht nur das Magazin zerstören möchte, sondern auch viele Freunde habe, die mich unterstützen. Vermutlich sucht er jetzt nach meinem Unterschlupf und den Leuten, die mir während der vergangenen zehn Jahre halfen. Der Himmel mag wissen, was er mit ihnen anstellt, wenn er sie aufspürt.«

»Er würde ihnen doch nichts antun, oder?« fragte Data

unschuldig, stieß sich an einem Haltegriff ab und flog dicht hinter Shar-Tel durch die Röhre. Geordi schloß sich ihm an.

Der alte Mann drehte kurz den Kopf. »Kel-Nar hat keine Skrupel. Er ist praktisch zu allem fähig.«

»Aber Ihr Bruder ...« warf La Forge ein. »*Er* wäre doch in der Lage, ihm Einhalt zu gebieten, nicht wahr? Ich könnte mich mit ihm in Verbindung setzen, noch während wir zum Magazin unterwegs sind. Und wenn er erfährt, was sein Stellvertreter ...«

Shar-Tel verzog erneut das Gesicht. »Dann müßten Sie Shar-Lon von mir erzählen, von der wachsenden Opposition gegen die Art und Weise, wie er die technischen Mittel des fremden Raumschiffs verwendet. Selbst wenn ich ihm bei einem solchen Bericht direkt gegenüberstünde ...« Er schüttelte den Kopf. »In seinem derzeitigen Zustand kann niemand voraussagen, wie er auf so etwas reagieren würde. Vielleicht weigert er sich schlicht, uns zu glauben. Mit der ihm zur Verfügung stehenden Macht des Magazins könnte er noch gefährlicher werden als Kel-Nar.«

Geordi widersprach nicht, stieß sich an einer weiteren Sprosse ab. Zu gut erinnerte er sich an den ständigen emotionalen Aufruhr in Shar-Lon, an seine innere Destabilität, während er ihm und Data Gesellschaft geleistet hatte.

Kurze Zeit später gelangten sie an das sonnenwärtige Ende der Nabe, schoben sich durch die Tür des Shuttle-Hangars. Da es dort keine Haltegriffe gab, mußten sie sich wieder auf ihre magnetischen Stiefel verlassen und gehen. Shar-Tel sah sich um und betrachtete die einzelnen Raumfähren.

»Wir nehmen die dort«, sagte er und deutete auf eine, die neben dem Shuttle stand, das Shar-Lon zuvor benutzt hatte. Im Gegensatz zu den meisten anderen verfügte diese Fähre über einen Mechanismus, der Andockmanöver erlaubte. »Wenn der Berechtigungscode nicht verändert wurde ...«

Plötzlich sprang eine der Hangartüren auf, und zwei Männer in blauen Uniformen stürmten herein.

KAPITEL 13

»Systemweite Sensorerfassung beendet, Sir«, knurrte Worf. »Humanoide Lebensformen auf dem vierten Planeten, aber keine Anzeichen moderner Technologie. Alle Trabanten scheinen natürlichen Ursprungs zu sein.«

»Keine Aktivität auf den Subraum-Frequenzen, Sir«, sagte Lieutenant Brindle von der taktischen Station. »Unsere Com-Signale werden nicht beantwortet.«

»Counselor?« Picard sah Deanna Troi an, aber sie schüttelte nur den Kopf.

»Ich spüre nichts«, murmelte sie.

Der Captain nickte, schloß kurz die Augen. »Na schön. Mr. Gawelski, Kurs auf das nächste Sonnensystem. Maximale Warpgeschwindigkeit.«

Einen Augenblick lang waren alle wie erstarrt. Dann erholten sich die beiden Uniformierten von ihrer Überraschung, griffen fast gleichzeitig nach ihren Waffen.

Aber sie bekamen keine Gelegenheit, sie aus den Halftern zu ziehen und die Auslöser zu betätigen. Datas Phaser feuerte. Der erste Mann brach besinnungslos zusammen, noch bevor er seine Projektilschleuder berührte, und der zweite Entladungsblitz traf den anderen Uniformierten, als sich seine Finger gerade um den Kolben schlossen. Die Waffe löste sich aus der erschlaffenden Hand, segelte durch die Luft. Geordi reckte sich, fing sie auf. Data lief los, eilte auf den ersten Mann zu, griff nach dem Lauf der ›Pistole‹ – ein Begriff, der aus seinen internen Datenspeichern stammte – und verbog ihn. Shar-Tels Pupillen weiteten sich, als er den Androiden dabei beobachtete.

»Kein Wunder, daß mein Bruder Sie für die Konstrukteure hält«, sagte er. Geordi warf die andere Waffe, und Data fing sie auf, behandelte sie ebenso wie die erste. Mit einem letzten Blick auf die bewußtlosen Uniformierten stiegen sie ins Shuttle.

Shar-Tel steuerte die Fähre ins All und gab Schub. Es dauerte nur wenige Minuten, bis sie das Magazin erreichten. Abgesehen von der Schleusenattrappe wies es nicht die geringsten Besonderheiten auf, aber mit seiner spektrographischen Wahrnehmung entdeckte La Forge einige Stellen, bei denen es sich um getarnte Phaser und verborgene Traktorstrahl-Projektoren handeln mochte.

»Ich weiß nicht, aus welchem Material die entsprechenden Sektionen bestehen«, sagte er. »Die molekulare Struktur scheint so manipuliert zu sein, daß sie für die meisten Energieformen durchlässig wird, abgesehen von einigen Teilbereichen des elektromagnetischen Spektrums, wozu auch alle Frequenzen vom mittleren Infrarot bis zum mittleren Ultraviolett gehören. Das schließt das sichtbare Licht für die meisten Lebensformen von Planeten der Klasse M ein.«

Data sah eine auf fünfundzwanzig Prozent der Größe des Wracks im interstellaren Raum verkleinerte Version. Die äußeren Maße des Magazins deuteten darauf hin, daß der Raum, in dem ihr Retransfer erfolgte, etwa ein Zehntel des gesamten Innenraums beanspruchte. Die Tricorder zeigten nichts weiter als den Antimateriekern im Zentrum und vage Hinweise auf Transportertechnik in der Nähe der Schleusenattrappe. Offenbar waren nach wie vor einige Abschirmfelder aktiv, undurchdringlich für die Ortungssignale der kleinen Analyseinstrumente. Nur die Sensoren der *Enterprise* mochten in der Lage sein, hinter die Schilde zu blicken.

Geordi berührte seinen Insignienkommunikator. »Wir befinden uns jetzt direkt vor der Schleuse und legen an.«

»In Ordnung«, erklang Rikers Stimme aus dem Lautsprecher. »Wir haben versucht, Shar-Lon so gut wie möglich vorzubereiten – ohne zu sehr in die Einzelheiten zu gehen und uns in Widersprüche zu verwickeln.«

La Forge erwog die Möglichkeit, Shar-Lon darum zu bitten, sie direkt ins Magazin zu transferieren, ohne den Umweg durch die Schleuse, doch er entschied sich schließlich dagegen. Er wußte nicht, wie Shar-Tels Bruder auf das reagieren würde, was sie ihm mitzuteilen gedachten, und deshalb hielt er es für sicherer, das Shuttle an der Luftschleuse anzudocken; dadurch stand ihnen wenigstens ein Fluchtweg frei. Wenn es zum Schlimmsten kam und Shar-Lon sich dazu hinreißen ließ, das ganze Magazin stillzulegen — wodurch er selbst wie auch alle anderen im Innern des fremden Schiffes festsitzen würden —, konnten sie hoffen, sich mit ihren Phasern durch die Wand zu schweißen, die die beiden Hälften der angeblichen Schleuse voneinander trennte. Geordi ächzte innerlich, als er sich fragte, was sie nach dem Verlassen des Magazins unternehmen sollten. Angesichts der jüngsten Ereignisse schien eine Rückkehr ins Habitat wenig ratsam.

Eins nach dem anderen, rief er sich zur Ordnung.

Nach dem Andocken verließen sie das Shuttle, warteten in der Finsternis der äußeren Schleusenkammer.

Erneut spürte Geordi das Prickeln der Transferenergie, beobachtete das nur für ihn sichtbare multispektrale Glimmen des Kurzstreckentransporters.

Nach dem Transit begann Data damit, das Schott der Innenkammer zu entriegeln. La Forge griff nach Shar-Tels Arm und führte ihn in eine Ecke des kleinen Raums, so daß sein Bruder ihn nicht sofort sehen konnte, wenn sich die Luke öffnete.

Es knirschte und knarrte leise, als die stählerne Pforte aufschwang.

Shar-Lon stand zitternd auf der einen Seite, schwankte leicht in der Schwerelosigkeit. Seine Züge offenbarten große Erleichterung über die Rückkehr der beiden ›Konstrukteure‹. Riker und Yar trugen noch immer die schweren Strahlenschutzanzüge, die flexiblen Kapuzen zurückgeschlagen. Sie warteten einige Meter von dem Schott entfernt, vor der leeren Hibernationskapsel und ihrem Podest.

Geordi widerstand der emotionalen Versuchung, die beiden Offiziere der *Enterprise* zu umarmen, wandte sich statt dessen an den ›Auserwählten‹ und musterte sein infrarotes Profil. Derzeit wirkte es fast normal.

»Shar-Lon«, begann er vorsichtig, »es freut mich zu sehen, daß Sie ebenfalls nicht verletzt sind. Ich nehme an, Sie haben sich mit Hilfe einer unserer Gaben hierher versetzt.«

»Ja, das stimmt«, erwiderte der alte Mann fast hastig. »Ich bedaure es zutiefst, daß ich nicht auch Sie in Sicherheit bringen konnte.«

»Wofür wir im nachhinein sogar recht dankbar sind«, fuhr La Forge fort. »Die Leute, die uns angriffen ... Wie sich herausstellte, wollten sie uns nicht etwa umbringen, sondern nur mit uns reden.«

Shar-Lon riß die Augen auf. »Aber die Explosion! Ich habe sie gesehen, und Ihre Vorgesetzten sagten mir, Sie ...«

»Wir entkamen, bevor die Bombe gezündet wurde«, unterbrach ihn Geordi. »Jenes Attentat wurde von einer anderen Gruppe verübt, nicht von derjenigen, die mit uns sprechen wollte.«

Shar-Lon versteifte sich. »Dann wissen Sie also, wer dafür die Verantwortung trägt? Nennen Sie mir die Namen der Schuldigen. Ich sorge dafür, daß sie so streng bestraft werden, wie Sie es verlangen.«

»Auf dieses Angebot kommen wir vielleicht noch zurück«, sagte Geordi und bemerkte den fragenden Blick Rikers. Tasha Yar runzelte verwirrt die Stirn. »Aber zuerst möchten wir Ihnen etwas erklären. Die Männer, die eine Unterredung mit uns wünschten ...« La Forge zögerte und holte Luft. »Ihr Anführer schilderte uns, auf welche Weise Sie die Gaben verwenden.«

Der alte Mann erbleichte plötzlich, und die roten Bereiche des spektrographischen Profils verfärbten sich zu einem dunklen Blau. Doch noch bevor sich Shar-Lon seiner eigenen, von Furcht geprägten Reaktion bewußt werden konnte, erwachte Trotz in ihm.

»Wer ist dieser sogenannte ›Anführer‹?« fragte er. »Und mit was für einem Unsinn hat er Sie beschwatzt?«

»Kennen Sie die Gruppe, Shar-Lon?«

»Wie ich schon sagte: Es gibt einige irregeführte Personen, die gegen mich opponieren – jene Leute, die Sie kurz nach Ihrer Ankunft zu töten versuchten, die vor rund zehn Jahren meinen Bruder ermordeten.«

Shar-Tel konnte sich nicht länger zurückhalten, trat durch das offene Schott. »Wir sind *nicht* irregeleitet«, sagte er. »Und wir haben *nicht* versucht, jemanden umzubringen. Was meinen ›Tod‹ angeht: Ich bin quicklebendig, wie du siehst. Dein Stellvertreter Kel-Nar war es, der mir nach dem Leben trachtete – aber seine beiden Anschläge blieben ohne Erfolg.«

Shar-Lon schnappte verblüfft und schockiert nach Luft und erweckte den Anschein, als könne er jeden Augenblick in Ohnmacht fallen. Nur die Schwerelosigkeit verhinderte, daß seine Knie nachgaben.

»Shar-Tel? Das ist unmöglich. Du ...« Der leichenblasse Shar-Lon wandte sich abrupt zu Riker und Yar um. »Das ist ein Test! Ich weiß, daß Ihre Gaben Trugbilder schaffen können, und so etwas ist gerade geschehen! Aber warum? Sie haben mir doch gesagt, daß ich die richtigen Entscheidungen traf, als ich die Möglichkeiten des Magazins einsetzte, um meiner Welt Frieden zu bringen ...«

»Ich bin keine Illusion«, sagte Shar-Tel, trat vor, umfaßte Shar-Lons Arm und zwang seinen Bruder dazu, ihn anzusehen. »Ich bin ebenso real wie du.«

»Nein!« Shar-Lon riß sich los, taumelte zurück und stieß dabei gegen Riker. »Die Konstrukteure können ihre Gaben wesentlich geschickter nutzen als ich. Sie verleihen den Trugbildern damit auch feste Substanz.«

Shar-Tel schüttelte den Kopf und sah Geordi und Data an. »Sagen Sie es ihm! Sagen Sie, daß ich es wirklich bin! Sagen Sie ihm die *Wahrheit*. Erklären Sie ihm, welche Schuld er auf sich geladen hat.«

»Wahrheit?« wiederholte Shar-Lon mit vibrierender

Stimme. »Was für eine Wahrheit? Es gibt nur eine, und sie lautet: Ich habe mit den Gaben die Zerstörung unserer Zivilisation verhindert! Soll ich mich *deshalb* schuldig fühlen?«

»Es ist *deine* Wahrheit, nicht unsere! Und ganz gleich, welche Verdienste du dir vor fünfzig Jahren erworben hast: Seitdem steuert uns dein Verhalten auf eine Katastrophe zu! Du ...«

»Nein! Ich werde mir die verleumderischen Lügen dieses Phantoms nicht länger anhören.« Shar-Lons flehentlicher Blick richtete sich auf Geordi. »Wenn Sie mich auf die Probe stellen wollen ... Ich bin jederzeit bereit, mich einem Test zu unterziehen. Aber ersparen Sie mir solche grausamen Tricks! Ich habe Ihnen bereits gezeigt, auf welche Weise Ihre Gaben von mir verwendet wurden. Wenn Sie noch mehr sehen möchten ...«

»Es ist kein Trick, Shar-Lon«, sagte Geordi und fühlte den Schmerz des alten Mannes wie seinen eigenen. »Es tut mir leid, aber es handelt sich nicht um eine holografische Projektion Ihres Bruders. Er überlebte den vor zehn Jahren auf ihn ausgeübten Anschlag, auch die Explosion, die uns drei vor rund einer Viertelstunde umbringen sollte. Und seine Vorwürfe sind nicht so ohne weiteres von der Hand zu weisen. Ganz gleich, wie Sie die Gaben zu Anfang einsetzten ...«

»Aber Sie haben doch *bestätigt*, daß ich ...«

»Wir wußten nicht, welchen Gebrauch Sie nach der Zerstörung aller atomaren Sprengköpfe von unserem Geschenk des Friedens machten«, sagte Geordi. Eine innere Stimme forderte ihn auf, mehr Takt walten zu lassen, subtiler zu sein, um die labile Psyche Shar-Lons nicht zu sehr zu belasten, aber er begriff auch, daß es dazu bereits zu spät war. Die Konfrontation mit den Anklagen seines Bruders hatte in Shar-Lon eine tiefe seelische Wunde gerissen.

»Dann habe ich versagt – obgleich ich auserwählt wurde! Jetzt bleibt mir nichts anderes mehr übrig, als Ihnen sowohl die Gaben als auch das Magazin zurückzugeben...«

Der alte Mann schwieg plötzlich, kniff die Augen zu und konzentrierte sich.

Einen Sekundenbruchteil später bildeten sich die energetischen Schlieren eines Transporterfeldes, das Shar-Lon forttrug.

Mit klopfendem Herzen aktivierte Shar-Lon die Gabe – die letzte Gabe, die er jemals benutzen würde. Eine ungeheure Last aus Scham drohte, Gewissen, Ehrgefühl und Würde unter sich zu zermalmen. Ein mattes Schimmern umhüllte den alten Mann, und die Konturen des Magazins begannen sich aufzulösen.

Unmittelbar darauf erfaßte ihn die Zentrifugalkraft des Habitats. Die Kritik der Konstrukteure hatte ihn zutiefst schockiert und sein empfindliches Gleichgewicht erschüttert; jetzt kam die plötzliche Pseudogravitation hinzu. Shar-Lon taumelte, fiel auf das noch immer zerknitterte Bett in seinem Quartier.

Er versuchte nicht, sich aufzusetzen, blieb still liegen.

Allmählich ließ der zerquetschende Druck der Scham nach und wich einer tiefen Leere, die sich als noch schmerzhafter erwies.

Er hatte versagt. Obwohl er der Auserwählte war.

Während er auf den klammen Laken lag und verzweifelt versuchte, sich zu beruhigen, wieder zu sich zu finden, stiegen seit fünfzig Jahren unterdrückte oder schlichtweg verzerrte Erinnerungsfragmente an die Oberfläche seines Bewußtseins.

Noch einmal empfand er jene stumme, allesumfassende Ehrfurcht, als sich ein um fünfzig Jahre jüngerer Shar-Lon dem Magazin näherte. Emotionale Gedächtnissplitter, hier und dort inzwischen ohne deutliche Umrisse, gefüllt mit verblassender Intensität. Die übrigen Reminiszenzen hingegen blieben unverändert: Sie betrafen die entscheidenden Ereignisse, die ihn ins Magazin brachten, seine eigenen Motive, die Lage auf dem Planeten, die atomare Gefahr. Er vermochte sogar zwischen der Wirklichkeit und den

Zwischendurch: [redacted] Der Held von einst ist zur Belastung geworden: Sein Handeln steuert auf eine Katastrophe zu, denn er nutzt die „Gaben“ für seine eigene Macht. Zwar scheint diese Erkenntnis auch Shar-Lon zu dämmern... doch noch ist nicht aller Tage Abend. [redacted] Unterbrechen wir also zwischendurch die Lektüre, um uns für die kommenden Ereignisse zu rüsten. Wir brauchen dazu nur heißes Wasser, einen Löffel und eine ganz irdische „Gabe“: die... [redacted]

Ausschmückungen zu unterscheiden, die er jenen Ereignissen im Verlauf der nächsten Jahrzehnte hinzufügte.

Im Kern dieses Erinnerungsstroms verbarg sich eine tief in ihm verwurzelte Furcht – eine Angst, die er ständig zu vergessen versuchte, die er in einem Kokon aus Selbsttäuschungen versteckte. Jene Art von Panik, die ihn zum erstenmal heimsuchte, als er das Magazin sah. Ungeduld, Hoffnung und der Wunsch, herauszufinden, was sich in dem mysteriösen Objekt befand, überwanden schließlich die Furcht. Aber als er das Shuttle verließ und zu dem fremden Raumschiff schwebte, als sein Geist genug Zeit bekam, sich auf Rationalität zu besinnen, verwandelte sich die Furcht rasch in Schrecken und Grauen, zerfaserte das dünner werdende Gespinst der Neugier.

Dennoch kehrte er nicht zurück. Er setzte den Weg fort, obwohl seine aufgewühlten Empfindungen eine lähmende Wirkung entfalteten und er zu argwöhnen begann, daß ihn vielleicht *irgend etwas* an der Rückkehr zu hindern trachtete. Er fühlte sich gezwungen, das Magazin zu erreichen, wie von einer sonderbaren Macht, die ihn in ihren Bann schlug, von der er angezogen wurde wie Eisen von einem Magneten. Später stritt er so etwas ab, behauptete statt dessen, er habe die ganze Zeit über genau gewußt, was ihn in dem fremden Objekt erwartete. Die Zeichen seien der erste Hinweis gewesen, und später folgten andere ›Offenbarungen‹.

Aber das stimmte nicht. Es gab keine Sicherheit für ihn, nur nacktes Entsetzen.

Und als er durch die massive Außenhülle des Magazins getragen wurde, ohne dabei auf irgendeinen Widerstand zu stoßen, hätte er vor Grauen fast das Bewußtsein verloren.

Kurze Zeit später bewegten sich seine Arme und Hände wie von ganz allein, wie eigenständige Wesen, auf die er keine Kontrolle mehr ausüben konnte: Er beobachtete, wie er den Helm des Raumanzugs abnahm, sich die silberne Haube aufsetzte – und plötzlich spürte er, wie die Ruhe in ihn zurückkehrte. Er nahm ein seltsames Prickeln wahr, das sich in seinem ganzen Körper ausbreitete. Als sich dieses Gefühl verflüchtigte, starben auch Furcht und Angst.

Doch als er sich an Dinge ›erinnerte‹, die er überhaupt nicht kannte, nagte neuerlicher Schrecken an seiner Seele.

Ganz langsam sickerte Fremdes in ihn hinein, und er ›entsann‹ sich daran, wie man die Gaben einsetzte. Eine von ihnen wurde zu einer Erweiterung seines Körpers, und er gewann den Eindruck, als wüchsen ihm neue Sinnesorgane, neue Gliedmaßen.

Als diese Phase zu Ende ging, als der erste direkte Kontakt mit den Gaben abbrach, als Shar-Lons Gedanken wieder in einem Meer der Ruhe schwammen, begriff er plötzlich, daß ihm nicht nur die Fähigkeit, sondern auch die Verantwortung — die *Pflicht* — gegeben wurde, die Gaben zu benutzen. Und damit die Waffen zu zerstören, die den Planeten mit einer atomaren Apokalypse bedrohten.

Erst in jenem Augenblick verstand er wirklich, was die Zeichen bedeuteten, die seine Heimatwelt Minuten oder Stunden vorher in einen blutroten Schein getaucht hatten. Und er stellte sich der Erkenntnis, wahrhaft auserwählt zu sein, dazu erkoren, über das Schicksal seines Planeten zu wachen, ihn zu schützen und zu bewahren. Diese Überzeugung wuchs nach der Verbindung mit den Gaben, verstärkte die Ahnungen während der ersten Sichtung des Magazins, widersprach in gewisser Weise seiner Behauptung, er habe gleich von Anfang an gewußt, zum Friedenswächter bestimmt zu sein.

Aber damals blieb ihm keine Zeit, darüber nachzudenken, irgendwelche Entscheidungen zu treffen. Kurz nach dem ersten Kontakt hielt eine Atomrakete auf das Magazin zu. Die Gaben entdeckten sie, machten ihn darauf aufmerksam.

Und Shar-Lon reagierte so, wie er es für erforderlich hielt. Er erweiterte seinen rätselhaften neuen Sinn, der ihn noch immer mit grenzenloser Verwunderung erfüllte, tastete nach dem nuklearen Herzen der Rakete.

Und zerstörte es. Er eliminierte auch die anderen atomaren Sprengsätze, die das Magazin vernichten sollten.

In jener ersten Stunde wehrte er alle Angriffe ab.

Als er schließlich wieder Gelegenheit bekam, sich auf die Gaben zu konzentrieren, ›erinnerte‹ er sich, wie er alle Atombomben auf dem Planeten und in der Umlaufbahn finden und unschädlich machen konnte.

Und als diese Aufgabe erfüllt war, als es keine nuklearen Sprengkörper mehr gab, fragte er sich, wer dieses Werk vollbracht hatte: er selbst oder der Geist eines Konstrukteurs?

Es spielte keine Rolle. Es kam nur darauf an, daß die atomare Bedrohung nicht mehr existierte.

Fünfzig Jahre lang war es Shar-Lon gelungen, den Frieden zu erhalten. Ganz gleich, was ihm sein Bruder vorwarf, was auch die Konstrukteure sagten: Er *hatte* die Welt vor dem Untergang bewahrt!

Abrupt setzte er sich auf, und aus seiner Scham wurde Trotz. Doch als er sich aufrichtete, wanderte sein Blick durchs Zimmer.

Zum erstenmal seit vielen Jahren sah er es nicht durch den Filter egozentrischer Erhabenheit, sondern so, wie es sich den Blicken eines objektiven Beobachters darbieten mußte: ein viel zu dicker Plüschteppich, Möbel in prahlerischem Luxus, geschmacklose Gemälde und Holografien. Die in all diesen Dingen zum Ausdruck kommende Hemmungslosigkeit widerte ihn plötzlich an.

Als er an sich herunterstarrte, schien ihm das grelle Gelb seiner Uniform entgegenzufluten. Es unterstrich seine närrische Selbstüberheblichkeit, den Anspruch, dauernd im Zentrum zu stehen, obgleich er sich doch damit brüstete, nur ein demütiger Diener zu sein.

Gleichzeitig fielen ihm die vielen Selbstbildnisse ein, die überall im Habitat hingen – sein Quartier stellte eine der wenigen Ausnahmen dar –, die übertriebenen Darstellungen einer symbolischen Vaterfigur, die mit pompöser Gutmütigkeit von Türen, Fenstern, Wänden und Decken blickte, selbst von den Uniformen seiner Mitarbeiter.

Shar-Lon entsann sich daran, wie das alles während der ersten euphorischen Tage begonnen hatte: die ›vereinigende Symbolik‹ der Friedensfarbe, die ›vereinigende Symbolik‹ seines eigenen Bildes. Zwei- und dreidimensionale Reproduktionen eines Mannes – des Friedenswächters –, der die Welt vor der atomaren Katastrophe schützte.

Übelkeit stieg in ihm empor, als er sich daran erinnerte, wie sehr er jeden einzelnen Augenblick der Verehrung genossen hatte: die Verherrlichung durch die anderen Friedenswächter, ihren Neid, die Macht, das Wissen, der einzige ›Auserwählte‹ zu sein.

In den nachfolgenden Jahren unternahm er nichts, um etwas an dieser Situation zu ändern. Er akzeptierte sie einfach, ohne einen Gedanken daran zu verschwenden – bis er sie schließlich für völlig normal hielt.

Doch jetzt begriff er endlich, welch einen Narren er aus sich gemacht hatte – trotz all seiner Verdienste.

Und er fragte sich: *Wenn es mir so leicht fiel, die Augen selbst vor den eitlen Nachbildungen meines Gesichts zu verschließen, wenn ich all diesen Dingen gegenüber blind gewesen bin – wie gut oder schlecht war dann mein Urteilsvermögen in Hinsicht auf andere, wesentlich wichtigere Angelegenheiten?*

Ließ sich die Zerstörung der Shuttle-Flotte tatsächlich rechtfertigen? Oder basierte sein Handeln nur auf Zorn?

Seine Weigerung, Wissenschaftlern die Genehmigung zu geben, das Magazin zu untersuchen – nur aus Furcht, die Gaben könnten beschädigt werden? Oder steckte etwas anderes dahinter, zum Beispiel die Sorge, die Experten könnten herausfinden, wie die Gaben funktionierten? Vielleicht entdeckten sie dadurch eine Möglichkeit, ebenfalls mit ihnen umzugehen, Shar-Lons Macht zu beschneiden ...

Altruismus? Oder Rachsucht und Paranoia?

Kein Wunder, daß ihn die Konstrukteure verurteilten.

Shar-Lon erbebte am ganzen Leib. Er hatte es vorgezogen, einfach zu verschwinden, anstatt sich auf einen Rest von Würde zu besinnen und die Strafe hinzunehmen, die er verdiente.

Nicht einmal mehr diese Ehre wurde ihm zuteil.

Sein Verhalten stempelte ihn zum Feigling, und nun konnte er nur noch warten, darauf, daß ihn die Konstrukteure zur Rechenschaft zogen. Shar-Lon gab sich nicht der naiven Illusion hin, daß sie Gnade walten ließen.

Plötzlich aber fiel ihm etwas ein: Seine Aufgabe war noch nicht ganz erfüllt; es gab nach wie vor eine Pflicht, die er wahrnehmen mußte.

Für sein Versagen trug er ganz allein die Verantwortung, und das bedeutete, daß er die Welt – die Welt der Friedenswächter, für deren Entstehung er den Grundstein gelegt hatte – von seinen Fehlern unterrichten, ihr mitteilen mußte, daß die Schuld nur ihn traf, sonst niemanden.

Als sich Shar-Lon in Bewegung setzte, fühlte er zum erstenmal in seinem Leben die Last des Alters. Steifbeinig ging er zum Lift, gab den Code ein und beobachtete, wie sich die Tür öffnete. Er betrat die kleine Kabine, wandte den Blick von den nun grotesk anmutenden Darstellungen seines Gesichts ab. Einige Sekunden später betrat er die Kammer, die dem Ältestenrat als Versammlungsort diente. Er erinnerte sich daran, wie er die Konstrukteure hierhergebracht hatte, nach Ko-Tis Versuch, sie noch in der Luftschleuse des Magazins zu erschießen, dachte an seine Hoffnungen, daß sie von diesem Zimmer aus zur Welt der Friedenswächter sprachen, zu den Leuten, die einst seine Freunde gewesen waren.

Und nun ...

Shar-Lon hob die zitternde Hand, und es kostete ihn nicht unerheblich Mühe, die Taste zu betätigen, die eine Verbindung zu seinem Stellvertreter Kel-Nar herstellte.

Er wartete, bereitete sich innerlich auf ein schamvolles Geständnis vor.

Schließlich drang Kel-Nars aufgeregt und alarmiert klingende Stimme aus dem Lautsprecher.

»Shar-Lon!« entfuhr es ihm, und bevor der alte Mann etwas sagen konnte, fuhr er fort: »Wo sind Sie gewesen? Ich muß Sie unbedingt sprechen! Sofort! Jene Wesen, die von sich behaupten, die Konstrukteure zu sein — *sie lügen*!«

Einige Sekunden lang war Shar-Lon völlig verblüfft, und seine Gedanken rasten. Dann durchströmte ihn tiefe Erleichterung, als er in Gedanken noch einmal die letzten fünf oder sechs Stunden Revue passieren ließ und begriff, daß Kel-Nar ganz offensichtlich recht hatte.

Die Fremden logen!

Würden sich die wahren Konstrukteure von ihren eigenen Gaben betäuben lassen?

Mußten die wahren Konstrukteure nicht in der Lage sein, das Magazin ganz nach Belieben aufzusuchen und zu verlassen, ohne dabei ein primitives Shuttle der Friedenswächter zu benutzen?

Hätten sich die wahren Konstrukteure im Hangar einfach so überwältigen lassen?

Wären sie nicht imstande gewesen, sich einfach ins Magazin zu transferieren, so wie Shar-Lon?

»Haben Sie mich gehört?« rief Kel-Nar, als Shar-Lon keine Antwort gab. »Die Fremden sind nicht die, für die sie sich ausgeben!«

»Ja, ich habe Sie verstanden«, erwiderte Shar-Lon grimmig. Kel-Nars Worte tilgten Scham und Schuldbewußtsein aus ihm.

»Wir müssen unverzüglich Gegenmaßnahmen ergreifen«, drängte Kel-Nar. »Das ist Ihnen sicher klar. Wir sollten vorbereitet sein, wenn noch mehr von ihnen eintreffen.«

»Es besteht kein Anlaß zur Sorge«, sagte Shar-Lon fest. »Ich werde mit ihnen fertig.«

»Trotzdem: Ich möchte mit Ihnen reden, bevor Sie ins Magazin zurückkehren. Wir wissen nicht, wer die Fremden sind, aber eins steht fest: Sie verfügen über nicht unbeträchtliche Macht. Ich habe einige Dinge in Erfahrung gebracht, die es zu berücksichtigen gilt.«

»Was für Dinge, Kel-Nar?«

»Darüber kann ich nur unter vier Augen mit Ihnen sprechen«, entgegnete Kel-Nar im Tonfall der Verzweiflung. »Es ist viel zu wichtig!«

Shar-Lon schnitt eine Grimasse. »Wie Sie wünschen. Ich bin in der Versammlungskammer des Ältestenrats.«

Der alte Mann unterbrach den Kontakt zu Kel-Nar, drehte sich um und strich den Vorhang beiseite. Der Anblick des Habitats, der Welt der Friedenswächter, hatte ihn schon immer inspiriert, aber jetzt half er ihm dabei, die Nachwirkungen des emotionalen Aufruhrs in seinem Innern zu überwinden. Langsam brachte er seine Gedanken wieder unter bewußte Kontrolle.

Shar-Lon lächelte zufrieden und entschlossen, konzentrierte sich so sehr, daß er selbst die Schritte überhörte, die sich durch den Korridor näherten. Mit seinen zusätzlichen mentalen Sinnen tastete er nach den Gaben und übermittelte einige spezielle geistige Anweisungen, um sich endgültig von den falschen Konstrukteuren und ihren blasphemischen Anschuldigungen zu befreien.

KAPITEL 14

»Shar-Lon!« platzte es aus Geordi heraus, als sich das Flirren eines Transporterfokus um den alten Mann schloß. »Bleiben Sie hier! Wir brauchen Sie!«

Aber es war bereits zu spät. Shar-Lon entmaterialisierte.

»Wo ist er jetzt?« fragte Riker scharf. »Shar-Tel, können Sie sich irgendwie mit ihm in Verbindung setzen? Ihn dazu überreden, hierher zurückzukehren?«

Shar-Tel schüttelte den Kopf, schwieg einige Sekunden lang und holte tief Luft.

»Ich hoffe, er hält sich nun in seinem privaten Quartier auf, wo er zumindest eine Zeitlang sicher ist«, antwortete er schließlich. »Ich bezweifle, ob man ihn dort erreichen kann. Aber selbst wenn das möglich wäre: Es hätte keinen Sinn zu versuchen, ihn zur Vernunft zu bringen.«

»Himmel, er ist der einzige, der mit den sogenannten Gaben umgehen ...« Riker unterbrach sich abrupt und musterte Shar-Tel mit plötzlich erwachendem Mißtrauen. »Es sei denn, *Sie* wissen, wie man die technischen Systeme des fremden Schiffes kontrolliert.«

Tasha Yar reagierte sofort, schwang ihr Phasergewehr herum und richtete es auf den alten Mann. »Wagen Sie es bloß nicht, den Helm anzurühren«, zischte sie.

Shar-Tel dachte daran, wie sich die gebündelten Strahlen aus Geordis und Datas Phaser durch den massiven Stahl des Schotts gebrannt hatten. Er zuckte zusammen, straffte dann wieder seine Gestalt. »Warten Sie! Wenn Sie hier Ihre Waffen einsetzen ... Sie könnten mich töten, aber einen Augenblick später würden Sie betäubt. Und bis Sie erwachen ...«

»Er hat recht, Lieutenant«, sagte Geordi und schilderte, was während ihrer ersten Passage durch die Schleusenattrappe geschehen war. »Es gelang mir, den Mann außer Gefecht zu setzen, der seine Projektilschleuder zog, aber ich bekam keine Gelegenheit, den Auslöser noch einmal zu betätigen. Das automatische Verteidigungssystem des Magazins raubte sowohl mir als auch Data das Bewußtsein.«

»Vermutlich können Sie von Glück sagen, daß Sie durch den Einsatz Ihrer Phaser keine Antimateriebombe zündeten«, brummte Riker und richtete seinen Blick wieder auf Shar-Tel. »*Wissen* Sie, wie diese Mechanismen kontrolliert werden?«

»Nein! Nur mein Bruder ... Ich möchte Ihnen etwas erklären, nur ganz kurz. Ich muß ein Signal geben, bevor es zu spät ist!«

»Was für ein Signal? Zu welchem Zweck?«

»Auf der Oberfläche des Planeten werden mehr als zehn Shuttles in ständiger Bereitschaft gehalten«, sagte Shar-Tel. »Derzeit ist mein Bruder nicht in der Lage, etwas gegen sie zu unternehmen, und deshalb können sie starten.«

»Shuttles?« wiederholte Riker argwöhnisch. »Stehen sie mit Ihrem Wunsch in Zusammenhang, das Magazin zu vernichten?«

Der alte Mann nickte rasch. »Ja. Aber es gibt einen wichtigeren Grund, sie jetzt in Einsatz zu bringen.«

»Und der wäre?«

»Um Kel-Nar und seinen Komplizen einen Strich durch die Rechnung zu machen, solange wir noch die Chance dazu haben.« Mit knappen Worten berichtete Shar-Tel von dem, was Geordi und Data im Habitat beobachtet hatten. »Mit ziemlicher Sicherheit handelt es sich um eine Art Putsch. Wahrscheinlich hat er das Gespräch zwischen mir und Ihren Leuten belauscht, bevor das winzige Abhörgerät entdeckt und zerstört wurde. Wenn das stimmt, glaubt er jetzt sicher, er brauche nur das Magazin aufzusuchen und den Helm zu benutzen, um die Gaben und ihre Macht seinem Willen zu unterwerfen. Bisher hat er angenommen, er müsse von Shar-Lon in ihrem Gebrauch unterwiesen werden — nur das hinderte ihn daran, meinen Bruder einfach zu ermorden und seinen Platz einzunehmen.«

»Wenn Ihre Vermutung zutrifft, schwebt Shar-Lon jetzt in großer Gefahr.«

»Ja, und deshalb dürfen wir keine Zeit verlieren. Wie ich eben schon sagte: Die Shuttles können jederzeit starten und die Welt der Friedenswächter in zwei Stunden erreichen. Mein Bruder war so schockiert, daß er eine Weile in seinem Quartier bleiben wird. Vielleicht erfährt Kel-Nar nichts von seiner Rückkehr. Vielleicht nimmt er an, er befände sich noch immer hier im Magazin. In dem Fall dürfte seine Strategie darin bestehen, *meine* Freunde ausfindig zu machen und aus dem Verkehr zu ziehen. Das hält ihn sicher beschäftigt, bis die Fähren eintreffen.«

Riker knurrte leise. »Trotzdem: Wenn Sie Ihren Bruder nicht so sehr unter Druck gesetzt hätten, daß er sich in seine Unterkunft transferierte, wenn er statt dessen geblieben wäre ...«

»Glauben Sie etwa, er ließe sich dazu überreden, den Start unserer Schiffe zu genehmigen und ruhig zuzusehen, wie sie sich dem Habitat nähern?« Shar-Tel schüttelte den Kopf. »Nun, es ist eine Möglichkeit – aber eine sehr unwahrscheinliche. Angesichts seiner ausgeprägten Paranoia neigt er eher dazu, Sie nicht mehr für die wahren Konstrukteure zu halten und zu argwöhnen, daß Sie an einem Komplott teilnehmen und ihm die Gaben stehlen wollen. Vielleicht gelangt er ohnehin zu diesem Schluß, sobald er eine Gelegenheit findet, gründlich über alles nachzudenken. Er könnte sogar beschließen, hierher zurückzukehren – ein Grund mehr, sofort zu handeln.

Denken Sie daran: Er ist in der Lage, wenigstens einige Gaben ohne eine direkte Verbindung mit dem Helm zu kontrollieren. Möglicherweise bleibt Ihnen gar nichts anderes übrig, als ihn in dem Augenblick zu betäuben, in dem er rematerialisiert. Doch damit lösten Sie den Verteidigungsmechanismus aus, und wir *alle* verlören das Bewußtsein. Das wiederum gäbe Kel-Nar freie Bahn. Er gehört zu den wenigen Personen, die das Magazin ohne ausdrückliche Erlaubnis meines Bruders betreten dürfen.

Wenn wir wieder zu uns kommen – vorausgesetzt, Kel-Nar ließe das zu –, könnte er bereits die Gaben unter seine Kontrolle gebracht haben. Und wenn *er* sie beherrscht ...«

Shar-Tel seufzte. »Im Gegensatz zu meinem Bruder ist Kel-Nar nur an einem interessiert: Macht. Bisher hat er es geschafft, Shar-Lon gegenüber sein wahres Gesicht zu verbergen, ihn von seiner Loyalität zu überzeugen. Bis jetzt ist sein Entscheidungsspielraum begrenzt, doch wenn er die Gaben ganz nach Belieben einsetzen kann ...«

»Ihre Ausführungen entbehren nicht einer gewissen Logik«, sagte Riker mit einem Hauch von Ironie. »Aber warum hat Shar-Lon den Bau der Schiffe auf dem Planeten gestattet?«

»Er weiß nichts von ihnen.«

»Nun, vor fünfzig Jahren war er in der Lage, alle Raketen zu zerstören, selbst diejenigen, die sich in unterirdischen Silos befanden ...«

»Es handelte sich um *Atom*raketen. Ich bezweifle, ob es meinem Bruder gelungen ist, uns während der vergangenen acht Jahre zu täuschen, und daraus läßt sich nur ein Schluß ziehen: Er weiß *wirklich* nichts von den Shuttles, konnte sie nicht einmal mit Hilfe der Gaben entdecken. Solange irgendein Raumflugkörper auf der Oberfläche des Planeten bleibt – oder darunter –, lokalisieren ihn die ›Augen‹ des Magazins nur, wenn er über einen atomaren Sprengkopf oder einen nuklearen Antrieb verfügt. Nach dem Start allerdings, wenn die Fähren in einen Orbit steuern, sind sie nicht mehr ›unsichtbar‹.«

Riker musterte den alten Mann kurz, wandte sich dann an Geordi. »Was meinen Sie dazu, Lieutenant La Forge? Sagt er die Wahrheit?«

»Ich habe keinen Grund, das Gegenteil anzunehmen, Sir. Allerdings wußte ich auch nicht, daß er so heftige Vorwürfe gegen Shar-Lon erheben würde – was unsere Lage drastisch verschlechterte.«

»Selbst *wenn* seine Hinweise stimmen ...«, warf Tasha

Yar ein. »Was ist mit den Besatzungen der Schiffe, die er starten lassen möchte?« Sie kniff die blauen Augen zusammen und richtete ihre Aufmerksamkeit auf Shar-Tel. »Was sind das für Leute? Warum vertrauen Sie ihnen?«

Yars durchdringender Blick erfüllte den alten Mann mit offensichtlichem Unbehagen. »Es handelt sich um Personen, zu denen meine Gruppe vor rund zwanzig Jahren Kontakt aufnahm. Sie teilen unsere Einstellung und ...«

»Daran gibt es nicht die geringsten Zweifel?«

»Wir haben viele Jahre lang mit ihnen zusammengearbeitet«, erwiderte Shar-Tel. »Wir streben die gleiche Ziele an: Es geht uns darum, das Magazin zu zerstören oder zu verhindern, daß die Gaben jemals wieder benutzt werden.«

»Und die Bewohner des Habitats, der sogenannten ›Welt der Friedenswächter?‹ Was haben Ihre Freunde mit ihnen vor?«

»Nichts. Nur Kel-Nar und einige seiner Mitverschwörer sollen zur Rechenschaft gezogen werden.«

Yar schüttelte verärgert den Kopf. »Offenbar halten Sie dies alles für ein *Spiel*, Shar-Tel! Für ein Spiel, dessen Regeln Sie selbst bestimmen. Ihr Bruder ist ein Diktator gewesen, und ein ziemlich erbarmungsloser noch dazu. Seit fünfzig Jahren beherrscht er den Planeten. Um es vorsichtig auszudrücken: Die Bewohner Ihrer Heimatwelt mögen weder *ihn* noch die anderen Friedenswächter. Warum sind Sie so sicher, daß die Besatzungen der Shuttles nicht die Gelegenheit nutzen, reinen Tisch zu machen?«

Einige Sekunden lang blieb es völlig still. Shar-Tel wirkte plötzlich müde und erschöpft, und wieder bemerkte Geordi die frappierende Ähnlichkeit des alten Mannes mit Captain Picard.

»Nein«, sagte Shar-Tel nach einer Weile. »Ich bin nicht so naiv, diese Möglichkeit ganz auszuschließen. Doch wenn ich an die Alternative denke, wenn ich mir vorstelle, daß mein Bruder weiterhin seine bisherige Macht ausübt, oder gar Kel-Nar ... Ich fürchte, wir haben keine Wahl.

Wir müssen ein Risiko eingehen. Und selbst wenn die Mannschaften der Schiffe unser Vertrauen mißbrauchen — die Zerstörung des Habitats ist ein geringer Preis für echten Frieden.«

Tasha Yar runzelte die Stirn und ließ den alten Mann nicht aus den Augen. Schließlich aber nickte sie. »Ja«, sagte sie, »das stimmt. *Wenn* die Diktatur dadurch ein Ende findet. Wenn keiner Ihrer Freunde vom Planeten auf den Gedanken kommt, in Shar-Lons Fußstapfen zu treten.«

Shar-Tel gestikulierte vage. »Wir alle haben genug von Gewalt; das gilt sowohl für uns im Habitat als auch für unsere Mitbürger auf der Heimatwelt. Wir möchten bauen, nicht zerstören — ohne die Hilfe einer fremden Technologie. Wahren Frieden können wir nur erreichen, indem wir lernen, uns gegenseitig zu vertrauen, unsere Unterschiede zu respektieren und zu schätzen. Nur dadurch läßt sich das Überleben unserer Zivilisation gewährleisten.« Er betrachtete den Helm. »Wenn ich die Möglichkeit dazu hätte, würde ich die Gaben sofort vernichten, aber bestimmt genügt es nicht, die Haube einfach zu zerschmettern.«

»Da haben Sie sicher recht«, bestätigte Yar. Sie klopfte auf ihr Phasergewehr und fügte hinzu: »Nun, wenn sich die Dinge nicht so entwickeln, wie Sie hoffen ... Mit einer solchen Waffe kann man innerhalb kurzer Zeit großen Schaden anrichten.«

Ruckartig drehte sie sich zu Riker um. »Sir, ich schlage vor, wir erlauben es Shar-Tel, seine Nachricht zu senden.«

Der Erste Offizier nickte ernst. »Einverstanden.«

Der alte Mann schloß kurz die Augen. »Danke. Ich muß ins Shuttle zurück, um das dortige Funkgerät zu benutzen.«

»In Ordnung. Lieutenant La Forge, begleiten Sie ihn.«

»Ja, Sir.«

Die beiden Männer traten in die Luftschleuse, und Data schloß das Schott hinter ihnen. Geordi behielt Shar-Tel mit seinem Visor im Auge und beobachtete, wie er von der

Innentür forttrat. Einige Sekunden später erfaßte sie die Transferenergie, und sie rematerialisierten in der äußeren Schleusenhälfte.

Shar-Tel entriegelte das Schott, und La Forge folgte ihm in die Raumfähre.

Es dauerte fast fünf Minuten, bis es dem alten Mann gelang, Verbindung mit einem seiner Vertrauten aufzunehmen.

»Shar-Tel!« drang eine Stimme aus dem Lautsprecher des Funkgeräts. »Was ist geschehen? Kel-Nar wird uns alle einsperren, wenn...«

»Es ist meine Schuld, La-Dron. Ich war unvorsichtig. Wie dem auch sei: Wir haben keine Zeit für Erklärungen. Worauf es jetzt ankommt ... Geben Sie unseren Freunden auf dem Planeten Bescheid. Die Schiffe sollten sofort starten.«

»Aber das Magazin ...«

»Ist derzeit unter unserer Kontrolle. Beeilen Sie sich. Vielleicht bekommen wir nie wieder eine Chance, wirklichen Frieden zu erreichen.«

Eine Zeitlang hörte Geordi nur statisches Knistern. Dann: »Wie Sie wünschen. Ich gebe die Nachricht unverzüglich weiter.«

Shar-Tel schaltete das Funkgerät aus.

»Und nun, meine Herren ...« erklang Yars Stimme aus Geordis Insignienkommunikator. »Ich schlage vor, wir befassen uns mit den ›Gaben‹ und finden so viel wie möglich über sie heraus. Wenn sich die Lage zuspitzt, wäre es sicher recht nützlich zu wissen, wie wir zur *Enterprise* zurückkehren können.«

»In der Tat«, pflichtete Riker ihr bei. »Lieutenant La Forge, Sie haben sich den Helm doch schon einmal aufgesetzt, nicht wahr?«

»Ja, Sir«, erwiderte Geordi, als er zusammen mit Shar-Tel des Shuttle wieder verließ und die äußere Schleusenkammer betrat. »Deshalb sollte ich es wohl noch einmal versuchen. Zumindest Data kommt dafür nicht in Frage:

Die Kontrollvorrichtung hätte ihn fast umgebracht.« Geordi erklärte seine Theorie, wonach die silberne Haube die psychisch-mentalen Parameter der betreffenden Person analysierte: Wenn sie nicht den programmierten Spezifikationen entsprachen, wurde ein Abwehrmechanismus aktiv, der versuchte, den Benutzer zu töten.

»Shar-Lon und ich weisen offenbar große Ähnlichkeiten mit den ›richtigen‹ Profilstrukturen auf«, fuhr er fort, als er in Begleitung des alten Mannes in die Kammer mit dem Helm zurückkehrte. »Immerhin wurden wir als berechtigt klassifiziert. Trotzdem halte ich es für besser, daß einer von Ihnen in der Nähe bleibt und mir die Haube abnimmt, falls das Ding plötzlich seine Meinung ändert.«

»Selbstverständlich«, sagte Riker. »Wir überwachen Sie und das Gerät mit unseren Tricordern.«

Geordi lächelte schief und griff nach dem Helm, erinnerte sich daran, wie er Data davon befreit und die Kontrollvorrichtung einfach zur Seite geschleudert hatte. Sie hing nun wieder in der unsichtbaren energetischen Halterung.

Er wartete darauf, daß Riker und Yar die Neujustierung ihrer Instrumente beendeten, schob sich dann die Haube auf den Kopf.

Sofort zeigte der Bildschirm wieder den Planeten. Nur einen Sekundenbruchteil später spürte Geordi, wie Furcht in ihm entstand, der erste Hauch beginnender Panik in ihm emporstieg. Nervös erinnerte er sich daran, daß Shar-Tel erwähnt hatte, ›irgend etwas‹ habe vielleicht seinen Bruder übernommen, als er den ersten unmittelbaren Kontakt zu den ›Gaben‹ herstellte.

»Diesmal fühle ich nicht das Prickeln wie beim erstenmal, kein vages Stechen, das sich im ganzen Körper ausbreitet«, sagte La Forge und versuchte, das sich verdichtende Unbehagen zu unterdrücken.

»Vermutlich eine Auswirkung des hypothetischen ›Tests‹, Geordi«, erwiderte Data. »In mir regten sich ähnliche Empfindungen, kurz bevor der Helm danach trachtete, mich zu desaktivieren. Da Sie bereits als autorisierter Benutzer eingestuft wurden, braucht die Prüfphase nicht wiederholt zu werden.«

»*Können* Sie irgend etwas kontrollieren?« fragte Yar mit dem für sie typischen Pragmatismus. »Als Shar-Lon die Haube aufsetzte, veränderte er die Bildschirmdarstellungen.«

Noch während Tasha diese Worte sprach, erzitterte etwas in Geordis Gedankensphäre.

Plötzlich schien er Augen zu haben, die sich öffnen und schließen, von rechts nach links bewegen ließen. Das Gefühl weckte Erinnerungen in ihm ... Er entsann sich an die rätselhafte Entität Q, die Commander Riker eine fast göttliche Macht verlieh; und der Erste Offizier nutzte sie unter anderem, um La Forge für einige Sekunden das Augenlicht zurückzugeben.

Wie damals begriff er nun rein instinktiv, wie man solche Augen verwendete. Er ›erinnerte‹ sich daran, welche geistigen Befehle derartige Sinnesorgane steuerten, so als gehöre dieses Wissen zu seinem innersten Wesen.

Gleichzeitig aber übermittelte ihm das Visor einen beständigen Datenstrom, verband ihn mit dem Chaos der Wellenlängen, aus dem sein Verstand ganz automatisch Informationen bezog. Die andere Wahrnehmungsart – die mentalen Augen, die ihm plötzlich wuchsen – stellte eine Erweiterung dar, keinen Ersatz.

Als er den geistigen Blick fokussierte, wechselte das Bild auf dem Schirm.

Das Habitat kam in Sicht, seine Konturen aufgrund der relativen Nähe bis zur Unkenntlichkeit verzerrt. Unmittelbar darauf ›erinnerte‹ sich Geordi daran, wie man die mentalen Augen ausrichtete. Die Projektion erzitterte kurz, wurde dann völlig klar.

Kurz darauf erweiterte sich das Bild. Impulse, die normalerweise zur Steuerung des Visors dienten, ihm teleskopische und mikroskopische Wahrnehmung gestatteten, verschmolzen mit seinem neuen Sinn.

»Seien Sie vorsichtig«, sagte Yar scharf, und in ihrer

Stimme ließ sich jähe Sorge vernehmen. Sie starrte auf das Display des Tricorders, beobachtete dann Geordi. »Dutzende von Schaltkreisen werden mit Energie beschickt. Die Apparaturen ähneln den Sensoren der *Enterprise*, aber ihre Erfassung beschränkt sich auf das gewöhnliche elektromagnetische Spektrum.«

La Forge ›erinnerte‹ sich an mehr.

Die Darstellung des Habitats dehnte sich erneut aus, so als fiele ihm das Magazin der Welt der Friedenswächter entgegen.

Nur wenige Meter vor der Außenhülle des großen Zylinders verschwammen die Umrisse und wichen einem strukturlosen Durcheinander. Doch es dauerte nur wenige Sekunden, bis sich ein weiteres Bild formte.

Es zeigte das Innere des Habitats. Die Farben wirkten matt und stumpf, wie durch einen dünnen Filter betrachtet.

»Die Sensorsysteme werden immer aktiver, Lieutenant«, warnte Tasha Yar. »Offenbar sind sie für die Projektion verantwortlich, die wir jetzt auf dem Schirm sehen.«

»Allem Anschein nach setzen Sie eine ›Gabe‹ ein, die Shar-Lon nie zur Verfügung stand«, sagte Riker. »Er hielt es für unmöglich, auf diese Weise ins Habitat zu blicken.«

»Vielleicht liegt es daran, daß ich schon seit vielen Jahren ein Visor benutze und daran gewöhnt bin, Dinge zu beobachten, die sich mit normalen Augen nicht erkennen lassen. Ich ... ich empfinde so, als sei der Bildschirm ein integraler Bestandteil meines Körpers, als könne ich ihn so benutzen wie meine Gliedmaßen.« Geordi zögerte, schüttelte den Kopf und schmunzelte. »Himmel, es macht *Spaß*!«

»Sind Sie in der Lage, Shar-Lon zu finden?« fragte Riker.

»Ich versuch's«, erwiderte La Forge und wurde wieder ernst.

Er sammelte seine Gedanken, konzentrierte sich auf das Projektionsfeld und sah eine Art Geisterbild: Er starrte nicht nur auf die Darstellungen des Schirms, sondern beobachtete gleichzeitig ein zweites Bild in seinem Geist, dessen Konturen deutlicher ausgeprägt waren. Vorsichtig und behutsam drehte er die mentalen Augen, orientierte sich. Er schien sich zwischen der Nabe und einem der drei Täler zu befinden, nahm die Einzelheiten seiner ›Umgebung‹ in sich auf und spürte, wie die Freude über seinen neuen Wahrnehmungssinn Besorgnis wich. Kel-Nars Männer durchstreiften noch immer die künstlich angelegte Landschaft. Einer hatte seine Projektilschleuder gezogen und führte zwei Unbewaffnete zur sonnenwärtigen Endkuppel.

»Einer von ihnen ist La-Dron!« platzte es aus Shar-Tel heraus. »Wenn er keine Gelegenheit fand, die Besatzungen der Shuttles zu benachrichtigen ...«

Der alte Mann brach wieder ab, als sich das Bild auf dem Schirm einmal mehr veränderte und die drei Gestalten aus der Nähe zeigte.

Doch während sie größer wurden, verlor die Darstellung an Kontrastschärfe. Ein seltsamer Nebel schien zu entstehen, ein sich verdichtender Dunst zwischen dem Beobachter – Geordi – und der aus drei Personen bestehenden Gruppe. Trotz der geringeren Entfernung wurden ihre Züge nicht deutlicher.

»Können Sie ihm nicht *irgendwie* helfen?« fragte Shar-Tel alarmiert, als die schemenhaften Gestalten den Weg zur Endkuppel fortsetzten.

»Ich weiß nicht«, entgegnete La Forge. »Vielleicht ...«

Plötzlich wuchs ihm eine dritte Hand.

Sie besaß ebensowenig feste Substanz wie die mentalen Augen, formte sich in Geordis Bewußtsein.

Und er ›erinnerte‹ sich daran, wie man sie benutzte.

Er streckte die neue Hand aus, griff nach Kel-Nars Schergen.

»Lieutenant!« rief Yar, riß die Augen auf und betrachtete die Anzeigen ihres Tricorders. »Leistungsstarke Transportersysteme nehmen Energie auf.«

»Ich glaube, ich kenne auch den Grund dafür«, antwortete Geordi und schloß imaginäre Finger um den Mann.

Er verschwand im kurzen Aufblitzen eines Transferfelds. La-Dron warf einen kurzen Blick über die Schulter, und seine Pupillen weiteten sich. Er schnappte überrascht nach Luft, preßte dann die Lippen zusammen, sah sich rasch um und stob davon, gefolgt von der zweiten Gestalt.

Geordi bewegte seine unsichtbare Hand.

Mit den mentalen Augen hielt er nach einem geeigneten Ort Ausschau, und das Bild auf dem Schirm zeigt die sonnenwärtige Endkuppel.

Er öffnete die Hand.

Erneut flirrten Transporterenergien, und der transferierte Mann rematerialisierte einen Meter über dem Pflaster eines Pfads, der zur gelben Tür in der Kuppelwand führte. Er ruderte mit Armen und Beinen, und die Projektilschleuder wirbelte davon, als der Namenlose fiel.

Geordi hörte ein leises Pfeifen, stellte fest, daß es von Tasha Yar stammte.

»Haben Sie das fertiggebracht?«

»Ich *glaube* schon.«

Geordi zog seine mentalen Ausläufer zurück, bis auf dem Bildschirm wieder das ganze Habitat zu sehen war. »Was meinen Sie, Shar-Tel? Wo hält sich Ihr Bruder jetzt wohl auf?«

Der alte Mann schien wie aus einer tiefen Trance zu erwachen, hob ruckartig den Kopf und löste seine magnetischen Stiefel vom metallenen Boden des Magazins.

»Dort ist das Fenster des Zimmers, in das Sie kurz nach Ihrer Ankunft gebracht wurden«, sagte er. »Shar-Lons Quartier befindet sich direkt darüber, etwa hier.«

Ein mentales Zoom holte den entsprechenden Bereich heran, und kurz darauf wurde wieder der seltsame Filtereffekt wirksam. Doch bevor alle Konturen verwischten, wurden die Vorhänge am wandgroßen Fenster in der Versammlungskammer des Ältestenrats beiseite gezogen.

Geordi wich sofort zurück, richtete seinen geistigen Blick nach unten, bewegte das Fenster dadurch in die Mitte des Schirms.

Hinter der dicken Scheibe stand Shar-Lon. Er hielt die Augen geschlossen, schien sich zu konzentrieren.

Plötzlich sprang die Tür des Zimmers auf, und ein schwer atmender Kel-Nar stürmte mit gezückter Projektilschleuder herein.

»Der Stellvertreter meines Bruders!« preßte Shar-Tel hervor. »Er hat herausgefunden, wo sich Shar-Lon aufhält. Bestimmt will er ihn erschießen.«

Geordi reagierte aus einem Reflex heraus, streckte wieder die gedankliche Hand aus und griff nach Kel-Nar.

Aber es war schon zu spät. Noch während sich das Transporterfeld aufbaute, betätigte Kel-Nar den Auslöser seiner Waffe.

Shar-Lon drehte sich halb um, riß die Augen auf, als er sah, wie sein Stellvertreter die Projektilschleuder auf ihn richtete, taumelte zurück. Auf der linken Brustseite seiner Uniform quoll Blut aus einem Loch.

La Forge fluchte lautlos, zog die Hand zurück, schob sie tief ins Habitat hinein. Aber bevor er seine Absichten verwirklichen konnte, fühlte er ein vertrautes Prickeln, und der mentale Griff, der Kel-Nars Transfer lenkte, lockerte sich.

»Was machen Sie da, Lieutenant?« hörte er Tasha Yar. »Ein *zweiter* Transporter wird aktiv, ein Gerät mit Subraum-Schaltkreisen. Und der Fokus richtete sich auf *uns*!«

»Dafür bin nicht etwa *ich* verantwortlich«, erwiderte Geordi und begriff, wer dahintersteckte.

»Es ist Shar-Lon!« rief er und kämpfte gegen die zunehmende Verwirrung an, als er Kel-Nar drei Meter über dem Boden losließ.

Shar-Lon war der einzige, der mit den ›Gaben‹ des Magazins umzugehen verstand, und außerdem unterhielt er eine mentale Verbindung zum Kontrollzentrum. Offenbar hatte er eine der Bordanlagen des fremden Schiffes aktiviert, bevor Kel-Nar auf ihn schoß.

Verzweifelt konzentrierte sich Geordi auf die Versammlungskammer und versuchte, die imaginäre Hand um Shar-Lon zu schließen, der dicht vor dem Fenster auf den Teppich gesunken war. Er rührte sich nicht mehr.

La Forge spürte einen Widerstand.

Und er fühlte, wie sich das Prickeln der Transferenergie verstärkte.

»Welchen Vorgang er auch eingeleitet hat – ich kann nichts dagegen unternehmen«, knurrte Geordi und griff nach dem kleinen Generator des Individualschilds. »Entweder ist er immer noch bei Bewußtsein und blockiert mich, oder er hat die entsprechenden Bordmechanismen auf Automatik justiert. Wir werden transferiert – *irgendwohin*.«

Fast gleichzeitig schlossen Riker und Yar die Helme ihrer Strahlenschutzanzüge. Data zog Shar-Tel zu sich heran, drückte dem alten Mann ein zylindrisches Gerät in die Hand und schaltete es ein. Ein mattes glühendes Energiefeld entstand.

Als sich der Androide zu Riker und Tasha Yar umwandte, wurde der Transporterfokus stabil.

Die Entmaterialisierung begann, und die Konturen des Magazins verflüchtigten sich in gestaltlosem Schimmern.

KAPITEL 15

Shar-Lon fühlte keinen Schmerz, als sich die Kugel in seinen Leib bohrte. Er spürte nur Überraschung und eine plötzlichen Taubheit in der linken Körperhälfte.

Dann fiel er, den Blick noch immer auf die fratzenhaften Züge Kel-Nars gerichtet. Und als er zu Boden stürzte, als ihn der weiche Teppich empfing und die Wucht des Aufpralls dämpfte, begriff er plötzlich, was für ein schrecklicher Fehler ihm unterlaufen war.

Verzweifelt versuchte er, die Konsequenzen daraus zu ziehen, den von ihm bereits eingeleiteten Prozeß zu unterbrechen und umzukehren, die Konstrukteure zurückzubringen.

Aber er sah sich außerstande dazu.

Der Transfer hatte schon begonnen, und Shar-Lon fehlte die mentale Kraft, die Koordinaten zu verändern.

Er verfluchte sich dafür, so naiv gewesen zu sein.

Kel-Nar war schon seit vielen Jahren sein Stellvertreter, und er hatte immer wieder versucht, die Geheimnisse des Magazins in Erfahrung zu bringen. Wenn er Shar-Lon darauf ansprach, wies er ständig darauf hin, wie wichtig es sei, ihn in den Umgang mit den Gaben einzuweihen. »Jemand muß Ihre Nachfolge antreten können, wenn Sie sterben«, betonte er.

Shar-Lon *wollte* glauben, daß Kel-Nar die Wahrheit sagte, wenn er meinte, es ginge ihm nur darum, nach dem Tod des ›Auserwählten‹ das Werk der Friedenswächter fortzusetzen. Selbst als sein Bruder Shar-Tel zu ihm kam und ihm zu erklären versuchte, wie gefährlich Kel-Nar sei, daß er es nur auf die Macht der Gaben abgesehen habe, rang sich Shar-Lon nicht dazu durch, seinem Stellvertreter zu mißtrauen.

Während der letzten Minuten hatte er Kel-Nar direkt in die Hände gespielt, indem er sich davon überzeugen ließ, daß die angeblichen Konstrukteure Lügner waren.. Vielleicht stimmte das sogar, aber darauf kam es nun nicht mehr an. Sie stellten keine annähernd so große Gefahr dar wie Kel-Nar selbst. Die Tatsache, daß sie sich jetzt nicht mehr im Magazin befanden, räumte das letzte Hindernis aus Kel-Nars Weg, gab ihm die Möglichkeit, die Kammer mit der Kontrollhaube zu betreten, den Helm aufzusetzen — und das ganze technische Potential der wahren Konstrukteure zu nutzen.

Damit zerstörte er all das, was die Friedenswächter in den vergangenen fünfzig Jahren geschaffen hatten.

Shar-Lon wehrte sich gegen die Schwärze, die seine Gedanken auszusaugen drohte, besann sich auf die mentale Verbindung und versuchte, die Gabe zu aktivieren, die das Magazin vernichten würde. Er wollte unter allen Umständen verhindern, daß Kel-Nar die fremde Technik nutzen konnte.

Aber die Kraft sickerte aus ihm heraus.

Er kam nicht mehr dazu, in Gedanken die kurze Codefolge zu formulieren, um die Selbstzerstörung auszulösen. Flutwellen aus Finsternis wogten heran und spülten seinen Geist fort.

Noch während Riker den Helm seines Strahlenanzugs schloß, hoffte er, daß die Transferenergien von den Transportern der *Enterprise* stammten. Aber als die Entmaterialisierung erfolgte, nahm er wieder die verwirrenden, desorientierenden Farbmuster wahr und begriff, daß sie durch den Subraum gebeamt wurden.

Es blieb ihm gerade noch Zeit genug, zu überlegen, ob die Reise nun in umgekehrter Richtung erfolgte und sie zum Wrack zurückführte. Besser gesagt: zu dem Strahlungschaos, in dessen Zentrum sich einst das fremde Schiff befunden hatte.

Energetische Strudel umgaben ihn, und an Rikers innerem Auge zogen streiflichtartige Bilder vorbei, die ihm sowohl das Wrack als auch die ferne *Enterprise* zeigten. Als er sich darauf zu konzentrieren versuchte, fühlte er plötzlich das gleiche mentale Zerren wie beim ersten Transfer, als es den Anschein hatte, seine Ich-Matrix löse sich zwischen Sender und Empfänger auf.

Es war nur ein vages Gefühl, kurzlebig und verlockend im allgemeinen Chaos.

Unmittelbar darauf verflüchtigte es sich wieder, wich erneut dem Wogen des Subraums. Die reale Welt des Strahlenschutzanzugs formte sich um ihn herum.

Und im Innern des Helms hallte ein geflüstertes Wort wider, dessen Klang ihn mit Wehmut und Hoffnung erfüllte: *Imzadi* ...

Das dritte Sonnensystem und seine öden, leblosen Welten blieben hinter der *Enterprise* zurück. Picard stand vor dem großen Wandschirm und beobachtete, wie der nächste Stern anschwoll, vom Punkt zur Scheibe wurde. Deanna Troi saß hinter dem Captain, und der Blick ihrer dunklen Augen richtete sich ebenfalls auf das Projektionsfeld.

Seit dem Beginn der Suche betrachtete sie die Darstellungen auf dem Schirm, hockte völlig reglos in ihrem Sessel. Nur ihre Brust hob und senkte sich mit metronomischer Regelmäßigkeit, während sie atmete. Die Counselor hoffte noch immer, aber inzwischen nagten erste Zweifel an den Wehrwällen ihrer Zuversicht. Einmal mehr fragte sie sich, welchen Sinn es hatte, immerzu auf den Bildschirm zu starren.

Der herbeigesehnte mentale Kontakt blieb aus. Statt dessen wurde ihre Seele ständig von den Emotionen aller Besatzungsmitglieder an Bord der *Enterprise* bedrängt. Mit fast schmerzhafter Intensität nahm sie die kontrollierten Gefühle des Captains wahr, eine Mischung aus energischer Entschlossenheit und Besorgnis. Worfs komplexe und recht turbulente Empfindungen, verborgen unter einer in der Föderation erlernten Selbstdisziplin, waren deutlicher als jemals zuvor.

Wie *konnte* sie hoffen, trotz dieses emotionalen Mahlstroms in unmittelbarer Nähe etwas aus lichtjahreweiter Entfernung zu empfangen? Es spielte keine Rolle, mit welcher Intensität die Signale abgestrahlt wurden oder welche Verbindungen sie zu der Person unterhielt, von der sie ausgingen. Unter den gegebenen Umständen mußte ein derartiger Kontakt schlicht und einfach unmöglich bleiben.

Deanna Trois Gedanken kehrten in die Vergangenheit zurück ...

Die *Enterprise* erbebte noch immer im energetischen Orkan, den die Zerstörung des fremden Schiffes bewirkt hatte. Die Counselor entsann sich an die auf der Brücke herrschende Anspannung, an die intensiven Emotionen der vielen hundert Personen an Bord, die eine andere Art von Sturm bildeten, dessen Tosen individuelle ›Stimmen‹ übertönte.

Und doch ...

Für einen Sekundenbruchteil berührte ihr Geist das Bewußtsein William Rikers.

Ganz gleich, wo er sich zu jenem Zeitpunkt befunden haben, wo sein Retransfer erfolgt sein mochte: Er *existierte* lange genug, um einen kurzen Kontakt zu ermöglichen.

Deanna Troi klammerte sich an der Überzeugung fest, daß Riker nach wie vor lebte, daß er irgendwo dort draußen, in der Weite des Alls, auf sie wartete.

»Wir erreichen das nächste Sonnensystem in zehn Minuten«, meldete Fähnrich Gawelski.

»Sensoren erfassen mehrere Planeten«, sagte Worf und beobachtete die Instrumentenanzeigen der wissenschaftlichen Station. »Auf diese Entfernung lassen sich keine Einzelheiten feststellen.«

Picard nahm die einzelnen Berichte mit einem knappen Nicken entgegen; seine Aufmerksamkeit galt nach wie vor dem Bildschirm.

Nach einer Weile drehte er sich um, nahm wieder im Sessel des Befehlsstands Platz, der Rücken gerade, den Kopf hoch erhoben.

»Jean-Luc«, murmelte Deanna Troi. Ihre schlanken Finger berührten den kühlen Handrücken des Captains. »Ich bin sicher, wir ...«

Sie unterbrach sich und erstarrte, als sie einen vertrauten Hauch fühlte.

Und ihre Gedanken riefen: *Imzadi!*

Die Crew der *Enterprise* bombardierte sie noch immer mit emotionalen Signalen aller Art, aber trotzdem zweifelte sie nicht daran, für einen Sekundenbruchteil Will Rikers Ich gespürt zu haben.

Gleichzeitig begriff sie auch, warum ein solcher Kontakt möglich wurde. Sie wußte plötzlich, welche besonderen Bedingungen ihn ermöglichten.

Während der ersten Verbindung hatte Deanna den Eindruck gewonnen, Rikers Selbst durch eine Zerrlinse zu sehen, die ihr die Gedanken des Ersten Offiziers aus einer eher seltsamen Perspektive zeigten. Hinzu kam, daß sich beider Bewußtsein unmittelbar nach der Entmaterialisierung durch ein Transportersystem berührte, dessen Beförderungsfokus sich nach Auskunft Chefingenieur Argyles durch den Subraum erstreckte.

Mit anderen Worten: Rikers Geist wurde in jenen Augenblicken Bestandteil einer übergeordneten Dimension, in der Materie und Energie völlig fremdartige Strukturen gewannen, die nur mit Hilfe von mathematischen Abstraktionen beschrieben werden konnten. In jenem *anderen* Weltraum verloren Entfernungen die Bedeutung, die ihnen im Einstein-Universum zukam.

Der zweite kurze Kontakt konfrontierte Deanna Troi einmal mehr mit dem Empfinden einer sonderbaren Verzerrung.

Das ließ nur einen Schluß zu: Riker hatte sich erneut im Subraum befunden, wodurch sich die Distanz zu ihm auf einen nicht errechenbaren Wert reduzierte.

Die Counselor stand abrupt auf und wandte sich den rückwärtigen Stationen zu.

»Lieutenant Worf ...«, sagte, sie und ihre normalerweise sanfte Altstimme gewann einen scharfen Klang. »Versuchen Sie, eventuelle Subraum-Aktivitäten festzustellen, irgendwelche Anomalien, die mit den Sensoren registriert werden können.«

»Sofort, Counselor«, bestätigte der Klingone ohne zu zögern, als er die Anspannung in Deannas Stimme hörte. Seine Finger huschten über die Kontrollen.

Picard stand auf und musterte Troi neugierig. »Sie haben etwas wahrgenommen«, sagte er — eine Feststellung, keine Frage.

»Ja. Aber bis die Sensoren ...«

»Eine schwache Störung im allgemeinen energetischen Gefüge«, brummte Worf. »Bewegungsrichtung eins zwei sieben komma fünf acht.«

»Passen Sie den Kurs an, Mr. Gawelski«, sagte Picard rasch. »Entfernung, Lieutenant Worf?«

»Fast außerhalb der Sensorreichweite, Sir. Mindestens anderthalb Parsec.«

»Bringen Sie uns zu den angegebenen Koordinaten, Fähnrich Gawelski. Maximaler Warp-Faktor. Lieutenant Brindle, versuchen Sie noch einmal, Commander Riker und Lieutenant Yar per Subraumkommunikation zu erreichen.«

Als sich das Summen der Warptriebwerke verstärkte, richtete Picard seinen Blick erneut auf Troi.

»Ich nehme an, für Ihr plötzliches Interesse an Subraum-Aktivitäten gibt es einen guten Grund, nicht wahr, Counselor?« fragte er. Zum erstenmal seit Rikers und Yars Verschwinden deutete er ein dünnes Lächeln an.

Deanna Troi erwiderte es zaghaft, nickte und begann zu erklären.

Als er entmaterialisierte, merkte Geordi sofort, daß die Transporterenergien nicht annähernd so strahlend hell waren wie während des ersten Transfers durch den Subraum. Wieder spürte er, wie die eigentümlichen Muster und Schlieren an seiner geistigen Stabilität zerrten — ein sicherer Beweis dafür, daß sie nicht durch das Einstein-Universum gebeamt wurden.

Eine nicht meßbare Zeitspanne später kehrte er in die normale, ihm vertraute Welt zurück und sah seine Schlußfolgerungen bestätigt.

Er schwebte im Vakuum des Alls und sah den erdähnlichen Planeten, der nun wesentlich kleiner wirkte. Das Magazin befand sich in einer rund dreißigtausend Kilometer hohen Umlaufbahn, und La Forge schätzte, daß seine Distanz mindestens hunderttausend Kilometer betrug. Eine Entfernung, die kein Föderations-Transporter überbrükken konnte — und doch nichts im Vergleich zu den Parsec, die sie beim ersten Transfer zurückgelegt hatten.

Wo sind die anderen? fragte sich La Forge plötzlich, und in seiner Magengrube krampfte sich etwas zusammen. Data, der seinen Schildgenerator Shar-Tel regelrecht aufzwang ... Vermutlich rechnete er damit, daß Riker und Yar ebenfalls über solche Vorrichtungen verfügten, von ihnen Gebrauch machten und ihm einen der Strahlenschutzanzüge gaben.

Aber wenn sie voneinander getrennt worden waren ...

Im Innern des Energiefeldes, das ihn vor der explosiven Dekompression bewahrte, hob Geordi die Hand und berührte den Insignienkommunikator. »Commander Riker! Lieutenant Yar!«

Einige Sekunden später antwortete ihm die Stimme des Ersten Offiziers.

»Ist Data bei Ihnen?« fragte La Forge.

»Ich bin allein«, sagte Tasha Yar.

»Ich auch«, erwiderte Riker.

»Data hat seinen Schildgenerator Shar-Tel überlassen«, meinte Geordi. »Ich weiß, daß er einen ungeschützten Aufenthalt im Weltraum weitaus länger überlebt als wir, aber ...«

»Nach den Anzeigen meines Tricorders zu urteilen«, unterbrach ihn Yar, »befinden wir uns alle innerhalb eines Umkreises von zwei oder drei Kilometern.«

Geordi schaltete sein eigenes Analyseinstrument ein, ärgerlich darüber, nicht sofort daran gedacht zu haben. Er achtete sorgfältig darauf, abrupte Bewegungen zu vermeiden, als er das kleine Gerät hin und her schwenkte.

Er fand Data fast sofort: Die charakteristische Aura des Androiden unterschied ihn von den anderen. Er schwebte etwa anderthalb Kilometer entfernt, direkt zwischen Geordi und dem Planeten. Shar-Tel – aufgrund seiner Biostruktur ebenso leicht zu identifizieren wie Data – war ihm am nächsten: Seine Distanz betrug nur etwa fünfhundert Meter.

Geordi peilte Yar und Riker mit Hilfe der Signale an, die ihre Kommunikatoren ständig ausstrahlten: Ihr Retransfer war noch etwa zwei Kilometer weiter vom Planeten entfernt erfolgt, und die Distanz zwischen ihnen belief sich auf etwa tausend Meter.

La Forge begriff sofort, daß es für sie keine Möglichkeit gab, Data mit einem der Schutzanzüge auszustatten.

Außerdem konnten sie sich nicht mit dem Androiden in Verbindung setzen. Ohne seinen Individualschild, ohne die Luft im Innern des Energiefelds, existierte kein Übertragungsmedium für die Schallwellen aus dem Lautsprecher. Ein Kommunikationskontakt mit ihm hätte sie in die Lage versetzt, einen Plan zu entwickeln und die Phaser als kleine Düsenpistolen zu benutzen, sich damit genügend Bewegungsmoment zu verleihen, um einen gemeinsamen Treffpunkt in der Leere anzusteuern.

Ohne eine genaue Koordinierung mußte ein solches Unterfangen erfolglos bleiben.

Geordi richtete seine Visor-Sensoren auf den vom Tricorder angezeigten Koordinatenpunkt und sah den Androiden als winzigen Fleck vor dem Hintergrund des Planeten, der sich hunderttausend Kilometer ›unter‹ ihm drehte. Als er das Sichtinstrument auf teleskopische Erfassung umschaltete, schien ihm Data entgegenzuspringen. Er bot einen ähnlichen Anblick dar wie vor einiger Zeit in der luftleeren Schleuse: Durch den fehlenden Druck wirkte sein Gesicht aufgequollen. Ansonsten bemerkte La Forge keine Veränderungen.

Doch noch während er ihn beobachtete, schloß Data die goldenen Augen, und seine Züge erschlafften.

Geordi schluckte, als er sich vorstellte, wie der Androide seine internen Systeme abschaltete.

Gleich darauf begriff er die Logik einer solchen Entscheidung. Er wußte nicht genau, wie lange Data in voll funktionsfähigem Zustand im Vakuum überleben konnte, aber eins stand fest: Wenn er sich desaktivierte, verlängerte er diese Zeitspanne. Geordi erinnerte sich daran, daß in diesem Zusammenhang auch Shar-Tel und ihm Grenzen gesetzt waren. Die Luft im Innern der Individualschilde konnte nicht ständig erneuert und gefiltert werden, und hinzu kam das Problem mangelnder Nahrungsmittel und Wasservorräte. Das Konstruktionskonzept der Schildgeneratoren sah nur eine Benutzung von höchstens einigen Tagen vor. Und selbst die wesentlich komplexeren Strahlenschutzanzüge, die Riker und Yar trugen: Wenn sie nicht daran gedacht hatten, Proviant mitzunehmen ...

»Wir müssen zum Magazin oder ins Habitat zurück!« entfuhr es La Forge. Seine Kommunikator übertrug ein kurzes, humorloses Lachen.

»Von *mir* brauchen Sie keinen Widerspruch zu erwarten, Lieutenant«, sagte Riker. »Haben Sie eine Idee?«

»Gibt es *irgendeine* Möglichkeit für Sie, das Magazin über diese Entfernung hinweg zu kontrollieren?« fragte Tasha Yar. »Sie und Shar-Tel wiesen uns darauf hin, Shar-Lon sei imstande, die Anlagen des fremden Schiffes auch dann zu nutzen, wenn er sich im Habitat aufhält.«

»Ich konnte ihn nicht einmal daran hindern, uns hierher zu transferieren — obgleich ich den Helm trug«, erwiderte Geordi.

»Aber wenn er seine mentale Verbindung zum Magazin nicht mehr nutzt ...« gab Yar zu bedenken. »Wenn er bewußtlos oder tot ist ...«

»Sie haben recht«, sagte Geordi knapp und versuchte, das Gefühl der Schuld aus sich zu verdrängen, als er sich an den blutigen Körper Shar-Lons erinnerte.

Er fokusierte seinen teleskopischen Blick auf die Nähe des Planeten und hielt nach dem Habitat Ausschau. Gleichzeitig versuchte er, sich auf die Empfindungen zu besinnen, die der Helm in ihm bewirkt hatte. Natürlich war es möglich, daß sich das Magazin derzeit auf der anderen Seite der Weltenkugel befand, und in dem Fall ...

Schließlich entdeckte er den langen, stählernen Zylinder, sah das Gleißen des großen Spiegels, der den Photonenstrom der Sonne einfing und dem Solarkraftwerk zuleitete. Das Habitat glitt gerade hinter der Wölbung des Planeten hervor: Sein polarer Orbitalvektor führte es nur für kurze Zeit hinter den Beobachtungshorizont, und Geordi schätzte, daß ihm rund zwei Stunden blieben, bevor die Welt der Friedenswächter erneut verschwand.

Kurz darauf zeigte ihm sein Visor auch das Magazin, angesichts der Distanz von rund siebzigtausend Kilometern kaum mehr als ein vager, grauer Fleck.

»Ich sehe jetzt das fremde Schiff«, sagte er und justierte den Teleskopblick mit einer mentalen Anweisung auf stärkste Vergrößerungsstufe. Doch schon wenige Sekunden später schaltete er das Visor-Zoom zurück: Die geringe Eigenbewegung seines Körpers erschwerte es ihm, das Magazin im Fokus zu behalten.

»Haben Sie bereits einen Kontakt herstellen können?« fragte Riker. »Mit dem Helm?«

»Noch nicht.«

»Sir«, ließ sich Tasha Yar mit einer Spur Sarkasmus vernehmen, »ich schlage vor, wir lenken Lieutenant La Forge nicht ab, indem wir alle dreißig Sekunden einen Bericht von ihm verlangen.« Stille schloß sich an.

Geordi wußte nicht so recht, wie er beginnen sollte. Er stellte sich die silberne Haube vor und dachte daran, wie er sie sich auf den Kopf setzte, was er dabei spürte.

Er rief sich das Gewicht des Helms in Erinnerung zurück, den leichten Druck der fingerartigen Haltespangen.

Als die entsprechenden Gefühle in das innere Zentrum seiner Wahrnehmung rückten, besann er sich auf die geistigen Augen, an die fremden ›Erinnerungen‹, die ihn durchströmten. An die Furcht, als ihm einfiel, daß Shar-Lon von einer fremden Entität ›übernommen‹ sein mochte.

Aus dem memorialen Zittern wurde ein echtes Schaudern, und Geordi begriff, daß ihm erneut die Phantompupillen wuchsen. Zwar war er sich ihrer Existenz bewußt, aber trotzdem konnte er nichts sehen.

Dann ertastete er auch den unsichtbaren Arm, der das geistige Äquivalent eines fremden Transportersystems darstellte. Er erwies sich als ebenso substanzlos wie die Augen: Der geringste Versuch, ihn zu bewegen, führte dazu, daß er sich auflöste, wie Nebelschwaden im Wind.

Einmal mehr bedauerte Geordi, nicht die Augen schließen zu können. Er gab sich alle Mühe, das energetische Chaos zu ignorieren, das ihm das Visor übermittelte. Im Weltraum gab es keine Atmosphäre, die als natürlicher Filter wirkte. Das Spektrum reichte vom Ultravioletten bis hin zu Röntgen- und kosmischen Strahlen. Unaufhörlich hämmerten sie auf seinen Geist ein und verlangten beharrlich nach Aufmerksamkeit.

Doch trotz dieser Ablenkung blieb er nicht völlig erfolglos. Ganz langsam verstärkten sich die psychischen Erweiterungen seines Selbst, und diesmal stieß er nicht auf Widerstand wie bei dem Versuch, Shar-Lon in ein Transporterfeld zu hüllen. Die Phantomaugen zeigten ihm weiterhin gestaltlose Gräue.

Bis ...

Plötzlich sah er etwas, diffuse Konturen, die sich fast im allgemeinen Strahlungswüten verloren. In der Ferne schwebte ein undeutliches Abbild des Habitats.

Und jenseits davon bemerkte er einen Lichtpunkt, klein wie ein Stern. Ein seltsames Licht ging davon aus, und Geordi begriff plötzlich, daß er sich selbst beobachtete.

Mit plötzlicher Hoffnung dehnte er seine expandierten Sinne aus, aber der mentale Arm verlor erneut an Stabilität.

Während er noch versuchte, mit der in ihm emporquellenden Enttäuschung fertig zu werden, fühlte er etwas anderes, das weitaus mehr Substanz besaß. Es schien nicht auf die Art und Weise ›lebendig‹ zu sein wie der imaginäre Arm, aber es existierte. Und er konnte das Etwas ebensogut kontrollieren wie eine Keule, die in seiner Hand zu einer Waffe wurde. Er spürte, wie die Masse an ihm zerrte, nahm ein fremdes Trägheitsmoment wahr.

Irgendwie gelang es ihm, das *Ding* zu bewegen, es durch den Raum zu schieben, dem Lichtpunkt entgegen, der ihn selbst darstellte. Kurze Zeit später erfolgte ein Kontakt.

Sofort wurde Geordis Kontrolle umfassender, und er begann zu ahnen, daß es tatsächlich noch eine Überlebenschance für ihn und seine Gefährten gab.

Er zog vorsichtig an dem Etwas, ganz behutsam, um die Verbindung nicht zu gefährden — um zu verhindern, daß sich die ›Masse‹ ebenso auflöste wie der mentale Transporterarm.

»Unsere Tricorder registrieren die Aktivierung eines Traktorstrahls.« Tasha Yars Stimme durchdrang die Barrieren, mit denen sich Geordi vor störenden Wahrnehmungen schützte. La Forge hörte die Worte, verstand ihre Bedeutung und reagierte mit einer Mischung aus Aufregung und Begeisterung.

»Das ist mein Werk!« erwiderte er. »Als ich versuchte, die Transferanlagen meinem Willen zu unterwerfen, fand ich etwas anderes, das sich leichter kontrollieren läßt. Ich *glaube*, ich ziehe uns nun zum Magazin. Aber selbst wenn der Strahl nur mich erfaßt: Wenn ich wieder im fremden Schiff bin, setze ich den Helm auf und hole Sie zurück.«

Unmittelbar im Anschluß an diesen Hinweis fühlte er eine sanfte Beschleunigung: Der Traktorstrahl erhöhte sein Bewegungsmoment.

»Spüren Sie etwas?« fragte er.

»Ich denke schon«, antwortete Yar zögernd. »Ja, Lieutenant.«

Ein oder zwei Minuten lang schwiegen sie, während das Traktorfeld ihre Entfernung zum Magazin verringerte.

Geordi richtete einen Teil seiner Aufmerksamkeit auf

die vom Visor übertragenen Daten, seufzte erleichtert, als der Zugstrahl weiterhin stabil blieb.

Er justierte seinen teleskopischen Blick auf kürzere Reichweite und beobachtete Data. Der Androide rührte sich nicht, und seine Augen waren noch immer geschlossen – deutliches Zeichen dafür, daß er zumindest einen Teil seiner internen Systeme stillgelegt hatte. Der einen halben Kilometer entfernte Shar-Tel rotierte um die eigene Achse. Um nicht in eine ähnliche Situation zu geraten, widerstand Geordi der Versuchung, den Kopf zu drehen und zu Riker und Yar zu sehen.

Er konzentrierte sich wieder auf das Habitat und fragte sich voller Unbehagen, was geschehen mochte, wenn das Magazin hinter die Wölbung des Planeten verschwand.

La Forge befürchtete, daß sie in einem solchen Fall aus dem Fokus des Traktorstrahls gerieten. Vielleicht brach sogar sein Kontakt zu den Steuerungsanlagen ab. Konnte er ihn später wiederherstellen? *Und wenn uns der Strahl wenige tausend Kilometer über der Oberfläche des Planeten freigibt? Dann fallen wir lebenden Meteoriten gleich und verglühen in der Atmosphäre ...*

Geordi verbannte diese Überlegungen aus sich, spürte erneut etwas. Eine ganze Zeitlang versuchte er vergeblich, den Grund für jenes seltsame Gefühl festzustellen – ein einzelnes Erinnerungsfragment aus einem vergessenen Traum, der keine Bezüge zur Wirklichkeit aufwies.

Dann wurde ihm klar, daß es sich nicht um eine Erinnerung handelte, sondern um den ›Schatten‹ eines Ereignissen, das *jetzt* stattfand. Der Luftschleusentransporter nahm Energie auf. Jemand betrat das Magazin.

Sofort erweiterte Geordi seine Geistessphäre, wies den Transporter allein mit seinem Willen an, die Aktivitätsphase zu beenden. Wer auch immer versuchte, in das fremde Raumschiff zu gelangen – Shar-Lon? Kel-Nar oder einer seiner Männer? –, für Shar-Tel und die vier Offiziere der *Enterprise* mochten sich daraus nur weitere Probleme ergeben.

Doch Geordis Bemühungen führten nicht zu dem erhofften Erfolg. Kurz darauf stellte der Transporter seine Funktion ein. Geordi schirmte sich einmal mehr vor der Datenflut des Visors ab und konzentrierte sich auf die mentalen Augen. Wenn er nicht in der Lage war, den Zugang zum Magazin zu blockieren, konnte er wenigstens herausfinden, wer es betrat.

Doch die geistigen Pupillen zeigten ihm nur eine verschwommene Darstellung des Habitats. In der Ferne schwebte nach wie vor der Punkt, der ihn selbst symbolisierte, eine einsame Gestalt im All. Er verstärkte seine Konzentration, eliminierte alle störenden Einflüsse aus seiner psychischen Welt, veränderte vorsichtig den Blick, bis er das graue, kastenförmige Magazin sah. Neben der Luftschleuse bemerkte er ein Shuttle; es unterschied sich ein wenig von der Fähre, die Data, Shar-Tel und La Forge benutzt hatten. Das andere Kleinraumschiff schwebte in der Nähe, driftete langsam vom Magazin fort.

Geordi modifizierte seinen ›Blickwinkel‹, näherte sich.

Seine ›Augen‹ durchdrangen die Außenhülle, nahmen das Innere wie durch einen dunstigen Filter wahr.

Jemand begann gerade damit, das Innenschott zu entriegeln. Nur noch einige Sekunden, und der Unbekannte erreichte die Kammer mit dem Helm! Und wenn er ihn aufsetzte, wenn es ihm dadurch gelang, die Systeme des fremden Schiffes zu kontrollieren ...

Geordi wandte sich von der Schleusenattrappe ab, richtete den Blick seiner Phantompupillen auf die silberne Haube, dachte nicht daran, daß sich sein Körper noch immer fast hunderttausend Kilometer vom Planeten entfernt befand. Hoffnung regte sich in ihm.

Die meisten Konturen in der Kammer blieben verzerrt und undeutlich, nicht jedoch die des Helms. Als Geordi ihn beobachtete, gewann er eine ganz besondere Art von Festigkeit. La Forge wagte es nicht, auch nur einen Sekundenbruchteil in seiner Konzentration nachzulassen, beobachtete, wie die Umrisse der Haube noch schärfer wurden, einer holografischen Projektion gleich, deren Feldstruktur sich zunehmend stabilisierte.

Das Herz in seinem materiellen Körper klopfte lauter und schneller, als sich Geordi an den Helm heranschob. Die Kontrollvorrichtung wirkte nun so real, als brauche er nur die Hand auszustrecken, um sie zu berühren.

Und er berührte sie tatsächlich. Er betastete die fingerartigen Haltespangen, das kühle, silbrig schimmernde Metall.

Plötzlich lösten sich die verschleiernden Dunstschwaden auf, und der Rest des Magazins wurde fast ebenso substantiell wie die Haube. Geordi spürte energetische Macht.

Aber noch besaß er keine *vollständige* Kontrolle.

Er wußte instinktiv, daß ihn die große Entfernung zum fremden Schiff daran hinderte, den Mann in der Schleuse einfach mit einer mentalen Hand zu packen und zu transferieren. Aber was ihn selbst betraf, seinen Körper ...

Er glitt am quasimateriellen Traktorstrahl entlang, griff blindlings nach dem, was er am anderen Ende fand.

Die Visorsinne übermittelten ihm neue Informationen, als sich ein Transporterfeld aufbaute. Das Gefühl, an zwei Orten gleichzeitig zu sein, erschütterte Geordis psychisches Gleichgewicht fast ebensostark wie die desorientierenden Energieschlieren, die ihn durch den Subraum schleuderten.

Nur einen Hauch eines Augenblicks später rematerialisierte er im Magazin, setzte sofort den Helm auf. Und mußte sich der Erkenntnis stellen, daß er nicht schnell genug gehandelt hatte. Das Innenschott öffnete sich, und Kel-Nar trat aus der Schleuse, legte mit einer Projektilschleuder an.

La Forge stieß die silberne Haube fort, warf sich zur Seite und feuerte seinen Phaser ab.

Unmittelbar darauf fühlte er, wie das Verteidigungssystem des fremden Schiffes aktiv wurde und ihm das Bewußtsein raubte. Schwärze umhüllte ihn.

Der Traktorstrahl existierte plötzlich nicht mehr. Zehntausende von Kilometern entfernt sausten Riker und Yar weiterhin durchs All, fielen dem Planeten entgegen.

KAPITEL 16

Die *Enterprise* flog vertikal zur Ekliptik und näherte sich dem Sonnensystem. Eine erste Sensorerfassung begann.

»Eins Komma null vier Sonnenmassen, Sir«, sagte Worf. »Sechs Planeten. Der zweite gehört eindeutig zur Klasse M. Keine natürlichen Trabanten. Dafür ein künstlicher, dessen Masse ein Vielfaches der *Enterprise* beträgt. Die Entfernung ist noch zu groß, um kleinere artifizielle Raumobjekte zu orten.«

Picard hielt den Atem an, während Worf an der wissenschaftlichen Station Bericht erstattete. Er widerstand der Versuchung, laut und erleichtert zu seufzen, ließ die Luft lautlos entweichen.

»Schalten Sie auf die Impulstriebwerke um, Fähnrich Gawelski«, sagte er. »Deflektoren ein. Lieutenant Brindle, Lieutenant Worf — suchen Sie nach Anzeichen einer hochentwickelten Technologie. Vielleicht stammen die Baumeister des Wracks im interstellaren Raum von einem Planeten diese Systems.«

Doch als sie sich der M-Welt näherten, sank die Wahrscheinlichkeit, auf eine Zivilisation zu stoßen, deren technisches Niveau den Völkern der Föderation entsprach. Es ließen sich keine durch den Subraum abgestrahlten Com-Signale messen. Die entsprechende Aktivität beschränkte sich auf die üblichen Frequenzen des elektromagnetischen Spektrums, typisch für eine Kultur, die gerade erst mit der Raumfahrt begann.

Als die Entfernung bis auf zehn Millionen Kilometer schrumpfte, sah Worf von seinen Instrumenten auf. »Die Sensoren registrieren einen zweiten künstlichen Trabanten, Sir«, knurrte er. »Er hat kaum ein Prozent der Masse des ersten Orbiters, aber er enthält eine auf Materie-Antimaterie-Fusion basierende Energiequelle, die ebenso beschaffen ist wie der Kern des Wracks. Allerdings weist sie eine bessere Abschirmung auf.«

Picard runzelte die Stirn. »Und woher bezieht der größere Trabant seine Betriebsenergie?«

»Keine Ahnung, Sir. Nichts deutet auf Antimaterie oder nukleare Reaktionen irgendeiner Art hin, weder dort noch auf der Oberfläche des Planeten.«

»Weitere künstliche Objekte in der Umlaufbahn?«

»Nein, Sir.«

»Soll das heißen, im ganzen Sonnensystem gibt es nur diese beiden Satelliten?«

»Zumindest sind es die einzigen im Orbit des Klasse M-Planeten. Eine Untersuchung der übrigen Welten, die kein Leben tragen ...«

»Das dürfte sich erübrigen.« Der Captain wandte sich zur taktischen Station um. »Noch immer keine Subraum-Aktivität, Lieutenant Brindle?«

»Nein, Sir.«

»Projizieren Sie die Satelliten auf den Schirm, Mr. Gawelski. Maximale Vergrößerung.«

Gawelski bestätigte. Das holografische Bild veränderte sich, und die Mitte zeigte einen Bereich rund dreißigtausend Kilometer über dem Planeten. Das elektronische Zoom reagierte, und Picard kniff die Augen zusammen, beobachtete das größere Objekt. Das andere war nur ein vager Fleck.

»Subraum-Emissionen«, sagte Worf plötzlich. »Sie stammen von einem Transportersystem. Die Signale gehen von dem kleineren Trabanten aus.«

Picard drehte den Kopf und sah die Counselor an, doch Deanna Troi schüttelte den Kopf. »Ich spüre nichts, Jean-Luc.«

»Irgendwelche anderen Aktivitäten in dem zweiten Orbiter, Mr. Worf?«

»Eine geringfügige Erhöhung des energetischen Niveaus im Antimateriekern. Offenbar diente sie dazu, den Transporter mit Energie zu beschicken, Sir, aber ...«

»Captain!« warf Lieutenant Brindle an der taktischen Station ein. »Ich orte drei Starfleet-Kommunikatoren!«

»Wo?« Neuerliche Erleichterung erfüllte Picard, doch gleich drauf wich sie dumpfer Sorge. Brindle hatte drei Kommunikatoren erwähnt, nicht vier.

»Hunderttausend Kilometer vom Planeten entfernt, Sir. Ungefähr ... dort.« Bei diesen Worten schrumpfte die Weltenkugel, und jenseits davon wurde ein gelber Kreis eingeblendet.

»Bringen Sie uns bis auf Transporterreichweite heran, Mr. Gawelski. Volle Impulskraft.« Picard wartete keine Bestätigung ab. »Lieutenant Brindle, senken Sie auf meinen Befehl hin die Schilde. Halten Sie den Transporterraum auf dem laufenden, während Sie die Koordinaten der Kommunikatoren bestimmen. Mr. Carpelli, alles für einen Transfer bereit.«

Der Captain zögerte, betrachtete die Schirmdarstellungen, den glühenden Kreis. Die Identifikationssignale der kleinen Comgeräte bedeuteten nicht, daß sie die verschwundenen Offiziere gefunden hatten. Noch gab es keine Möglichkeit festzustellen, *wer* oder *was* die Instrumente trug.

»Sicherheitsabteilung«, sagte Picard. »Eine Einsatzgruppe zum Transporterraum. Dr. Crusher, schicken Sie ein Medo-Team. Bereiten Sie sich insbesondere auf eine Behandlung Commander Datas vor.«

Dann konnten sie nur noch warten.

»Sensoranzeigen bestätigen Präsenz von Commander Data und zwei anderen Humanoiden, Sir«, sagte Worf, als sie sich auf Transporterreichweite näherten. »Offenbar sind sie jeweils rund zwei Kilometer voneinander entfernt. Im gleichen Bereich befindet sich eine vierte Lebensform, ebenfalls humanoid und möglicherweise menschlich.«

»Das vierte Besatzungsmitglied?« fragte Picard scharf.

»Ich weiß es nicht, Sir,«, erwiderte Worf. Er runzelte die Stirn, und dadurch wirkten seine klingonischen Züge noch fratzenhafter und bedrohlicher. »Die betreffende Person ist in einen Individualschild gehüllt, während Commander Data über keine solche Schutzvorrichtung verfügt. Die Lebensindikatoren zeigen sehr geringe Werte; die Biosignale sind kaum stärker als bei einem hibernierenden Menschen.«

»Haben Sie gehört, Dr. Crusher?«

»Ja, Captain. Ich treffe alle notwendigen Maßnahmen.«

»Transporterfokus auf die Koordinaten der Kommunikatoren ausgerichtet, Captain«, erklang Carpellis Stimme aus dem Lautsprecher. »Alles zum Beamen bereit, sobald wir bis auf maximale Transferreichweite heran sind und die Deflektoren desaktiviert werden.«

»Warten Sie auf meine Anweisung, Fähnrich.«

»Der kleinere Trabant hüllt sich in ein Abschirmfeld, Sir«, meldete Worf und starrte auf die Monitoren und Sensorflächen der wissenschaftlichen Station. »Es ist undurchdringlich für unsere Sensoren. Bevor sich die Schilde stabilisierten, stellten die Sensoren eine erhebliche Zunahme des energetischen Outputs im Antimateriekern fest.«

»Handelt es sich um einen Mechanismus, der den Trabanten ebenso zerstören könnte wie das Wrack im interstellaren Raum?«

»Das wäre möglich, Sir.«

»Und *wenn* das der Fall ist: Besteht dadurch eine Gefahr für Data und die anderen?«

»Wenn der Trabant ebensoviel Antimaterie enthält wie das herrenlose Schiff, sind Strahlungsschäden nicht auszuschließen.«

»Transporterreichweite, Sir«, meldet Gawelski.

»Setzen Sie den Flug mit voller Impulskraft fort!« stieß Picard hervor. »Mr. Brindle, ich möchte die vier Personen dort draußen im *Innern* unseres Deflektorschirms.«

Der Captain wußte natürlich, daß die *Enterprise* die restliche Distanz innerhalb eines Sekundenbruchteils zurücklegen konnte. Dadurch verlor er nicht mehr Zeit als mit einer Ausrichtung des Transporterstrahls.

»Die vier Lebensformen befinden sich nun diesseits unserer Schilde, Sir«, sagte Brindle.

»Ausgezeichnet. Fähnrich Carpelli, bringen Sie zunächst die drei Personen mit den Starfleet-Kommunikatoren an Bord.« Picard beugte sich zu einer der allgegenwärtigen dunklen Kontrollflächen vor. »Computer, eine Projektion des zentralen Transporterraums.«

Kurz darauf zeigte die Bildfläche Carpelli, der im Vordergrund an der Konsole saß.

Mit wachsender innerer Anspannung warteten Picard, Counselor Troi und die anderen Offiziere der Brückencrew darauf, daß sich über den Retransferfeldern schimmernde Energiesäulen bildeten.

Der Traktorstrahl zog Riker und Yar noch immer in Richtung Magazin, als ihre Tricorder plötzlich Transporterenergien orteten. Kurze Zeit später erloschen die Anzeigen, die Geordi La Forge betrafen, und der Transferfokus löste sich wieder auf.

Dann verschwand auch der Traktorstrahl. Im freien Fall stürzten sie dem Planeten entgegen.

Riker berührte seinen Insignienkommunikator. »Lieutenant La Forge! Geordi!«

Er erhielt keine Antwort.

»Lieutenant Yar ...« begann er, unterbrach sich aber, als er das Prickeln einer beginnenden Entmaterialisierung spürte. »Vielleicht steckt Kel-Nar dahinter«, sagte er rasch, bevor ihn die Lähmung des Fokusierungsprozesses erfaßte. »Möglicherweise ist es ihm gelungen, das Magazin unter seine Kontrolle zu bringen.«

»Ich bin bereit!« erwiderte Yar, schloß die Hand fester um das Phasergewehr, den Zeigefinger dicht über dem Auslöser. »Geordi meinte, das fremde Schiff ließe einem nur eine Chance, und die werde ich nutzen.«

Ihre Körper verwandelten sich in strukturierte Energie.

Und als der Transporter sie durch Zeit und Raum riß, fühlte Riker den gleichen Kontakt wie bei den beiden Subraum-Transfers. Diesmal aber blieben die Verzerrungen aus, und er spürte Trois Bewußtsein, nicht als sorgenvolles Flüstern in der Ferne, sondern als ein von tiefer Erleichterung erfülltes Ich.

Unmittelbar darauf begann die Rematerialisierung, und als Rikers Körper feste Substanz zurückgewann, sah er nicht etwa die Konturen der Kontrollkammer im Magazin. Statt dessen fiel sein Blick in den Transporterraum an Bord der *Enterprise*.

Tasha! riefen seine Gedanken, doch Zunge und Kehlkopf reagierten noch nicht auf seine mentalen Befehle.

Nur einige Meter vor Riker stand Counselor Troi, als wolle sie den Retransfer mit ihrer Präsenz beschleunigen. Aus den Augenwinkeln sah er, wie sich die Mündung eines Phasergewehrs auf Deanna richtete.

»Tasha!« platzte es aus ihm heraus, als ihn die Transportermatrix freigab. »Nicht schießen! Wir sind wieder in der *Enterprise*!«

Gleichzeitig empfand er die jähe Rückkehr der Gravitation wie einen Hammerschlag. Er sprang vor, warf sich zwischen Yar und Troi. Aus einem Reflex heraus krümmte sich Tashas Finger um den Abzug, aber einen Sekundenbruchteil später ließ sie das Gewehr sinken, als sie die Bedeutung der Worte verstand und sie eine vertraute Umgebung erkannte.

Der noch immer ›desaktivierte‹ Data sank auf den Boden der Transporterplattform und blieb still liegen.

Riker klappte die Helmkapuze seines Strahlenschutzanzugs zurück, und dabei begegnete er kurz dem Blick der Counselor. Ihre Augen drückten mehr aus als tausend Worte. Der Erste Offizier seufzte innerlich, richtete seine Aufmerksamkeit auf Dr. Crusher, ihr Medo-Team und die Leute aus der Sicherheitsabteilung.

»Doktor«, stieß er hervor, »Data ist dem Vakuum einige Minuten lang ausgesetzt gewesen. Mit Lieutenant Yar und mir ist alles in Ordnung.«

»Wo steckt Geordi?« warf Tasha ein, strich ebenfalls die

Kapuze beiseite und sah Fähnrich Carpelli an, der hinter den Transporterkontrollen saß. »Haben Sie ihn nicht vor uns hierhergeholt?«

»Bisher hat der Transferfokus nur Sie drei erfaßt, Lieutenant Yar«, klang Picards Stimme aus dem Lautsprecher der internen Kommunikation. »Was ist mit der vierten Lebensform, die offenbar Datas Individualschild benutzt? Trotz der Anzeigen unserer Sensoren hoffte ich, es handele sich um Mr. La Forge.«

»Oh, Sie meinen Shar-Tel«, erwiderte Riker. »Ein Freund von uns. Holen Sie ihn bitte an Bord.«

»Sie haben es gehört, Mr. Carpelli«, bestätigte der Captain.

»Welche Transferplattform?« fragte Riker schnell.

»Nummer zwei, Commander«, erwiderte Carpelli. »Aber ...«

Der Erste Offizier drehte sich um. »Lieutenant Yar, helfen Sie mir, Shar-Tel festzuhalten, wenn er rematerialisiert. Er erwartet sicher eine wesentlich geringere Gravitation, und in seinem Alter ...«

»Energie, Commander«, sagte Carpelli. Riker und Yar warteten neben der zweiten Plattform.

Einen Augenblick später materialisierte Shar-Tel in einem bunten Wogen und Gleißen. Die beiden Offiziere griffen nach seinen Armen, bewahrten ihn vor einem Sturz.

»Es ist alles in Ordnung«, sagte Riker. »Hier sind wir in Sicherheit. Dies ist das Raumschiff, von dem Ihnen Geordi und Data erzählten. *Unser* Schiff.«

Shar-Tel riß die Augen auf und blickte sich verwirrt um. Er offenbarte keine Furcht, nur Erleichterung. In seinen Augen blitzte eine Neugier, die Riker wieder an Captain Picard erinnerte.

»Was ist geschehen?« fragte der alte Mann besorgt. »Mein Bruder ... Lebt er noch? Kontrolliert Kel-Nar jetzt das Magazin?«

»Das wissen wir nicht«, erwiderte Riker. »Aber wenn das der Fall ist ...«

»Ich muß unbedingt mit La-Dron sprechen. Vielleicht hat mein Bruder den Anschlag überlebt! Vielleicht gibt es noch eine Möglichkeit, ihn zu retten.«

»Von hier aus können wir nichts unternehmen.« Riker trat von der Plattform und streifte den Strahlenschutzanzug ab. »Ich schlage vor, wir suchen die Brücke auf und machen uns ein Bild von der allgemeinen Lage.«

»Eine gute Idee, Nummer Eins«, entgegnete die körperlose Stimme Picards. »Kommen Sie hierher. Es gibt da einige Fragen, die ich Ihnen stellen möchte.«

»Wir sind schon unterwegs, Sir. In der Zwischenzeit ... Überprüfen Sie bitte das Magazin — den kleineren der beiden Trabanten. Wahrscheinlich hält sich Lieutenant La Forge darin auf. Und es würde mich nicht wundern, wenn er in Schwierigkeiten ist.«

»In Ordnung, Lieutenant Worf»› sagte Picard. »Geben Sie sich alle Mühe. Nummer Eins, was hat es mit dem kleineren Trabanten auf sich? Soweit wir das bisher feststellen konnten, verfügt er über die einzige Antimaterie-Masse im ganzen Sonnensystem.«

Riker erklärte die Situation mit knappen Worten, als er durch den Korridor eilte, gefolgt von Yar und dem langsameren Shar-Tel.

Der im Transporterraum zurückgebliebene Data öffnete die Augen und richtete sich so abrupt auf, daß er fast gegen Dr. Crusher und ihren medizinischen Tricorder stieß, mit dem sie ihn untersuchte. Eine Zeitlang schwieg er, während er seine inneren Systeme nach und nach reaktivierte.

»Wie ich sehe, hatte Geordi recht«, sagte er schließlich. »Der Captain hat nicht aufgegeben.«

»Data ...«, begann Dr. Crusher, aber der Androide stand bereits auf.

»Ich habe einen kompletten Selbsttest durchgeführt, Doktor« verkündete er. »Ich bin jetzt wieder voll funktionsfähig. Wo sind die anderen?«

»Auf dem Weg zur Brücke, aber ...«

»Ich sollte mich ihnen anschließen. Es gibt da einige Informationen, die ich aus den Datenspeichern des Bordcomputers abrufen möchte.«

Er wartete keine Antwort ab und trat auf den Gang. Dr. Crusher sah ihm besorgt und auch ein wenig mißtrauisch nach.

Shar-Tels Kleidung, die aus einer bequemen Hose und einem weiten Hemd bestand, unterschied sich auffallend von den Uniformen der Starfleet-Offiziere. Er stand neben Lieutenant Brindle an der taktischen Station und sprach mit La-Dron; Picard hatte ihm Gelegenheit gegeben, einen entsprechenden Kontakt herzustellen. Riker und Yar unterrichteten den Captain über Geordis und Datas Erlebnisse nach dem Transfer vom Wrack.

»Die Gaben haben mir *gezeigt*, wie Kel-Nar auf meinen Bruder schoß, aber sie versetzten mich nicht in die Lage, direkt einzugreifen!« entfuhr es Shar-Tel. Er starrte auf die Bildschirmdarstellung La-Drons. »Wir haben jetzt keine Zeit mehr für Erklärungen! Wenn wir uns beeilen, können wir Shar-Lon vielleicht noch retten. Wenn Kel-Nar die Kontrolle über das Magazin errungen hat, ist mein Bruder unsere einzige Hoffnung.«

La-Dron zögerte trotz des drängenden Tonfalls in Shar-Tels Stimme. Erst nach einer ganzen Weile erwiderte er: »Na schön. Wenigstens sind wir dann nicht schlimmer dran als zuvor.«

Der alte Mann atmete erleichtert auf und unterbrach die Verbindung.

Data trat aus dem vorderen Turbolift und näherte sich stumm der zweiten wissenschaftlichen Station. Unterdessen beendeten Riker und Yar ihren ersten, noch unvollständigen Bericht.

»Statusmeldung, Lieutenant Worf«, sagte Picard und drehte sich ungeduldig um.

»Angesichts der derzeitigen Entfernung können unsere

Sensoren die Schilde des zweiten Satelliten nicht durchdringen. Sie sind mindestens so stark und dicht wie die des Wracks.«

Als Shar-Tel nur einige Meter hinter sich den knurrenden Baß des Klingonen vernahm, drehte er sich um und musterte Worf. Seine Pupillen weiteten sich, und instinktiv wich er von der bedrohlich wirkenden Gestalt fort.

Doch kurz darauf faßte er sich wieder, schluckte und wandte sich erneut an Picard.

»Sind Sie in der Lage, das Magazin zu zerstören?« fragte er unverblümt.

»Wir hoffen, es vor der Selbstzerstörung bewahren zu können«, erwiderte Picard. »Zumindest so lange, bis wir Lieutenant La Forge zurückgeholt haben. Vorausgesetzt, er befindet sich wirklich an Bord des fremden Schiffes. Anschließend haben wir noch Zeit genug, über Ihr Anliegen zu sprechen. Mr. Gawelski, nehmen Sie Kurs auf das Magazin. Minimaldistanz fünftausend Kilometer. Lieutenant Worf, setzen Sie die Sensorerfassung fort.«

»Captain«, warf Brindle von der taktischen Station ein. »Sechs mit chemischen Triebwerken ausgestattete Kleinraumschiffe verlassen die Atmosphäre des Planeten und steuern in eine Umlaufbahn.«

»Überwachen Sie die Frequenzen, die hier zur externen Kommunikation genutzt werden. Zeichnen Sie alle Signale für eine spätere Auswertung auf.« Picard bedachte Shar-Tel mit einem durchdringenden Blick, sah dann Riker an. »Was hat es *damit* auf sich, Nummer Eins?«

Riker setzte zu einer zweiten Erklärung an. Shar-Tel stand in der Nähe und wirkte plötzlich sehr nervös.

»Sie haben dafür gesorgt, daß jene Schiffe starten«, stellte Picard fest, den Blick auf Shar-Tel gerichtet. »Können Sie die Piloten dazu bewegen, auf Distanz zu bleiben, in einem niedrigen Orbit, weit genug vom ›Magazin‹ entfernt? Wir müssen zunächst eine Situationsbewertung vornehmen.«

»Nun, Captain, diese Bitte würde ich Ihnen gern erfüllen«, entgegnete der alte Mann. »Wenn Kel-Nar wirklich das technische Potential des Magazins beherrscht ...«

»Halten Sie sich nicht mit irgendwelchen Erläuterungen auf. Fordern Sie die Verantwortlichen einfach auf, eine gewisse Entfernung zu wahren. Lieutenant Brindle, versuchen Sie, einen Kontakt herzustellen. Shar-Tel, verraten Sie nicht, wo Sie sind. Lassen Sie die Piloten in dem Glauben, Sie wären nach wie vor im Habitat.«

Der alte Mann nickte und nannte Brindle die Frequenzen, die eine Verbindung zu den sechs Schiffen ermöglichten.

»Fünftausend Kilometer, Sir«, meldete Gawelski.

»Lieutenant Worf?«

»Mit maximaler Energie sind die Sensoren imstande, die peripheren Bereiche des Magazins zu erfassen, Sir. Ich empfehle, die Distanz weiter zu verringern.«

»Eintausend Kilometer, Mr. Gawelski«, ordnete Picard an.

»Keine Antwort von den Schiffen, Captain«, berichtete Brindle. »Sie empfangen uns, antworten jedoch nicht.«

»Shar-Tel?« Picard sah den alten Mann an und runzelte die Stirn. »Was hat das zu bedeuten?«

»Keine Ahnung, Captain.«

»Versuchen Sie es weiter, Mr. Brindle. Shar-Tel, auch wenn Ihre angeblichen Freunde nicht reagieren – senden Sie ihnen trotzdem die Botschaft.«

»Jetzt ermitteln die Sensoren erste Daten, Sir«, sagte Worf, als die *Enterprise* bis auf tausend Kilometer heran war. »An Bord befinden sich zwei humanoide Lebensformen, eine von ihnen mit menschlichen Charakteristiken. Vermutlich trägt sie einen Kommunikator bei sich.«

»Das ist La Forge«, sagte Riker und seufzte.

»Ja, Sir«, bestätigte Worf gleichmütig. »Er scheint bewußtlos zu sein, ebenso sein Begleiter. Außerdem registriere ich noch zwei weitere Lebensformen in einem Shuttle. Sie sind ebenfalls ohnmächtig.«

»Ohnmächtig?« wiederholte Picard. »Wieso?«

»Ich nehme an, das Verteidigungssystem des Magazins wurde aktiv«, sagte Riker und schilderte, wie dieses Geordi und Data kurz nach ihrem ersten Subraum-Transit das Bewußtsein geraubt hatte. »Wahrscheinlich hat La Forge seinen Phaser eingesetzt.«

»Wann kommen er und die anderen wieder zu sich?«

»Das wissen wir nicht«, erwiderte der Erste Offizier. »Als La Forge und Data aus dem fremden Schiff ins Habitat gebracht wurden, dauerte es keine halbe Stunde, bis sie erwachten. Aber wenn sie im Magazin bleiben ...« Riker furchte die Stirn und schüttelte den Kopf. »Das Abwehrsystem ist ganz offensichtlich dazu konzipiert, das fremde Schiff zu verteidigen und insbesondere auf Phaser-Emissionen zu reagieren. Nun, es könnte seine Aufgaben nur unvollkommen wahrnehmen, wenn es den Aggressor zwar betäubt, aber nicht verhindert, daß er später das Bewußtsein wiedererlangt.«

Picard nickte langsam. »Mit anderen Worten: Wir müssen davon ausgehen, daß die betreffenden Personen weiterhin ohnmächtig bleiben und vielleicht sogar sterben, wenn wir keine Möglichkeit finden, sie aus dem Magazin zu holen.«

»Das ist durchaus möglich«, pflichtete ihm Riker bei. »Und vielleicht wäre es gar nicht einmal so schlecht. Die fortgesetzte Bewußtlosigkeit, meine ich. Wenn Kel-Nar vor Geordi erwachte ...«

»Ich verstehe, Nummer Eins. Nun, wir sollten uns schleunigst etwas einfallen lassen, um Lieutenant La Forge aus seiner mißlichen Lage zu befreien.« Picard sah sich auf der Brücke um. »Ich bin für alle Vorschläge, Anregungen und Informationen dankbar.«

Data hatte die ganze Zeit über still an der zweiten wissenschaftlichen Station gestanden und drehte sich nun zum Captain um. »Mit Vorschlägen und Anregungen kann ich zwar nicht dienen, Sir, aber ich besitze einige Informationen, die Lieutenant La Forge in diesem Zusammenhang für recht interessant hielt.«

»Ich höre, Mr. Data.«

»Nun, Sir, während der letzten Minuten habe ich mich eingehend mit den Einzelheiten jener Daten befaßt, die uns die Ferengi in Hinsicht auf diesen stellaren Sektor zur Verfügung stellten ...«

»Die *Ferengi*?« fragte Picard verblüfft.

»Ja, Sir«, bestätigte der Androide. »Ich meine jene Informationen, die der Föderation im Austausch gegen andere, von unseren Explorer-Einheiten gesammelten, und nicht verifizierten Daten übermittelt wurden.«

»Oh.« Der Captain nickte. »Der ›Austausch von Gerüchten‹, ich erinnere mich. Soweit ich weiß, waren weder die Repräsentanten der Ferengi noch die der Föderation besonders begeistert, als sie mit einer Analyse der sogenannten ›Informationen‹ begannen. Alles stammte aus zweiter und dritter Hand und betraf Ereignisse — wenn überhaupt —, die vor vielen tausend Jahren stattfanden.«

»Ja, Sir, genau diese Angaben meine ich.«

»Und Sie haben darin irgend etwas Nützliches entdeckt?«

»Ich denke schon, Sir. Ich glaube, einige der Daten, die ich gerade korreliert habe, beantworten unsere Fragen nach Ursprung und Funktion sowohl des Wracks im interstellaren Raum als auch des fremden Schiffs in diesem Sonnensystem.«

»Fahren Sie fort«, sagte Picard, als der Androide schwieg.

»Ja, Sir.« Data berichtete von Geordis Vermutungen in bezug auf Raumschiffe, die dem Magazin ähnelten und vor vielen Jahrtausenden in den Umlaufbahnen verschiedener Planeten der Klasse M gesichtet wurden. Er erwähnte auch die Geschichten, in denen es hieß, bestimmte Kulturen seien von ›fremden Invasoren‹ oder nicht näher beschriebenen ›Katastrophen‹ an der Entwicklung der Raumfahrt gehindert worden.

»Geordi nahm an, die Trabanten seien ›Wächter‹«, fuhr Data fort. »Und in dem Wrack sah er eine Art Zentrale, ein Hauptquartier, von dem aus irgendwann einmal die Trabanten kontrolliert und mit Nachschubmaterialien versorgt wurden.«

»Das ergibt nur dann einen Sinn, wenn die ›Konstrukteure‹ an akuter Paranoia litten«, warf Riker ein. »Transfersysteme, die nur in einer Richtung funktionieren, Selbstzerstörungsvorrichtungen, all die anderen ›Sicherheitsvorkehrungen‹. Für ein Volk mit solcher Mentalität muß die Vorstellung, auf eine ebenbürtige oder sogar überlegene Zivilisation zu stoßen, geradezu entsetzlich gewesen sein.«

Picard schürzte die Lippen. »Als die Fremden Welten mit potentiell ›gefährlichen‹ Kulturen entdeckten, beschlossen sie nicht etwa, ihnen zu helfen oder sie schlicht zu ignorieren, sondern trafen Vorbereitungen, die sicherstellen sollten, daß die entsprechenden Intelligenzen nicht den technologischen Weg zur Raumfahrt beschreiten konnten. Ihre ›Wächter‹ verwandelten die entsprechenden Planeten — vielleicht Hunderte oder Tausende — in riesige, globale Kerker.«

Riker nickte. »Sie brachten ihre ›Wächter‹ in den Umlaufbahnen aller Welten unter, auf denen sie eine ›bedrohliche‹ Bevölkerung fanden — Geschöpfe, die vielleicht bestrebt waren, den Kosmos zu erforschen. Offenbar befürchteten die Konstrukteure, mit Rivalen konfrontiert zu werden. Wahrscheinlich sollten wir dankbar sein, daß sie die betreffenden Welten nicht einfach zerstörten. Alles deutet darauf hin, daß sie die Macht dazu besaßen.«

»Und die Hibernationskapseln?« fragte Picard. »Um die Routineüberwachung kümmerte sich der Computer. Er weckte nur dann jemanden, wenn die Kontrollprogramme eine ›Gefahr‹ registrierten: den ersten künstlichen Satelliten, die erste nukleare Explosion — den ersten Hinweis darauf, daß die beobachtete Zivilisation ein technisches Niveau erreichte, das ihr den Vorstoß ins All ermöglichte.«

»Ja«, sagte Data. »Vielleicht sind in den Geschichten solche Aktivitäten gemeint, wenn die Rede ist von ›fremden

Invasoren‹, die die Bewohner vieler Welten an einer Entwicklung der Raumfahrt hinderten. Die ›Katastrophen‹ wurden möglicherweise von den Selbstzerstörungsanlagen verursacht. Die von den Ferengi stammenden Informationen berichten in diesem Zusammenhang von gewaltigen Explosionen bis dahin unsichtbarer Objekte im Orbit. In einigen Fällen folgte ›großes Elend‹ — wahrscheinlich als Resultat enormer Strahlungsschübe.«

Riker schnitt eine Grimasse. »Und dann begegneten die Fremden einem Volk, das bereits die interplanetare oder gar interstellare Raumfahrt beherrschte — einer Zivilisation, die ihnen in technologischer Hinsicht überlegen gewesen sein mag. Anstatt Kontakt mit ihr aufzunehmen und Freundschaft zu schließen, gerieten sie in Panik. Sie zogen sich zurück, vielleicht auf ihre Heimatwelt, lösten zuvor die Antimateriebomben aus und versuchten, alle ihre Spuren zu verwischen. Doch in einigen Fällen, sowohl beim hiesigen Trabanten als auch bei dem Wrack im interstellaren Raum, ging etwas schief. Die Schiffe wurden nicht vernichtet.«

Picard brummte leise. »Bisher nichts weiter als eine Hypothese — aber es spricht vieles dafür. Als wir das Wrack fanden, funktionierte das Evakuierungssystem noch gut genug, um Sie, Yar, La Forge und Data in das sogenannte Magazin zu beamen, vermutlich den einzigen noch existierenden Orbiter.«

Der Captain dachte kurz nach, holte tief Luft. »Nun, leider helfen uns diese Informationen nicht viel weiter«, fügte er ernst hinzu. »Derzeit kommt es vor allen Dingen darauf an, Lieutenant La Forge zu uns zurückzuholen ...«

»Sir«, warf Worf ein, »der energetische Output des Trabanten nimmt erneut zu.«

Picard drehte sich ruckartig um und starrte auf den großen Bildschirm. »Mr. Brindle, halten Sie unsere Schilde auf maximaler Stärke. Mr. Worf, wozu wird die Energie verwendet?«

»Das läßt sich nicht feststellen, Sir. Ein großer Teil fließt anscheinend in das Abschirmfeld, aber ...« Der Klingone brach ab und beugte sich vor. »Eine neuerliche Aktivitätssteigerung des Antimateriekerns, und sie gilt ebenfalls den Deflektoren.«

»Werden sie verstärkt?«

»Nein, Sir. Das ist ja so rätselhaft: Die Energie wird ganz offensichtlich in den Schutzschirm geleitet, doch dort zeigt sie kaum Auswirkungen.«

»Eine Fehlfunktion?«

»Möglich, Sir. Immerhin ist das Magazin ebensoalt wie das Wrack, etwa zehntausend Jahre.«

Picard wollte sich gerade zur taktischen Station umdrehen, um Shar-Tel eine Frage zu stellen, aber bevor er den Blick vom Bildschirm abwandte, beobachtete er, wie die Konturen des kleineren Trabanten verschwammen. Das fremde Schiff schien sich einfach aufzulösen.

»Was ist geschehen, Mr. Worf?«

»Die einzige Veränderung besteht darin, daß ein Teil der Energie von dem Schirmfeld abgestrahlt wird.«

»Der Orbiter hat seine Position nicht verändert? Er wird nach wie vor von den Sensoren erfaßt?«

»Ja, Sir. Ansonsten ist alles beim alten geblieben. Die Anzeigen der Lebensindikatoren sind gleich.«

»Aber warum ...«

Picard unterbrach sich und riß die Augen auf, als dort, wo sich eben noch das Magazin befunden hatte, ein riesenhaftes, gigantisches Raumschiff erschien.

KAPITEL 17

Ebenso langsam wie gnadenlos zerrte etwas an Shar-Lons Geist, lenkte ihn aus dunkler Ohnmacht ins Licht bewußter Wahrnehmung zurück.

Zuerst widersetzte sich seine benommene Gedankensphäre dem beharrlichen Sog, fürchtete den Schmerz, der immer stärker wurde, je mehr er sich der Schwelle des Erwachens näherte. Vergeblich kämpfte er gegen die Erschöpfung an, die selbst Vorstellungen von geringfügigen Bewegungen qualvoll gestaltete.

Doch dann, als sich der mentale Dunst hinter der Stirn des alten Mannes zu lichten begann, begriff er plötzlich: *Es sind die Gaben. Sie wecken mich.*

Von einem Augenblick zum anderen war er wach. Abgesehen von sengender Pein und Müdigkeit spürte er Schmerzen im Rücken, ein dumpfes Stechen im Bein. Er hob die Lider, zwinkerte einige Male und stellte fest, daß er in der Versammlungskammer des Ältestenrats lag.

Aber er ruhte nicht etwa auf einer der weichen Liegen, die er häufig benutzte, um sich vor einer Konferenz zu entspannen, sondern auf dem Boden, das eine Bein angewinkelt.

Plötzlich kehrten die gräßlichen Erinnerungen an Kel-Nars Verrat und sein eigenes Versagen zurück.

Begleitet von der Erkenntnis, daß er aus irgendeinem Grund eine zweite Chance erhielt.

Sie galt nicht nur ihm, sondern auch allen anderen: seinem Bruder, den Bewohnern des Planeten, in erster Linie aber den Friedenswächtern.

Es war die Chance, einen *wahren* Frieden zu erreichen.

Die Gaben holten ihn ins Leben zurück, damit er eine ganz bestimmte Aufgabe erfüllte.

Shar-Lon hoffte nur, daß er die dafür notwendige Kraft aufbringen konnte.

Er wagte es nicht, die Augen zu schließen — aus Furcht, sie anschließend nicht wieder öffnen zu können —, zwang sich zur Konzentration, zum Nachdenken. Bestimmt befand sich Kel-Nar inzwischen im Magazin, und Shar-Lon sah keine Möglichkeit, ihn an einer Kontrolle der Gaben zu hindern.

Damit blieb nur eine einzige Entscheidung: Er mußte noch einmal das versuchen, woran er kurz vor seiner Bewußtlosigkeit gescheitert war.

Jetzt bestand eine neue Verbindung zu den Gaben, die einen letzten Dienst von ihm verlangten ...

Shar-Lon mobilisierte alle Kraftreserven in seinem zitternden Leib, tastete nach den Gaben und spürte, wie sich der Kontakt zu ihnen intensivierte. Einige Sekunden lang gab er sich einem illusionären Empfinden hin, das ihm neue Vitalität vorgaukelte.

Mit einer Mischung aus Triumph und Bedauern formulierten seine Gedanken einige bestimmte Befehlsworte, die den Selbstzerstörungsprozeß einleiteten.

Als ihm zum letztenmal die Sinne schwanden, empfing Shar-Lon die Bestätigung der Gaben. Im Augenblick des Todes gewährten sie ihm jenen inneren Frieden, den er sein Leben lang gesucht hatte.

Alle Personen auf der Brücke, selbst Data und Worf, standen wie erstarrt, als das Raumschiff erschien, ohne dabei die kurzzeitigen Strukturverzerrungen hervorzurufen, wie sie für die Beendigung eines Warptransits typisch waren.

Neben dem gewaltigen, in einem metallischen Blau glänzenden Objekt wirkte die *Enterprise* wie ein Zwerg. Jede der drei runden, festungsartigen Segmente hätte das Föderationsschiff aufnehmen können. Stummelartige Erweiterungen ragten aus den Seiten der bugwärtigen Sektion, und an ihren Spitzen wölbten sich Triebwerkskammern — oder vielleicht Bordgeschütze —, so groß wie mittlere Starfleet-Kreuzer. Das enorme Gebilde schien eine Welt für sich zu sein, vermittelte den Eindruck geballter Macht.

Data erholte sich als erster von der Überraschung.

»Captain, in den Ferengi-Geschichten wird häufig das Erscheinen solcher Schiffe erwähnt. Derartige Hinweise stammen angeblich von raumfahrenden Völkern, nicht von Zivilisationen, die an einzelne Planeten gebunden sind. Und es gibt eine weitere Parallele: In allen Berichten heißt es, derartige Phänomene gingen einer verheerenden Explosion voraus. Die Zeitspanne läßt sich nicht genau bestimmen, und was die Detonation angeht ... Offenbar wird sie von überkritischer Antimaterie verursacht.«

»*Dieses* Ding hat die anderen Trabanten vernichtet?« hauchte Picard. »Nun, vielleicht gab es gute Gründe für die Paranoia der Konstrukteure. Ein Schiff solcher Größe, das offenbar keinen Warp-Antrieb benutzt, sondern ein autarkes Transportersystem ...«

»Es hat sich nicht mit einem Transporter hierher versetzt, Sir«, widersprach Worf. »Es existiert nicht einmal.«

Picard drehte sich ruckartig zu dem Klingonen um. »Was soll das heißen?«

»Die Sensoren zeigen, daß sich die Deflektoren des Magazins stark ausgedehnt haben. Form und Größe des Schirmfelds entsprechen nun den Dimensionen des gerade erschienenen Raumschiffs. Gleichzeitig erzeugt es die elektromagnetische Strahlung der Projektion.«

»Ein Trugbild?«

»In gewisser Weise ist es mit den Illusionen auf unseren Holodecks zu vergleichen, Sir. Die fremden Schilde haben ihre Struktur verändert und enthalten nun eine primitive Version der stabilisierten Energie, die den uns bekannten Holografien quasimaterielle Substanz verleiht. Ich nehme an, das ist die Erklärung für die sprunghaft gestiegene energetische Aktivität des Antimateriekerns.«

Picard wandte sich nachdenklich zur taktischen Station um. »Mr. Brindle?«

»Dem kann ich mich nur anschließen, Sir«, lautete die Antwort. »Es handelt sich tatsächlich um ein Trugbild mit Masse. Wenn wir weniger empfindliche Sensorsysteme einsetzten und nur das gewöhnliche elektromagnetische Spektrum untersuchten, hielten wir das Schiff sicher für real.«

»Und die Explosionen, die nach Mr. Datas Auskunft auf solche Manifestationen folgten ...«

»Gehen vermutlich auf das Konto von Selbstzerstörungsanlagen«, sagte Riker, als sich der Captain unterbrach und wieder auf den Wandschirm sah. »Sie können schlicht und einfach durch die Annäherung eines anderen Raumschiffs ausgelöst werden. Beim Wrack genügte in diesem Zusammenhang die Rematerialisierung eines Erkundungsteams. Die Projektion eines so gewaltigen Objekts stellt wahrscheinlich den letzten Versuch dar, einen potentiellen Angreifer zu erschrecken und zu verjagen. Wenn das nicht klappt, wird die Selbstvernichtungssequenz aktiviert.«

»Lieutenant Worf, wie stark sind jetzt die fremden Schilde?« fragte Picard rasch. »Können wir sie mit unseren Transportern durchdringen und La Forge zurückbeamen?«

»Nein, Sir. Andererseits: Phasern setzen sie kaum einen nennenswerten Widerstand entgegen ...«

Picard schüttelte den Kopf. »Der Einsatz unserer Bordwaffen ist ausgeschlossen, solange sich Lieutenant La Forge noch im Magazin befindet. Wie wäre es mit physischen Objekten? Wenn die Deflektoren so verändert wurden, daß sie nun den Kraftfeldern ähneln, die wir auf unseren Holodecks verwenden ...«

»Ich verstehe, was Sie meinen. Nun, es müßte eigentlich möglich sein.«

»Die *Enterprise* könnte die Peripherie des Trugbilds durchstoßen und ins Innere des energetischen Schirms gelangen?«

»Ja, Sir, ich glaube schon. Allerdings wäre es dazu notwendig, unsere eigenen Schilde zu senken. Die Wechselwirkungen zwischen den beiden Deflektorsystemen ...«

»Und sobald wir uns im Innern des Trugbilds befinden,

ließe sich Lieutenant La Forge von unserem Transporterfokus erfassen?«

»Ja, Sir — vorausgesetzt, die derzeitigen Kraftfeldstrukturen bleiben unverändert.«

Der Captain trat an die Navigationskonsole heran. »Mr. Gawelski, bringen Sie uns in die Projektion. Mr. Brindle, senken Sie unsere Schilde lange genug, um ein Durchdringen des fremden Schirms zu ermöglichen. Mr. Carpelli, halten Sie sich bereit, Lieutenant La Forges Kommunikator anzupeilen und ihn an Bord zu beamen. Transferieren Sie auch die drei anderen Personen, wenn es Zeit und Umstände erlauben. Lieutenant Yar, Dr. Crusher — Sicherheitsgruppe und Medo-Team sofort in den Transporterraum.«

Das festungsartige Gebilde schwoll an, bis die Bugwölbung den ganzen Schirm ausfüllte.

»Passage durch Schirmfeldbarriere steht unmittelbar bevor, Sir«, meldete Gawelski.

»Deflektoren aus, Mr. Brindle!« befahl Picard.

Plötzlich erzitterten die Darstellungen im Projektionsfeld. »Wir durchfliegen die Peripherie mit Impulskraft«, sagte Gawelski.

Das Trugbild dehnte sich noch weiter aus, und die Details verloren an Kontrast. Aus einer gewissen Entfernung betrachtet, wirkten die Linien am Rand der Bugwölbung völlig gerade, doch nun verwischten sich ihre Konturen. Picard verglich diesen Effekt mit der mikroskopischen Betrachtung eines Gemäldes: Pinselstriche, die vorher ganz glatt wirkten, erwiesen sich plötzlich als zerfurchte Farblandschaften.

Dann löste sich das gigantische Objekt schlagartig auf, und vor der *Enterprise* hing das Magazin im All.

Im gleichen Augenblick nahmen der Captain und seine Begleiter einen kurzen Druck wahr — wie ein jäher Wind, der ihnen entgegenwehte.

»Wir haben das Schirmfeld passiert und sind jetzt im Innern der Schildsphäre, Sir«, knurrte Worf von der wissenschaftlichen Station. »Die Instrumente ...«

Der Klingone brach abrupt ab, berührte einige Schaltflächen und starrte auf die wechselnden Anzeigen.

»Die Schilde des Magazins schrumpfen und kehren zur vorherigen Konfiguration zurück.«

»Fähnrich Carpelli ...«

»Transferfokus wird ausgerichtet, Sir.«

»Mr. Brindle, Phaser auf den Antimateriekern des Magazins. Bereit zum Feuern, wenn Lieutenant La Forge zurück ist.«

»Transporter aktiv, Sir«, berichtete Carpelli.

»Haben Sie sowohl La Forge als auch die drei anderen Personen erfaßt?« »Positiv, Sir.«

»Sind sie noch immer bewußtlos, Lieutenant Worf?«

»Ja, Sir.«

»Empfang der Transferierten bestätigt, Captain«, meldete Carpelli.

»Schilde hoch, Mr. Brindle! Vorbereitung auf Einsatz der Phaser!«

»Schilde sind hoch. Bereitschaft für ...«

»Schirmfeld des Magazins hat sich wieder stabilisiert, Captain. Es betrifft nur das fremde Schiff, nimmt aber noch immer sehr viel Energie auf und ist nun für die Phaser undurchdringlich.«

»Halten Sie sich weiterhin bereit, Mr. Brindle. Lieutenant Worf, was ...«

»Neue Aktivität im energetischen Kern des Magazins, Sir«, brummte der Klingone. »Vermutlich eine Selbstzerstörungssequenz, die zur Explosion aller Antimateriemassen führen soll.«

»Bringen Sie uns von hier fort, Mr. Gawelski!«

»Einen Augenblick Sir!« warf Riker ein. »Die Entfernung zwischen Magazin und Habitat ist viel zu gering. Die Detonation bedroht die Welt der Friedenswächter, und dort leben rund tausend Personen ...«

»Mr. Brindle, setzen Sie den Traktorstrahl ein«, sagte Picard sofort. »Wieviel Zeit haben wir noch, Lieutenant Worf?« »Weniger als eine Minute, Sir.«

»Das müßte eigentlich genügen. Mr. Gawelski, nehmen Sie Kurs auf den interplanetaren Raum, sobald der Traktorstrahl aktiviert ist. Wenn Mr. Datas Ferengi-Geschichten wenigstens ein Körnchen Wahrheit enthalten, ist nicht nur das Habitat in Gefahr, sondern auch die Bevölkerung des Planeten.«

Kurzes, angespanntes Schweigen folgte, und dann: »Traktorstrahl aktiviert und auf Magazin ausgerichtet, Sir.«

»Volle Impulskraft, Mr. Gawelski.«

Der Wandschirm zeigte eine rasch kleiner werdende Weltenkugel. Die Größe des im Vordergrund sichtbaren Magazins veränderte sich nicht.

Worf stand nach wie vor an der wissenschaftlichen Station und begann den Countdown bei zwanzig Sekunden.

Als er bei ›zehn‹ angelangt war, betrug die Entfernung zum Planeten hunderfünzigtausend Kilometer.

»Traktorstrahl desaktivieren«, ordnete Picard an. »Mr. Gawelski, Kursumkehr. Fliegen Sie zurück. Sorgen Sie dafür, daß die *Enterprise* genau zwischen Habitat und Magazin bleibt. Wir schirmen den Strahlungsschub mit unseren Deflektoren ab.«

Das fremde Schiff raste weiter durchs All, und die Gravitation des Planeten verringerte sein Bewegungsmoment nur wenig. Es war etwa dreihunderttausend Kilometer entfernt, als es sich selbst vernichtete.

Für einige Sekunden gleißte eine zweite Sonne, die noch weitaus greller strahlte als das Zentralgestirn des Systems. Die Schilde der *Enterprise* absorbierten die harte Strahlung. Das Habitat befand sich im ›Schatten‹ des Föderationsschiffes, und die Atmosphäre des Planeten fungierte als Filter für die Restemissionen.

Kurz darauf ließ der blendende Glanz nach, und nur noch ein schwaches Glühen erinnerte an das detonierte Magazin.

»Dr. Crusher«, sagte Picard, »Statusbericht über Ihre Patienten, besonders in bezug auf Lieutenant La Forge.«

»Die ersten Untersuchungen bestätigen seinen ausgezeichneten Gesundheitszustand. Aber ganz sicher bin ich erst, wenn er aufgewacht ist und ich mit ihm sprechen kann.«

»Mir ergeht es nicht anders, Doktor. Und die anderen drei Transferierten? Gibt es irgendeinen Grund, sie nicht in ihr Shuttle zurückzubeamen?«

»In medizinischer Hinsicht spricht nichts dagegen, Sir. Ihr körperlicher Zustand ist so wenig besorgniserregend wie der Lieutenant La Forges.«

»Sie haben es gehört, Mr. Carpelli. Je weniger Angehörige dieses Volkes von der *Enterprise* erfahren, desto geringer wird die Gefahr, die Erste Direktive zu verletzen.«

»Ich schlage das andere Shuttle vor, Captain«, sagte Brindle. »Die Raumfähre, mit der sie das Magazin erreichten, war am fremden Schiff angedockt und wurde ebenfalls zerstört.«

»In Ordnung. Ist es noch immer funktionsfähig, Lieutenant Worf?«

»Nach den Sensoranzeigen zu urteilen, ja, Sir.«

Picard nickte zufrieden und unterrichtete Carpelli, bevor er sich an Shar-Tel wandte. »Sie haben doch nichts dagegen, wenn wir Sie auf die gleiche Weise zurückbringen, oder? Das ›Magazin‹ und die ›Gaben‹ existieren nicht mehr, und es spielt wohl keine Rolle, wer für ihre Zerstörung verantwortlich ist. Mit Ihren Freunden an Bord der gestarteten Schiffe sollte es Ihnen eigentlich gelingen ...«

»Captain!« warf Lieutenant Yar ein, die weiter hinten an der taktischen Station saß. »La-Dron möchte mit Shar-Tel sprechen.«

Picard winkte zustimmend.

Der alte Mann trat an die Konsole heran und schluckte hörbar, bevor er fragte: »Worum geht es, La-Dron?«

»Es tut mir leid, Shar-Tel. Wir kamen zu spät.«

Shar-Tel ließ kurz die Schultern hängen, straffte dann seine Gestalt. »Mein Bruder ist tot?«

»Offenbar starb er nur wenige Minuten vor unserer Ankunft. Aber selbst wenn wir ihn früher erreicht hätten: Ich bezweifle, ob es möglich gewesen wäre, ihn zu retten. Die Kugel ...«

»Sie brauchen keine Einzelheiten zu nennen«, erwiderte Shar-Tel müde. »Was ist mit Kel-Nars Leuten? Gehen sie noch immer gegen die Mitglieder unserer Gruppe vor?«

»Einige von ihnen schon. Aber wenn sie erfahren, was mit Ihrem Bruder geschah ...«

»Sagen Sie ihnen, daß Kel-Nar mein Gefangener ist, daß er versuchte, die Kontrolle des Magazins an sich zu reißen, jedoch keinen Erfolg hatte. Teilen Sie ihnen mit, daß die Gaben zerstört wurden.«

Eine Zeitlang herrschte Stille. »Dann haben wir unser Ziel erreicht«, sagte La-Dron schließlich.

Shar-Tel schloß kurz die Augen und seufzte leise. »Ja, in der Tat. Ich kehre bald zu Ihnen zurück und bringe sowohl Kel-Nar als auch die Männer mit, die ihn zum Magazin begleiteten.«

Wieder folgte ein mehrere Sekunden dauerndes Schweigen, bevor La-Dron antwortete: »Wie Sie wünschen. Obgleich Ihnen niemand einen Vorwurf machen würde, wenn Sie ohne Kel-Nar kämen.«

Shar-Tel schüttelte den Kopf. »Nein, ich bringe ihn mit.«

Als er sich von der taktischen Station abwandte, hob Tasha Yar die Hand. »Eins der Schiffe reagiert endlich auf Ihre Botschaft«, sagte sie.

Picard lächelte. »Shar-Tel, bitte erklären Sie Ihren Freunden die neue Situation, bevor Sie uns verlassen. Ohne dabei die *Enterprise* zu erwähnen.«

Der alte Mann zögerte. Unbehagen regte sich in ihm, als er sich an das kurze Gespräch mit Yar erinnerte, an die Frage nach den Motiven der Personen, die nun das Habitat anflogen.

»Man versucht erneut, sich mit Ihnen in Verbindung zu setzen«, fügte Tasha Yar hinzu und wechselte einen raschen Blick mit Picard.

»Nun gut, Captain«, sagte Shar-Tel, hob den Kopf und trat wieder an die taktische Station heran.

»Hier ist Shar-Tel«, sagte er. »Wer möchte mich sprechen?«

»Lyn-Pron.« Die Stimme klang aus dem Lautsprecher; alle konnten sie hören.

Erleichterung durchströmte den alten Mann, und er entspannte sich.

Die Tatsache, daß ausgerechnet Lyn-Pron die Mission der vom Planeten gestarteten Schiffe leitete, erfüllte ihn mit großer Hoffnung. Shar-Lon kannte ihn nicht persönlich, nur von vielen Funkkontakten her. Seit fast zwanzig Jahren sprachen sie über die allgemeine Lage, entwickelten dabei Hunderte von Plänen und Alternativen, träumten gemeinsam den Traum von einem wahren Frieden.

»Haben Sie meine Nachricht erhalten?« fragte der alte Mann.

»Ja, mein Freund, aber ...«

»Sie spielt jetzt keine Rolle mehr«, unterbrach ihn Shar-Tel. »Inzwischen ist wieder alles unter Kontrolle. Wir haben den Sieg errungen. Das Magazin existiert nicht mehr. Es wurde durch die Explosion zerstört, die Sie eben beobachten konnten.«

»Wenn das ein Täuschungsmanöver sein soll ...« In Lyn-Prons Stimme ließ sich plötzliches Mißtrauen vernehmen. »Wir *sahen* den Lichtblitz einer Explosion, aber nicht dort, wo sich das Magazin befand.«

»Es ist eine lange Geschichte, und ich kenne nicht alle Einzelheiten. Kel-Nar hat meinen Bruder ermordet und versucht, die Gaben zu kontrollieren, aber irgend etwas hinderte ihn daran. Er verlor das Bewußtsein und wurde irgendwie ins Shuttle zurückgebracht.«

Shar-Tel zögerte und sah kurz zu Picard, der ihn aufmerksam musterte. »Anschließend verließ das Magazin die Umlaufbahn, entfernte sich von dem Planeten und zerstörte sich selbst. Wäre es im Orbit geblieben, hätte es nicht nur das Habitat, sondern auch die planetare Bevölkerung in Gefahr gebracht. Wie ich schon sagte: Mein Bruder ...«

»Aber das Magazin besaß doch gar keinen Antrieb — darauf haben Sie mich immer wieder hingewiesen.«

»Shar-Lon hat die fremden technischen Systeme vor fünfzig Jahren genutzt, um alle Atomraketen zu finden und sie einige hunderttausend Kilometer entfernt im All zu vernichten«, erwiderte Shar-Tel und machte dabei keinen Hehl aus seiner Verärgerung. »Also dürfte er auch in der Lage gewesen sein, das *Magazin* zu bewegen. Nur er wußte, wie man mit den Gaben umgeht. Wie dem auch sei: Jetzt ist er ...«

»Ich glaube Ihnen, alter Freund«, sagte Lyn-Pron. Er klang jetzt nicht mehr argwöhnisch, sondern niedergeschlagen. »Leider.«

Shar-Tel runzelte die Stirn. »Leider? Was ...«

»Was ich Ihnen jetzt sagen muß, fiele mir wesentlich leichter, wenn ... Lyn-Pron zögerte kurz und fuhr mit brüchiger, vibrierender Stimme fort: »Wenn ich Ihnen nach wie vor mißtrauen müßte, wenn ich annehmen könnte, Sie hätten sich auf Kel-Nars Seite geschlagen, um selbst an der Macht der Gaben teilzuhaben ...«

Lyn-Pron unterbrach sich erneut, und eine Zeitlang drang nur statisches Knistern aus dem Lautsprecher.

»Die anderen wissen nicht, daß ich mich mit Ihnen in Verbindung gesetzt habe«, fuhr er schließlich fort. »Nach Ihrer Botschaft verboten Sie mir, Kontakt zu Ihnen aufzunehmen.«

»Warum denn? Es ging mir doch nur darum, Sie zu warnen ...«

»Ich weiß, ich weiß. Aber meine Gefährten glaubten Ihnen nicht. Sie befürchteten einen Trick.«

»Einen *Trick*? Um Sie vor Kel-Nar zu schützen?«

»Um uns aufzuhalten, um Kel-Nar *Zeit* zu geben — um ihn in die Lage zu versetzen, den Umgang mit den Gaben zu erlernen, unsere Schiffe zu zerstören. So wie Ihr Bruder die Atomraketen vernichtete, die vor fünfzig Jahren dem Magazin entgegenrasten.«

»Das ist doch irrsinnig! Weshalb ...«

»Ich weiß, alter Freund, ich weiß! Aber ich bin nur einer von vielen. Ich habe versucht, die anderen davon zu überzeugen, daß Sie es ehrlich meinen, aber ich konnte ihren Argwohn nicht ausräumen.«

Shar-Tel suchte fast verzweifelt nach den richtigen Worten. »Inzwischen existiert das Magazin nicht mehr, und Kel-Nar ist mein Gefangener ...«

»Ich fürchte, das ändert nichts an dem Standpunkt meiner Gefährten. Unsere Mission war nie dazu bestimmt, Ihnen gegen Kel-Nar zu helfen oder zu versuchen, das Magazin zu zerstören. Sie richtete sich von Anfang an *gegen Sie alle*.«

Für einen Sekundenbruchteil begegnete Shar-Tel dem Blick Tasha Yars, und er sah traurigen Zynismus in ihren Augen, die bittere Erkenntnis, recht behalten zu haben.

»Und worin *bestehen* Ihre Pläne?« fragte der alte Mann leise und zutiefst enttäuscht. »Wollen Sie das Habitat erobern?«

Lyn-Pron seufzte und holte tief Luft. »Nein, darum geht es uns nicht.«

»Um was dann?«

»Unser Ziel ist die totale Vernichtung der Welt der Friedenswächter.«

KAPITEL 18

In Shar-Tel wechselten Zorn und ungläubiges Entsetzen einander ab, und sein Gesicht wurde kalkweiß.

»Das ist Wahnsinn!« entfuhr es ihm mit zittriger Stimme. »Fast tausend Personen leben im Habitat – Männer, Frauen und Kinder. Wenn Sie Kel-Nar wollen – wir sind bereit, ihn auszuliefern. Wenn Sie *mich* wollen – meinetwegen. Aber verschonen Sie die anderen ...«

»Nach fünfzig Jahren der Tyrannei gibt es viele Leute, die keine Unterschiede mehr sehen«, sagte Lyn-Pron. »Nur ich und einige meiner Freunde wissen, daß nicht alle Friedenswächter über einen Kamm geschoren werden dürfen. Wenige von uns hatten Gelegenheit, Sie besser kennenzulernen, Sie zu verstehen. Die meisten denken nur daran, daß Sie eine ganze Shuttle-Flotte zerstörten, daß Sie uns mit den Gaben dazu zwangen, Tribut zu leisten, Ihnen all das zur Verfügung zu stellen, was Ihre Welt braucht. Sie und die anderen Friedenswächter haben all die Schiffe zerstört, die wir während der vergangenen zwanzig Jahre zu starten versuchten. Sie weigerten sich, uns auch nur einen kleinen Teil der von Ihnen verwendeten fremden Technologie zur Verfügung zu stellen. Sie verwandelten den Planeten vor fünfzig Jahren in einen globalen Kerker, machten uns alle zu Gefangenen! Sie ...«

Lyn-Pron brach ab, und schwere, rasselnde Atemzüge drangen aus dem Lautsprecher.

»Es tut mir leid, alter Freund, aber so empfinden wir nun einmal«, erklang es nach einigen Sekunden. »Das gilt selbst für diejenigen, die jahrelang mit Ihnen zusammengearbeitet haben. Der Haß ist viel zu tief in uns verwurzelt.«

»Warum sagen Sie mir das alles?« platzte es aus Shar-Tel heraus. Die Farbe kehrte in sein Gesicht zurück, und in den Augen blitzte es auf. »Um uns zu verhöhnen? Um zu triumphieren, bevor ihr uns umbringt?«

Lyn-Pron lachte bitter. »Einige von uns wünschten sich nichts lieber, als es jedem einzelnen Friedenswächter heimzahlen zu können. Vermutlich würden sie sich über die Möglichkeit freuen, alle Bewohner des Habitats nacheinander zu foltern, sich auf diese Weise für fünfzig Jahre gnadenloser Unterdrückung zu rächen. Nein, mein Freund, *mir* liegen Spott und Triumph fern. Ich setze sogar mein Leben aufs Spiel, indem ich Ihnen diese Mitteilung mache. Wenn meine Gefährten erführen, daß ich mit Ihnen rede ... Mit ziemlicher Sicherheit würden die Piloten der anderen Schiffe ihre Bordkanonen auf mich abfeuern, bevor sie das Habitat angreifen. Ich sage Ihnen die Wahrheit, weil ich mich dazu verpflichtet fühle, Ihnen gegenüber offen und ehrlich zu sein. Und weil ich nicht einmal jetzt bereit bin, die Hoffnung aufzugeben.«

»Eben betonten Sie noch, es gäbe nicht mehr die geringste Chance für uns!«

»Ich habe immerzu versucht, meine Gefährten umzustimmen ... Es bleibt uns noch eine Stunde, bis wir die Welt der Friedenswächter erreichen, bis die Waffen sprechen. Diese Zeit werde ich nutzen, um mit den anderen Piloten zu diskutieren. Vielleicht gelingt es mir doch noch, sie zur Vernunft zu bringen. Ich lasse einen externen Kommunikationskanal offen, um Ihnen Gelegenheit zu geben, selbst das Wort zu ergreifen ...«

»Aber in dem Fall erfahren Ihre Gefährten, daß Sie uns Bescheid gegeben haben ...«

»Ich weiß. Es ist mir gleich. Wenn wir versagen, wenn sich meine Befürchtungen erfüllen und wir es tatsächlich nicht schaffen, den Angriff zu verhindern ... dann hat das Leben keinen Sinn mehr für mich. Ihr Tod und die Vernichtung des Habitats wären eine zu große Last für mein Gewissen. Viel Glück, alter Freund.«

Ein Knacken im Lautsprecher wies darauf hin, daß Lyn-Pron die Verbindung unterbrochen hatte.

Shar-Tel drehte sich zu Picard um. »Bitte bringen Sie mich sofort ins Shuttle zurück. Ich möchte die Welt der Friedenswächter erreichen, bevor ...«

»Nein!« entfuhr es Counselor Troi. Sie hatte dem Gespräch zwischen Lyn-Pron und dem alten Mann mit wachsender Besorgnis zugehört und wandte sich nun an den Captain. »Das dürfen wir nicht zulassen! Wir müssen irgend etwas unternehmen!«

»Der Meinung bin ich auch«, erwiderte Picard. »Irgendwelche Vorschläge?« Er sah sich auf der Brücke um. »Mir scheint, wir sind zumindest teilweise für die gegenwärtige Situation verantwortlich, dafür, daß sich die Lage nun zuspitzt. Ich nehme gern Anregungen entgegen — solange sie nicht im Gegensatz zur Ersten Direktive stehen.«

»Sir«, antwortete Data fast sofort, »ich habe einige weitere und, wie ich vermute, recht wichtige Hinweise in den Informationskomplexen gefunden, die uns von den Ferengi zur Verfügung gestellt wurden. Durch eine Korrelation der entsprechenden Daten ergaben sich Parallelen zur hiesigen Krise ...«

»Fahren Sie fort, Data«, drängte Picard ungeduldig.

»Ich glaube, die Ergebnisse meiner Analyse können genutzt werden, um eine Lösung für das aktuelle Problem zu finden ...«

Als die Welt der Friedenswächter ins Zentrum des Radarschirms rückte und die Schubphase von Lyn-Prons Schiff endete, ließ die Pseudogravitiation des Beschleunigungsdrucks nach, und in der Magengrube des Piloten krampfte sich etwas zusammen. Doch dieses Empfinden wurde nicht von der plötzlichen Schwerelosigkeit hervorgerufen.

Der Grund war tiefe Enttäuschung.

Und das Gefühl der Schuld.

Lyn-Pron hatte vergeblich versucht, seine Gefährten umzustimmen. Sie waren entschlossen, das Habitat zu zerstören, weigerten sich sogar, den Angriff auch nur zu *verschieben*. Er erzählte ihnen von seinem Gespräch mit Shar-Tel, von der Behauptung des alten Mannes, das Magazin existiere nicht mehr. Die einzige Reaktion bestand aus Zorn. Und eine Zeitlang befürchtete Lyn-Pron, daß sich die anderen Piloten *tatsächlich* dazu hinreißen lassen mochten, ihre Bordkanonen auf sein Schiff zu richten. Rund eine halbe Stunde später bestätigte die Radarerfassung, daß das Magazin nicht mehr neben dem Habitat schwebte, doch darin sahen die Besatzungen der übrigen Kampf-Shuttles nur einen Trick. »Man will uns täuschen«, ertönte eine knurrende, wütende Stimme. »Mit den verdammten Gaben ist Shar-Lon praktisch zu allem fähig.«

Lyn-Prons Schuldgefühl war fast noch stärker als die Enttäuschung. Viele Jahre lang hatte er einen Mann belogen, in dem er inzwischen einen Freund sah — trotz seiner Bemühungen, sich nicht emotional zu engagieren, ›objektiv‹ zu bleiben. Schon beim Bau der Schiffe stand fest, zu welchem Zweck sie eingesetzt werden sollten. Sie dienten nicht etwa dazu, Soldaten zu transportieren: Sie boten nur einem Mann an den Kontrollen Platz, und die restliche Nutzlast bestand aus Raketen. Um außer dem Magazin auch die Welt der Friedenswächter zu vernichten. Es gelang Lyn-Pron nicht, die Missionsleiter davon zu überzeugen, daß Trümmer ein schlechtes Fundament für das Bauwerk eines echten Friedens bildeten.

Er blickte erneut auf den Schirm und schauderte. In knapp fünfzehn Minuten mußte er beobachten, wie sich das Habitat in einen großen, stählernen Sarg verwandelte. Es gab keine Möglichkeit für ihn, die vielen Männer, Frauen und Kinder in der künstlichen Welt zu retten.

Plötzlich bildeten sich wogende Farbmuster auf dem Monitor über der zentralen Konsole.

Lyn-Pron hob verwirrt den Kopf. Die akustische Verbindung bestand nach wie vor, aber die Videokanäle ...

»Lyn-Pron!« eine scharfe, vorwurfsvolle Stimme erklang aus dem Lautsprecher. »Ist das ein weiterer Versuch, Ihren Freunden zu helfen?«

Bevor er Antwort geben, bevor er sich fragen konnte, ob Shar-Tel für die seltsamen Interferenzen verantwortlich war, formte sich ein Bild. Es zeigte den alten Mann.

Aber ganz offensichtlich befand er sich weder im Habitat

noch im Magazin – es sei denn, Shar-Tel hatte bei seinen entsprechenden Ortsbeschreibungen schlicht und einfach gelogen. Abgesehen von Shar-Tel und seiner Kleidung ließen sich in dem trüben Licht nur schwarze und dunkle, orangefarbene Tönungen erkenne. Hier und dort trieben faserige Dunstwolken, hinter denen die Konturen verschwammen, und sie verliehen dem alten Mann eine unheilvolle, bedrohliche Aura. Hinter ihm glommen mehrere Kontrollflächen, die keine Schalter oder Tasten aufwiesen, sondern nur eigentümlich verzerrt wirkende Symbole.

Lyn-Pron schnappte nach Luft. »Wo *sind* Sie?«

»Es tut mir leid«, erwiderte Shar-Tel in einem eigentümlich steifen, ausdruckslosen Tonfall. »Ich wollte ...«

Jemand packte den alten Mann von hinten, stieß ihn grob beiseite. Lyn-Prons Blick fiel auf eine gewaltige Hand mit langen, krallenartig gekrümmten Fingern. Die Knöchel verbargen sich unter dickem Leder, auf dem eiserne Beschläge glänzten, ebenso wie an dem Ärmel, der aus einem ähnlichen Material bestand.

Lyn-Pron riß die Augen auf, als das Wesen vor die Erfassungslinsen der Übertragungskamera trat. Es war mindestens dreißig Zentimeter größer als Shar-Tel und ein ganzes Stück breiter, trug eine Art Kampfanzug, der fast metallisch schimmerte. An einer dicken Halskette hing ein Gegenstand, der zunächst wie eine kleine Skulptur anmutete. Als Lyn-Pron genauer hinsah, begriff er, um was es sich wirklich handelte: den ausgestopften Schädel eines kleinen, mit langen Reißzähnen ausgestatteten Tiers.

Kopf und Gesicht des Fremden ...

Die Züge wirkten humanoid, aber gewiß nicht menschlich. Im Mundbereich und über dem bärtigen Kinn spannte sich dunkle, wie halb verweste Haut, und über den durchdringend blickenden Augen wölbte sich ein dicker Brauenhöcker. Davon wiederum ging ein knöcherner Kamm aus, der über den ganzen Kopf hinwegreichte, bis hin zu dem Schopf aus pechschwarzem Haar, das bis auf die muskulösen Schultern fiel und die mißgebildeten Ohren bedeckte.

»Ihr seid also die Narren, die es wagen, mich herauszufordern«, donnerte ein tiefer Baß. Die Lippen verzogen sich zu einem spöttischen, verächtlichen Lächeln.

Einer der Piloten brachte unsicher hervor: »Wer sind Sie?« Das Wesen lachte knurrend, und Lyn-Pron spürte, wie Furcht sein Herz umklammerte, zu Panik anschwoll. »Jene, die sich preisen können, mir ebenbürtig zu sein — es sind nur wenige —, nennen mich Worf. Für euch bin ich der Eigentümer dessen, was ihr in eurer Vermessenheit als ›Magazin‹ bezeichnet. Eure kläglichen Versuche, es zu vernichten ... Habt ihr denn nicht mit der Möglichkeit gerechnet, dadurch meinen Zorn zu erwecken?«

»Von ›kläglich‹ kann wohl kaum die Rede sein«, warf ein anderer Pilot ein. »Wir haben gesehen, wie es explodierte.«

Das Geschöpf lachte erneut und breitete die Arme aus. »Die Explosion? Eine kleine Spielerei, weiter nichts. Ich lasse es nicht zu, daß jemand meinen Besitz zerstört.«

»Wir wußten nicht, daß das Magazin Ihnen gehört!« sagte eine dritte, fast hysterisch klingende Stimme. »Es war verlassen! Wir haben doch nur ...«

»Und ich gebe mein Eigentum auch nicht so einfach auf!«

»Dann nehmen Sie es zurück! Machen Sie damit, was Sie wollen. Wir sind froh, es endlich loszuwerden.«

Der Fremde gab ein kehliges Grollen von sich. »Ihr versteht mich nicht, Gewürm. Es gibt hier *viele* Dinge, die ich als mein Eigentum betrachte, und ich bin nicht geneigt, jemanden von *euch* aufzugeben.«

»Jemanden von *uns*?« stieß Lyn-Pron hervor. »Was soll das denn heißen? *Wir* sind nicht Ihr Besitz!«

»Meint ihr?« Das Wesen hob gebieterisch die linke Hand.

Und plötzlich spürte Lyn-Pron, wie sein ganzer Körper zu prickeln begann. Die Luft um ihn herum glühte, und aus dem Lautsprecher klangen die entsetzten Schreie der anderen Piloten. Einige Sekunden lang konnte sich Lyn-Pron nicht mehr rühren, nicht einmal mehr atmen. Eine seltsame Lähmung erfaßte ihn, drang bis in die entlegensten Winkel seines Selbst vor, erfüllte alles mit Taubheit.

Dann lösten sich die Konturen der Kabine auf.

Für eine nicht bestimmbare Zeitspanne sah er nur buntes Wogen und Wabern, das ihn wie ein Kokon umhüllte.

Unmittelbar darauf befand er sich an dem Ort, den zuvor der Monitor gezeigt hatte. Das Geschöpf namens Worf ragte wie ein dämonischer Koloß vor ihm auf. Etwas abseits stand Shar-Tel, völlig reglos und erstarrt. Nach wie vor zogen Dunstschwaden dahin, filterten das Licht der Kontrollflächen, krochen wie eigenständige Wesen über die ferne Wand. Die Hitze trieb Lyn-Pron den Schweiß aus den Poren, und er nahm einen ganz und gar unvertrauten, ätzenden Geruch wahr.

Lyn-Pron wollte zurückweichen, aber seine Füße lösten sich nicht vom Boden. Er konnte nur den Kopf und die Arme bewegen.

Hinter ihm keuchte jemand, und aus den Augenwinkeln sah er, wie die Piloten der übrigen fünf Schiffe aus dem Nichts auftauchten, die Pupillen vor Grauen geweitet. Neben ihnen erstreckten sich weitere Wände; nirgends zeigte sich eine Tür.

»Willkommen in meinem Heim, Gewürm!« donnerte Worf. »Habt ihr irgendeinen Wunsch?«

Als Worf grinste und die sechs Männer mit gespieltem Interesse musterte, gewann Lyn-Pron den Eindruck, als kehre gespenstisches Leben in den Kettenanhänger auf der Brust des Wesens zurück: Der kleine Schädel bleckte die langen Zähne.

»Nein? Nun, dann möchte ich euch etwas zeigen.«

Ein kurzer Wink, und eine der rechteckigen Lichtflächen an den Wänden veränderte sich, glühte ein wenig heller.

In den nebligen Schlieren vor den Entführten formte sich ein dreidimensionales Abbild des Schiffes, das Lyn-Pron geflogen hatte. Es schien sogar feste Substanz zu besitzen.

Worf hob den Zeigefinger, und ein jäher Blitz zuckte dem winzigen Raumschiff entgegen. Es schimmerte kurz auf – und verschwand.

»Vielleicht erlaube ich euch, die anderen zu behalten«,

grollte der dämonische Riese. »Wenn ihr mich nicht *zu* sehr verärgert.«

»Was wollen Sie von uns?« Nur Lyn-Pron schien den Schock soweit überwunden zu haben, um wieder sprechen zu können. »Warum sind Sie hier?«

»Ich bin gekommen, weil ihr es gewagt habt, in mein Eigentum vorzudringen. Und ich bin geblieben, weil mich eure Possen amüsierten.« Worf lachte erneut, und Lyn-Pron duckte sich unwillkürlich, als er das heisere Knurren hörte. »Als besonderes Vergnügen empfand ich es, den Winzling Shar-Lon zu beobachten, als er sich der egoistischen Illusion hingab, aus freiem Willen zu handeln.«

»Dann *war* er also besessen?«

»Natürlich – obwohl er glaubte, ›auserwählt‹ zu sein. Shar-Lons Wahn erwies sich als fast ebenso interessant wie eure lächerlichen Reaktionen auf seine Entscheidungen.«

»Aber warum zeigen Sie sich uns erst jetzt? Nach fünfzig Jahren ...«

»Nach fünfzig Jahren langweilt ihr mich allmählich, selbst mit euren banalen Verschwörungen. Deshalb habe ich beschlossen, die unmittelbare Kontrolle zu übernehmen und mich nicht mehr darauf zu beschränken, euch durch Shar-Lon zu beeinflussen. Um euretwillen hoffe ich, daß mich die Ergebnisse nicht enttäuschen. Nicht alle sind so privilegiert, eine zweite Chance zu erhalten! Seid dankbar dafür, daß mich eure Kapriolen damals so erheitert haben. Andernfalls hätte ich dieses Sonnensystem vielleicht verlassen und wäre nie zurückgekehrt.«

»Jetzt haben Sie Gelegenheit dazu!« entfuhr es Shar-Tel. »Verschwinden Sie!«

Worf musterte den alten Mann eine Zeitlang und lächelte dünn. Dann trat er zurück und nahm in einem thronartigen Sessel Platz, in dessen Armlehnen kleine Kontrollflächen leuchteten.

»Oh, vielleicht erfülle ich Ihnen diesen Wunsch«, brummte er. »Wenn ihr mich langweilt, wenn ich endgültig das Interesse an euch verliere. Doch die Konsequenzen würden euch bestimmt nicht gefallen.« Er zögerte, und sein Blick glitt über die sechs Piloten. »Denkt daran: Ich gebe meinen Besitz nicht einfach so auf«, fügte er hinzu. Und diesmal konnte kein Zweifel mehr bestehen: Der kleine Schädel auf der Brust wiederholte das Lächeln des Hünen.

»Sie würden uns alle töten?« fragte Lyn-Pron entsetzt.

»Vielleicht. Wenn ihr euch vorher nicht selbst umbringt. Das könnte mein Interesse an eurer kleinen Welt noch eine Zeitlang wachhalten. Planetarer Selbstmord ist ein faszinierendes Phänomen.«

»Aus welchem Grund haben Sie dann vor fünfzig Jahren die Atomraketen zerstört? Warum ...«

Worf zuckte andeutungsweise mit den Schultern. »Damals erschien mir das als eine gute Idee. Und sie gewährte mir einige Jahrzehnte der Unterhaltung – was wohl kaum möglich gewesen wäre, wenn ihr eure Heimat in eine radioaktive Wüste verwandelt hättet. Nun, ganz gleich, was ihr von meinen Methoden und Motiven haltet: Ihr solltet mir wenigstens dafür dankbar sein, daß ich euch eine fünfzig Jahre lange Gnadenfrist gab.« Er lachte einmal mehr. »Wie wär's, wenn ihr eure Dankbarkeit zeigt, indem ihr eure Selbstvernichtung möglichst interessant gestaltet? Ich könnte zum Beispiel einige ›Gaben‹ mit hohem destruktiven Potential unter den Anführern eurer Nationen verteilen ...«

»Zum Teufel mit Ihnen!« fauchte Lyn-Pron. »Sie sprechen von *unserer* Welt! Wir haben nicht die geringste Absicht, sie zu verheeren – weder mit Ihren Gaben noch mit unseren Waffen. Sie verhalten sich so, als sei das alles ein *Spiel*!«

»Und genau das ist es auch, Winzling. Gibt es auf eurem Planeten nicht ähnliche Spiele? Ich glaube, ich kenne einige davon. Zum Beispiel läßt man zwei speziell abgerichtete Tiere gegeneinander kämpfen, und die Zuschauer feuern sie an, jubeln laut, wenn sich die Wesen mit ihren Krallen zerfetzen.«

»Nur kranke Gemüter finden Gefallen an so etwas! Eine kleine Minderheit, die ...«

»Und wer bestimmt, wer ›krank‹ ist, wer zu dieser ›Minderheit‹ gehört? Vielleicht sind solche Neigungen viel weiter verbreitet, als du glaubst. Was ist mit dir selbst, Wurm? Du hast eine Mission begonnen, deren Ziel darin besteht, tausend deiner Artgenossen umzubringen. Ja, vielleicht bist du ebenfalls ›krank‹.« Worf gestikulierte abrupt. »Aber genug damit. Ich bringe euch zu euren kleinen Raumschiffen zurück – zumindest diejenigen, die noch welche haben. Du ...« Der Blick des dämonischen Wesens richtete sich auf Lyn-Pron. »Du scheinst mutiger zu sein als die anderen. Ich behalte dich eine Weile hier.«

Lyn-Pron schauderte, zuckte jedoch nicht zusammen.

Einige Sekunden später riß er die Augen auf. In dem Dunst hinter Worfs großem Sessel formte sich irgend etwas. Zunächst hatte es den Anschein, als verdichteten sich die grauen Schwaden, doch dann bildeten sich vage Konturen. Das seltsame Gebilde war bleich, fast weiß, gewann schließlich eine deutlichere Ausprägung.

Auf einmal begriff Lyn-Pron, um was es sich handelte.

Shar-Lons Gesicht schwebte fast zwei Meter über dem Boden.

Zwar gelang es Lyn-Pron, sich nichts anmerken zu lassen, aber die fünf anderen Personen waren nicht ganz so erfolgreich. Worf drehte sich um. Einen Augenblick lang schien er überrascht zu sein, doch er fing sich sofort wieder und lachte. »Du bist hartnäckiger als ich dachte, Auserwählter. Nun, was hast du auf dem Herzen?«

»Lyn-Pron«, sagte das geisterhafte Gesicht, »wenn Sie dies sehen und hören, hatte ich Erfolg. Jetzt kommt es ganz auf Sie, Shar-Tel und die anderen an. Beeilen Sie sich. Konzentrieren Sie Ihre Gedanken auf Shar-Tel. Geben Sie ihm die Kraft, die er braucht. Schnell! Das Ungeheuer *kann* überwältigt werden.«

»Ich glaube, das reicht jetzt«, knurrte Worf, stemmte sich in die Höhe und marschierte durch Shar-Lons Gesicht, als wolle er damit beweisen, daß es überhaupt nicht existierte.

Aber als er die blassen Züge durchwanderte, erklang erneut die Stimme des alten Mannes.

»Das Wesen ist *nicht* unbesiegbar. Selbst bei seinem eigenen Volk gilt es als Unhold, und es wurde schon vor langer Zeit aus der Gemeinschaft verbannt. Nur aufgrund meiner Naivität gelang es dem Monster, mir mit den Gaben eine Falle zu stellen. Es konnte mich kontrollieren, weil ich allein war. Trotzdem bin ich nicht ganz hilflos gewesen. Vor meinem Tod gelang es mir ...«

Worf stand inzwischen vor den Kontrollflächen, pochte mit seinen langen, krallenartigen Fingern auf verschiedene Lichtmuster.

Die zitternden Muskeln in den bleichen Wangen erstarrten, aber das Gesicht löste sich nicht auf.

Einige Sekunden später wiederholte es seine Botschaft.

»Jetzt reicht's!« grollte Worf. Im gleichen Augenblick zuckte Shar-Tel zurück, als ihn die unsichtbaren Fesseln freigaben.

»Lyn-Pron!« ächzte er. »Dies ist unsere einzige Chance. Für uns und unsere Heimat. Sie *müssen* ...«

»Geistlose Primitivlinge!« brüllte Worf und griff nach einer kleinen, scharfkantigen Waffe, die an der Wand hing. Noch während er sie aus der Halterung löste, verwandelte sie sich wie durch Magie in einen rund hundert Zentimeter langen Säbel. Der Hüne holte damit aus, und die Klinge durchstieß das phantomhafte Gesicht, traf jedoch nur auf grauen Dunst.

Einen Sekundenbruchteil später wirbelte Worf zu Shar-Tel herum, und sein kehliges Donnern übertönte die Stimme Shar-Lons.

Lyn-Pron spürte, daß er sich wieder bewegen konnte.

Mühelos hob er einen Fuß.

Er zögerte nicht, stürmte sofort auf den Fremden zu, sprang ihm auf den Rücken und griff nach der Waffenhand.

Auch die Fesselfelder der anderen Piloten brachen zusammen. Die Männer stürzten sich ebenfalls auf Worf, klammerten sich verzweifelt an ihm fest, zwangen die Klinge zurück, bis ihre glitzernde Schneide das wutverzerrte Gesicht des Riesen berührte.

Ein geradezu ohrenbetäubendes Kreischen entrang sich Worfs Kehle. Und dann fiel er. Sein Körper löste sich im Schillern bunter Transporterenergien auf.

Lyn-Pron und seine fünf Gefährten waren plötzlich allein.

»Er ist weg!« keuchte Shar-Tel. »Wir haben gewonnen! Aber wir dürfen jetzt keine Zeit verlieren. Ich muß die Gaben noch einmal benutzen, um Sie zu Ihren Schiffen zurückzubringen. Der Fremde übt nun keine Kontrolle mehr über die technischen Systeme aus, und das bedeutet: Jetzt wird der Selbstzerstörungsmechanismus aktiv, den mein Bruder noch vor seinem Tod auslösen konnte. Dem Magazin steht die endgültige Vernichtung bevor. Uns bleiben nur noch wenige Minuten.«

Shar-Tel wartete keine Antwort ab, achtete nicht auf die sechs Männer, die nun wieder aufstanden. Er trat an eins der Kontrollfelder heran und streckte die Hand danach aus.

Lyn-Pron verspürte erneut ein sonderbares Prickeln, als ihn die Transferenergie der *Enterprise* erfaßte und entmaterialisierte.

Shar-Tel beobachtete, wie die Piloten verschwanden, atmete erleichtert auf und drehte sich zu der Tür des Holodecks um. Die angebliche Kammer im Innern des Magazins: nur eine dreidimensionale, quasimaterielle Projektion, bei der verschiedene Matrizen und Vorlagen verwendet wurden, unter anderem die Darstellung der Brücke eines hundert Jahre alten klingonischen Schlachtkreuzers.

Kurz darauf wanderte er durch die Korridore der *Enterprise*, in der sicheren Überzeugung, daß sie alle nun eine bessere Zukunft erwartete. Die Welt der Diktatur, des Krieges und ewigen Kampfes, der nationalen Eifersüchteleien, gehörte der Vergangenheit an. Die kommenden Jahre lockten mit der Aussicht auf einen Frieden, der nicht mit ›überlegener Feuerkraft‹, einem Gleichgewicht des Schreckens oder durch fremde Technologie erzwungen wurde. Statt dessen würde er sich auf Zusammenarbeit, Kooperation und Freundschaft gründen.

Zwei Minuten später und zehntausend Kilometer entfernt gleißte die Lichtflut eines explodierenden Photonentorpedos, sicheres Zeichen für die Bevölkerung des Planeten und die Piloten der fünf Schiffe, daß das Magazin vernichtet war und keine Gefahr mehr darstellte.

Die *Enterprise* hatte sich so weit von der Weltenkugel zurückgezogen, daß sie nicht mehr geortet werden konnte, und die Offiziere auf der Brücke beobachteten, wie sich die fünf kleinen Raumschiffe dem Habitat näherten.

»Viel zu melodramatisch«, brummte Picard während der ›Vorstellung‹ auf dem Holodeck. »Von einer derartigen Personifizierung des Bösen werden sie sich *nie* überzeugen lassen.«

Später übte selbst Worf Kritik daran. Er hatte seine ›dramatischen Improvisationen‹ zwar genossen, bezweifelte jedoch, ob sie zu dem erhofften Erfolg führten.

»Kein Klingone wäre so dumm, sechs Gegnern den Rücken zuzukehren«, klagte er, als er mit einem letzten melancholischen Blick die traditionelle Kampftracht ablegte, sie gegen die Starfleet-Uniform und seine Schärpe eintauschte. »Es spielt dabei keine Rolle, ob die Gefangenen in energetischen Blockierfeldern untergebracht sind oder nicht: Sie würden ständig bewacht. Und daraus folgt: Meine ›Niederlage‹ ist völlig unglaubhaft.«

Deanna Troi hatte die emotionalen Signale der Piloten überwacht und Worf ständig über ihre Reaktionen auf dem laufenden gehalten, damit er sich darauf einstellen konnte. Sie schien die einzige zu sein, die so etwas wie Optimismus empfand.

»Sie *wollen* glauben, was sie gesehen und erlebt haben, Jean-Luc«, sagte sie. »Ganz gleich, welchen Groll sie gegen Shar-Lon und die Friedensbewahrer hegen: Die Vorstellung, tausend hilflose Personen zu töten, behagt ihnen nicht.«

Yar fing die Sendungen der Bodenstationen und der Schiffe auf, und jede verstreichende Minute bestätigte Trois Standpunkt. Worfs Verschwinden und die ›endgültige Zerstörung‹ des Magazins wurden nicht in Frage gestellt und als Tatsachen akzeptiert.

Alle Bewohner des Habitats — mit Ausnahme von Kel-Nar und seinen treuesten Anhängern, die in Arrestzellen erwachten — galten plötzlich als Opfer der Konstrukteure, nicht mehr als elitäre Assistenten eines Tyrannen, der den Planeten fünfzig Jahre lang unterdrückt hatte. Es wurden bereits Stimmen laut, die vorschlugen, das Habitat seinem ursprünglich geplanten Verwendungszweck zuzuführen, es fortan als Sprungbrett ins All zu benutzen.

Schließlich legten die Schiffe an dem großen Zylinder an, und die Piloten schwebten durch die Luftschleusen. Lyn-Pron war zusammen mit Shar-Tel direkt ins Habitat transferiert worden, und sie nahmen die fünf Männer in Empfang.

Als Picard feststellte, daß kein Ausbruch von Feindseligkeiten mehr drohte, seufzte er zufrieden und lehnte sich im Kommandosessel zurück.

»Offenbar ist es uns gelungen, die negativen Folgen unserer Präsenz zu neutralisieren. Gleichzeitig haben wir dafür gesorgt, daß jenes Volk seinen natürlichen Entwicklungsweg fortsetzen kann.«

»Ja, Sir.« Riker nickte. »Ich schätze, es wird bald mit ersten großen Raumfahrtunternehmen beginnen — wenn es die Nachwirkungen der gerade beendeten Krise überwunden hat. Vielleicht kommt es dann zu einem neuerlichen Kontakt mit Shar-Tel und Lyn-Pron. Oder ihren Nachkommen.«

»Ja, vielleicht«, pflichtete ihm Picard bei. »Und dann können wir ganz wir selbst sein und darauf verzichten, eine andere Identität anzunehmen — nicht wahr, Mr. La Forge?«

»Ja, Sir«, sagte Geordi, wandte sich von seiner Konsole ab und sah den Captain an. Picard hatte ihn bereits darauf hingewiesen, wie wichtig es sei, bei Begegnungen mit fremden Kulturen an die Erste Direktive zu denken. La Forges Entscheidung, in die Rolle eines ›Konstrukteurs‹ zu schlüpfen, basierte zwar auf dem Bestreben, Leben zu retten — aber sie führte auch zu folgenschweren Verwicklungen. Diesmal war alles gut ausgegangen. Aber beim nächstenmal ...

Er schüttelte den Kopf. Gelegentlich brachte es erhebliche Probleme mit sich, die Erste Direktive zu respektieren.

Picard lächelte.

»Nehmen Sie wieder Kurs auf Starbase vierundfünfzig, Mr. La Forge.«

»Kurs programmiert, Sir.«

»Warp-Transit.«

Die Welt der Friedenswächter verschwand in der samtenen Schwärze des Alls.

Einige Minuten später zog sich der Captain in den Bereitschaftsraum zurück, um seinen Bericht für Starfleet zu formulieren. Geordi richtete seinen Blick auf Data, der an seiner Station saß.

»Commander Riker sagte mir, die rettende Idee stamme von Ihnen.«

»Ich entwickelte nur die entsprechenden Grundlagen. Andere benutzten diese Vorarbeit, um eine Lösung für das Problem zu finden. Die Ehre gebührt insbesondere Lieutenant Yar.«

»Trotzdem – ohne Sie säßen wir jetzt noch immer in der Tinte, Data.« Geordi lächelte, beugte sich etwas näher heran und fügte leise hinzu: »Ich glaube fast, es steckt typisch menschliche Intuition dahinter.«

Der Androide schüttelte traurig den Kopf. »Vielen Dank, Geordi, aber ich fürchte, es handelt sich nur um eine logische Extrapolation. Die von den Ferengi gesammelten Geschichten erwähnen drei Fälle, in denen gewaltige Explosionen im Raum – vermutlich detonierende Trabanten – langfristig zu recht positiven Resultaten führten. Die Völker der entsprechenden Planeten waren noch nicht ins All vorgestoßen. Die einzelnen Nationen bekriegten sich ständig, verschwendeten die begrenzten Ressourcen ihrer Welten, um immer neue Waffen zu bauen. Aber die Explosionen und nachfolgenden Strahlungsschübe wiesen sie darauf hin, daß sich dort draußen *irgend etwas* befand. Und gleichzeitig begriffen sie die Banalität ihrer Differenzen. Die Situation in dem Sonnensystem, das wir jetzt verlassen, erschien mir ähnlich. Die planetare Bevölkerung ist schon lange bereit, eine Weltregierung zu bilden, das kulturelle Krebsgeschwür des Nationalismus auszumerzen und die Waffenarsenale zu zerstören. Die Friedenswächter stellten das einzige Hindernis dar. Die Lösung lag also auf der Hand: Für eine Versöhnung zwischen den Bewohnern des Planeten und den Leuten im Habitat wurde ein ›gemeinsamer Feind‹ gebraucht. Und da wir bereits von den Gerüchten wußten, die besagten, Shar-Lon sei während des ersten Kontakts mit den Gaben von einer fremden Entität übernommen worden, hielt ich es für angebracht, diese Vermutungen in die Lösungsstrategie einzubeziehen. Hinzu kommt: Es deutet einiges darauf hin, daß Shar-Lon tatsächlich von einem Aspekt der Konstrukteure beeinflußt wurde, einem Mentalitätsfaktor, der sich über den Kontrollhelm im Magazin auswirkte. Eigentlich haben wir Lyn-Pron und die anderen Piloten nur auf das hingewiesen, was mit Shar-Lon geschehen war. Nun, soweit ist alles logisch. Strittig war nur die Wahl der Mittel – womit ich Worf und die Projektionen auf dem Holodeck meine.« Geordi lachte. »Im nachhinein ist immer alles völlig klar. Wie dem auch sei: So funktioniert die Intuition eben. Wenn jemand eine tolle Idee präsentiert, gibt es bestimmt jemanden, der sie mit einem ›Warum bin *ich* nicht darauf gekommen‹ kommentiert.«

Er zögerte kurz und schüttelte den Kopf. »Vielleicht besteht der einzige Unterschied nur darin, daß der ›intuitive Prozeß‹ bei Menschen auf einer unbewußten Ebene abläuft. Dort können wir ihn nicht genau erfassen, bezeichnen das Ergebnis als ›Ahnung‹ und belassen es dabei. Aber Sie haben überhaupt kein Unbewußtes, und deshalb spielt sich der Vorgang im inneren Fokus Ihres Ichs ab, gibt Ihnen somit Gelegenheit, ihn aufmerksam zu beobachten.«

Datas Züge erhellten sich, als er Geordi musterte und fragte: »Halten Sie das wirklich für möglich? Glauben Sie im Ernst, die menschliche Intuition sei Teil meines Wesens?«

»Und ob, Data.« Geordi nickte und lächelte. »Andererseits: Es ist nur so eine Ahnung.«